아르센 뤼팽 전집 **19**

두 미소의 여인

아르센 뤼팽 전집 **19**

두 미소의 여인 | 모리스 르블랑

La Femme aux Deux Sourires

송덕호 옮김

황금가지

차례

서문 · 7

프롤로그: 기이한 상처 · 9

금발의 클라라 · 19

중이층 남자 · 27

2층 남자 · 39

불법 침입 · 55

첫 번째 충격 · 68

성(城)의 매각 · 77

이상한 협력자 · 89

키다리 폴을 추적하다 · 104

에크로비스 술집 · 115

카지노 블뢰 · 126

두 미소 · 142

매복 · 157

대결 · 168

살인 · 184

조조트 · 197

번민 · 210

두 미소의 비밀이 밝혀지다 · 218

고르주레 이성을 잃다 · 234

승리인가, 패배인가 · 249

라울 행동하고 말하다 · 261

페르세우스의 범죄 · 277

서문

1932년 8월 6일부터 20일까지 《르 주르날》에 연재된 이 소설은 1933년 4월에 라피트 출판사에서 단행본으로 출판되었고, 이듬해에는 〈물음표〉 시리즈 중 한 권으로 발행되었다.

저 유명한 《르 마스크》 총서의 창시자인 알베르 피가스는 모리스에게 보낸 편지에서 이 소설에 대하여 이렇게 썼다. 〈아르센 뤼팽은 여전히 존재할 것입니다. 최근 15년 동안 걸작으로 알려진 모든 소설들 가운데 얼마나 많은 소설들이 벌써 망각의 어둠 속으로 사라졌습니까?〉

기이한 상처

극적인 사건은 그것을 예고하는 정황들과 그 속에 담긴 우여곡절들까지 모두 포함해서 몇 쪽의 분량으로 요약할 수 있는 법이다. 게다가 꽁꽁 숨어 있는 진실에 도달하기 위해서는 반드시 고려해야 할 극히 사소한 일화까지도 낱낱이 끄집어내어 얘기할 수도 있다.

그 일은 너무도 자연스럽게 일어났다. 어느 정도 커다란 사건들이 일어나기 직전이면 가끔씩 운명처럼 되풀이되기도 하는 음험한 징조도 전혀 없었다. 폭풍우를 예고하는 미세한 바람 한 점 없었다. 불안의 기운도 없었다. 관객들에게서조차도 일말의 불안감을 찾아볼 수 없었다. 그들은 지극히 사소하지만 그것을 둘러싸고 있는 엄청난 수수께끼 때문에 매우 비극적인 그 일로 느껴져 아연해지고 말았다.

사건의 전말은 이랬다. 드주벨 부부는 그들의 소유인 오베르뉴의 볼니크 성, 다갈색 기와 지붕에 망루들을 갖춘 드넓은 저택이다, 에 초대한 손님들과 함께 비시(Vichy, 제2차 세계 대전 당시 독일군 점령 하에서 프랑스의 임시 정부가 있던 도시 — 옮긴이)에서 열린 엘리자베트 오르냉이라는 훌륭한 여가수의 음악회에 참석하였다. 이튿날인 8월 13일, 드주벨 부인이 엘리자베트를 초대했다. 그녀는 엘리자베트가 남편인 은행가 오르냉에게 이혼을 요구하기 전부터 이미 알고 지내던 사이로 엘리자베트는 비시에서 12킬로미터 정도의 가까운 거리에 있는 그 성에 점심 식사를 하러 왔다.

점심 식사는 매우 즐거웠다. 성의 주인인 드주벨 부부는 매우 우아하고 세련된 접대 예절을 갖추고 있어서 초대한 손님들 모두를 각각 돋보이게 할 줄 알았다. 초대된 손님 여덟 명은 저마다 기지와 재치를 겨루었다. 젊은 부부 세 쌍과 퇴역 장군, 그리고 장 데를르몽 후작이 그들이었는데, 특히 데를르몽 후작은 빼어난 외모를 지니고 있어서 어떤 여자도 그냥 지나칠 수 없을 정도의 매력을 풍기는 40대의 신사였다.

그러나 그 자리에 모인 열 사람의 찬사는 모두 엘리자베트 오르냉에게로 향했다. 그들은 모두 그녀의 환심을 사고 그 눈에 띄기 위해 노력했다. 마치 엘리자베트 앞에서는 그녀를 웃게 하거나 그녀의 시선을 끄는 것이 아니면 어떤 말도 허용되지 않는 것 같았다. 하지만 엘리자베트는 다른 사람의 환심을 사려고 한다거나 돋보이려고 애쓰지 않았다. 아주 가끔씩 생각나는 대로 몇 마디를 했을 뿐이었는데, 양식 있고 세련된 말이긴 했지만 재치나 활기는 전혀 없었다. 그녀에게 그런 것이 무슨 소용이 있겠는가? 그녀는 아름다웠다. 아름다움이 그녀의 모든 것을 대신하고 있었다. 그녀가 설령 매우 심오한 말을 했다 하더라도 그 말들은 그녀의 빛나는 아름다움에 묻혀 버렸을 것이다. 그녀를 마주하고 있는 사람들은 그녀의 파란 눈과 관능적인 입술, 눈부실 정도로 고운 피부, 갸름한 얼굴 형태만을 생각하고 있었던 것이다. 무대에서도 마찬가지였다. 그녀는 열정적인 목소리와 가수로서 뛰어난 재능을 지니고 있었지만 그보다 먼저 아름다움으로 사람들을 사로잡았다.

엘리자베트는 언제나 매우 수수한 드레스만 입었다. 좀더 우아한 드레스를 입었다 해도 그다지 사람들의 눈에 띄지는 않았을 것이다. 사람들은 오로지 그녀의 날씬한 몸과 아름다운 몸짓, 그리고 눈부신 어깨만을 생각하고 있었기 때문이다. 그녀의 상반신에는 멋진 목걸이가 늘어뜨려져 있었다. 루비와 에메랄드 그리고 다이아몬드가 뒤섞여 찬란한 광채를 내며 엮인 것이었다. 사람들이 목걸이가 훌륭하다며 찬사를 보낼라치면 그녀는 미소를 지으며 이렇게 사양하는 것이었다.

「무대용 보석이에요……. 그런데 사실은 정교한 모조품이랍니다」

그러면 사람들은 말했다.

「진짜인 줄 알았어요……」

그녀는 말을 받아서 이렇게 말했다.

「저도 그랬어요……. 그리고 모든 사람들이 진품으로 생각하더군요……」

점심 식사가 끝난 후 데를르몽 후작은 꾀를 부려 그녀를 그들 틈에서 나오게 하여 단둘이 이야기하는 기회를 갖는 데 성공했다. 그녀는 꿈꾸는 듯한 표정으로 그의 이야기를 관심 깊게 들었다.

다른 손님들은 성의 안주인을 중심으로 무리를 지어 모여 있었다. 안주인은 후작과 엘리자베트가 그들과 거리를 두고 떨어져 있는 것이 신경에 거슬리는 모양이었다.

그녀가 혼자 중얼거렸다.

「후작이 시간을 낭비하는군. 난 여러 해 전부터 엘리자베트와 알고 지내 왔어. 그녀와 연인이 될 가망성이 있는 남자는 없지. 그녀는 아름답지만 차가운 조각상이야. 잘해 보라고, 이 친구야. 자네 나름대로 수작을 걸어 보고 좋은 꾀를 열심히 짜낼 수는 있겠지만…….별 수 없을걸」

그들은 모두 성의 그늘이 드리워진 테라스에 앉아 있었다. 그들의 발 밑으로는 사람이 없는 텅 빈 정원이 길게 뻗어 있었다. 일직선으로 곧게 펼쳐진 정원은 햇빛을 받으며 푸른 잔디와 금빛 모래로 덮인 통로, 잘 다듬어진 주목들을 심어 놓은 화단들을 보여 주었다. 맨 끝 구릉 위에는 옛 성과 탑, 망루, 예배당에서 나온 잔해들 더미가 층층이 쌓여 있었다. 월계수와 회양목, 가시나무들이 아무렇게나 뒤섞인 사이로 구릉으로 올라가는 길이 나 있었다.

그곳은 장엄하고 위압적이었다. 그 엄청난 잔해 더미 너머에 아득한 절벽이 있다는 것을 사람들이 알고 있는 만큼 경치는 더욱더 독특한 감흥을 불러일으켰다. 눈에 보이지 않는 그 깎아지른 절벽 아래로는 성을 빙 둘러 감싸고 있는 협곡이 있었고, 그 한가운데에는 깊이가 50미터나 되는 급류의 물살이 요란하게 요동쳤다.

「얼마나 멋진 풍경이에요!」

엘리자베트 오르냉이 소리쳤다.

「판지에 색을 칠해 만든 무대 장식하고는 비교가 안 돼요! 천으로 만든 흔들리는 벽, 나무들이 잘려 나간 장식용 벽걸이를 생각해 보란 말이에요……! 여기에서 공연한다면 얼마나 좋을까요」

드주벨 부인이 말했다.

「당신이 여기에서 노래를 하겠다는데 누가 말리겠어요, 엘리자베트?」

「이 웅장함 속에 목소리가 묻혀 버릴 거예요」

그러자 장 데를르몽이 부인하고 나섰다.

「당신 목소리는 묻히지 않을 겁니다. 당신이 노래를 부르면 얼마나 아름다울지! 우리에게 그 모습을 좀 보여 주십시오……」

엘리자베트가 웃었다. 그녀는 주위에 모여들어 그녀에게 노래를 간청하는 사람들의 틈에서 빠져나갈 구실을 찾으며 몸부림쳤다.

그녀가 말했다.

「아니, 아니에요…… 그렇게 말하는 게 아니었는데……. 우스꽝스러울 거예요……. 제가 얼마나 초라해 보이겠어요……!」

하지만 그녀의 저항은 약해지고 있었다. 후작이 그녀의 손을 잡아끌었다.

「자…… 제가 길을 안내하겠습니다……. 이리 오십시오……. 우리에게 얼마나 큰 기쁨이겠습니까!」

그녀는 다시 한번 망설이더니 결단을 내렸다.

「좋아요. 저를 저 잔해들의 밑까지 데려다 주세요」

결심을 한 그녀는 곧바로 정원을 천천히 가로질러 갔다. 그녀의 걸음걸이는 무대 위에서처럼 여유와 율동감이 있었다. 그녀는 잔디밭을 지나 돌계단 다섯 개를 올라갔다. 그 위에는 성의 테라스와 마주보고 있는 성토지(盛土地)가 있었다. 폭이 좀더 좁은 다른 계단들도 보였는데, 계단 난간 위에는 제라늄 화분과 오래된 돌 화병이 번갈아 놓여 있었다. 왼편으로는 식나무 가로수길이 펼쳐졌다. 후작을 앞서가던 그녀가 몸을 돌리더니 장막처럼 둘러 쳐진 작은 관목들 뒤로 사라졌다.

잠시 후 가파른 다른 계단을 기어오르는 그녀가 보였다. 이번 엔 그녀 혼자였다. 장 데를르몽은 텅 빈 정원을 되돌아 나오고 있 었다. 이윽고 그녀가 전보다 더 높고 평평한 성토지에서 다시 모 습을 보였다. 그곳에는 허물어진 성당의 고딕식 아치 세 개가 있 었고, 뒤쪽으로는 송악으로 뒤덮인 성벽이 가로막고 있었다.

그녀는 그 자리에 멈춰 섰다. 작은 산을 발판 삼아 서 있는 그 녀는 마치 초인처럼 매우 커 보였다. 그녀가 두 팔을 벌리고 노래 를 부르기 시작하자 그녀의 몸짓과 목소리는 푸른 하늘 아래 가 득 펼쳐진 초목과 화강암의 드넓은 원곡(圓谷)을 가득 채웠다.

드주벨 부부와 초대객들은 그녀의 노래를 들으며 긴장한 얼굴 로 그녀를 바라봤다. 그것은 잊혀지지 않을 거라고 예감되는 것 들이 내면 깊숙이 기억으로 각인될 때 느끼는 감동이었다. 성의 고용인들과 영지의 성벽에 접해 있는 농장의 고용인들, 그리고 이웃 마을에 사는 10여 명의 소작농들이 모든 성문과 산모퉁이마 다 모여 각자 그 순간의 감흥을 흠뻑 음미하고 있었다.

사람들은 엘리자베트 오르냉이 무슨 노래를 부르는지는 잘 몰 랐다. 그녀의 노래는 장중하고 풍부하면서 때로는 침통한, 그러 나 희망과 생명이 고동치는 가락으로 높이 울려 퍼지고 있었다. 그런데 그때 갑자기…….

하지만 분명히 짚고 넘어가야 할 것은 그 광경은 절대 안전한 상황에서 펼쳐지고 있었으며, 그처럼 완벽하게 안전한 상황에서는 인간의 힘으로 그녀가 노래를 중단시키거나 끝까지 마치지 못하게 할 수 있는 수단이 전혀 없었다는 사실이다. 그 일은 갑자기, 그리고 순식간에 일어났다. 목격자들의 느낌은 저마다 조금씩 차이가 있었다 하더라도 그들 모두 똑같이 확신했던 것은, 그들이 증언한 대로, 사건이 그 누구도 짐작하거나 예견하지 못한 폭탄처럼 갑자기 터졌다는 사실이었다(진술서에도 똑같은 표현을 사용하였다).

그랬다. 갑자기 재앙이 닥친 것이다. 마법의 목소리가 뚝 끊겼다. 저편의 막힌 공간에서 노래를 부르던 살아 있는 조각상이 잔해들을 발판 삼아 서 있던 자리에서 비틀거리는가 싶더니 갑자기 무너져 내렸다. 비명도, 두려움의 몸짓도, 방어나 구원을 요청하는 동작도 없었다. 사람들은 그 즉시 완전히 확신했다. 싸움도, 단말마의 고통도 없었으며, 설사 그곳으로 달려간다 해도 죽어 가는 여자가 아니라 첫 순간에 이미 죽어 버린 여자에게 간다는 사실을.

실제로 사람들이 그 높은 평지에 도착했을 때 엘리자베트 오르냉은 창백한 얼굴로 땅에 쓰러져 꼼짝도 하지 않았다. 충혈(充血)이었을까? 심장 마비였을까? 아니었다. 그녀의 벗은 어깨와 목 위로 피가 철철 쏟아지고 있었다.

사람들은 뿜어져 나오는 붉은 피를 보았다. 그와 동시에 누군가 놀라움의 비명을 질러 수수께끼 같은 사실을 확인시켰다.

「목걸이가 없어졌다!」

그 당시 모든 사람들의 관심사였던 사건 수사에 관하여 자세하게 이야기하는 것은 지루한 일일 것이다. 뿐만 아니라 수사는 아무런 결과도 내지 못하여 신속하게 종결되었다. 수사를 이끌었던 검찰과 경찰은 처음부터 벽에 부딪혀서 아무리 노력해도 성과가 없었다. 그들 모두 할 수 있는 일이 아무것도 없다는 것을 절감했다. 범죄와 절도. 그것이 전부였다.

범죄가 있었다는 데는 이론의 여지가 없기 때문이었다. 물론 무기도, 탄환도, 살인자도 찾지 못했다. 그러나 범죄가 없었다고 결론짓는 것은 생각할 수 없는 일이었다. 목격자들 마흔두 명 가운데 다섯 명이 어디에선가 희미한 빛을 보았다고 주장했지만, 그 빛의 위치와 방향에 관해서는 다섯 명의 주장이 일치하지 않았다. 나머지 서른일곱 명은 아무것도 보지 못했다고 했다. 마찬가지로 세 사람이 어렴풋한 총성을 들었다고 했고, 나머지 서른아홉 명은 아무것도 듣지 못했다고 했다.

어쨌든 상처가 있었으므로 범죄 사실 자체는 여전히 부인할 수 없었다. 그런데 그 상처는 끔찍하고 소름 끼치는 것이었다. 왼쪽 어깨의 맨 윗부분, 곧 목 바로 아래에 난 그 상처는 분명 무시무시한 총탄 자국이었다. 총탄이었을까? 하지만 그러자면 살인범은 여가수보다 더 높은 곳에 자리를 잡았어야 했고, 그 총탄은 살을 깊숙이 관통하여 몸의 내부를 크게 손상시켜야 했지만 그렇지 않았다.

그보다는 오히려 피가 뿜어져 나온 상처는 망치나 곤봉 같은 둔기에 맞아 생긴 것 같았다. 하지만 누가 그런 망치나 둔기를 사용했단 말인가? 그리고 그런 행동이 어떻게 처음부터 끝까지 보이지 않을 수 있단 말인가?

그리고 또 한 가지, 목걸이는 어떻게 되었을까? 범죄가 있었고, 또 절도가 있었다면 그 두 행위를 범한 사람이 누구란 말인가? 그리고 맨 꼭대기 층의 창문들에 붙어선 몇몇 하인들이 여가수와, 그녀가 노래를 부르고 있던 성토지와, 그녀가 쓰러질 때의 모습과, 땅바닥에 널브러진 그녀의 시신을 한시도 눈을 떼지 않고 줄곧 지켜보고 있었는데도 범인이 도망칠 수 있었다면 그건 무슨 조화란 말인가? 그 하인들 모두가 어떤 사람이 오고 가는 것을 봤어야 하지 않았겠는가? 구릉들 사이로 필사적으로 달음질쳐 도주하는 그의 모습을…… 또한 잔해들의 배경을 이루는 뒤편은 가파른 절벽이어서 그쪽으로 기어오르거나 내려가기란 물리적으로 불가능하지 않은가……?

범인이 송악 뒤편이나 어떤 구멍 속에 숨어 있었을까? 사람들은 2주 동안 수색을 벌였다. 그리고 파리에서 고르주레라는 집요하고 야심에 찬 젊은 형사 한 사람을 불러들였다. 그는 벌써 몇 건의 사건을 거장의 솜씨로 해결한 전적이 있었다. 그러나 헛수고였다. 아무 소득 없는 수사였다. 사건은 미결 처리되고 말았고, 이에 크게 실망한 고르주레는 그 사건을 절대로 포기하지 않을 것이라 다짐했다.

그런 끔찍한 사건 때문에 겁에 질린 드주벨 부부는 볼니크 성을 떠나며 그곳에 다시는 돌아오지 않겠다는 뜻을 사람들에게 공언했다. 성은 모든 가구까지 딸려서 그대로 팔려고 내놓았다.

6개월 후, 누군가 그 성을 매입했다. 그가 누구인지는 아무도 몰랐다. 공증인 오디가 영감이 아무도 모르게 감쪽같이 매매를 알선했다.

하인들과 소작농들, 정원사들은 모두 해고되었다. 다만 한 사람, 마차가 드나드는 궁륭형 문이 아래에 있는 커다란 탑에 나이

지긋한 사람이 아내와 함께 들어와 살았다. 그는 전직 공안관이었던 르바르동이라는 사람이었다. 은퇴한 그는 신임할 수 있는 사람에게만 맡길 수 있는 그 직책을 수락했다.

마을 사람들은 그에게 말을 시켜 보려 했지만 헛수고였다. 결국 그들의 호기심은 채워지지 못했다. 그는 삼엄한 경비를 했다. 사람들은 고작해야 1년에 한 번 정도, 시기도 일정하지 않게, 어떤 신사가 저녁에 자동차를 타고 와 성에서 하룻밤을 묵은 후, 이튿날 밤에 다시 떠나는 것을 몇 번 보았을 뿐이었다. 그 사람은 틀림없이 르바르동과 여러 가지 의논을 하러 오는 성의 주인일 것이었다. 하지만 확실한 것은 아무것도 없었다. 그 일에 대해 그 이상은 알 수 없었다.

11년 후, 공안관 르바르동이 죽었다.

그의 아내는 성의 입구에 있는 탑에 혼자 남았다. 그녀의 남편처럼 말이 거의 없는 그녀는 성 안에서 무슨 일이 일어나는지 한마디도 말하지 않았다. 그런데 성에서 무슨 일이 일어나긴 한 걸까?

그리고 다시 4년이 흘렀다.

금발의 클라라

생라자르 역. 승강장으로 나가지 못하게 막아 놓은 철책과 역의 중앙 대합실로 들어가는 출구 사이에 여행객들의 물결이 오가고 있었다. 그 물결은 떠나는 사람들과 도착하는 사람들의 흐름으로 나뉘었다. 그러다 갑자기 소용돌이치듯 뒤섞이더니 문과 통로를 향해 급하게 달음질치는 것이었다. 고정된 화살표가 달려 있는 원형 표지판들이 목적지를 가리켰다. 역무원들은 차표를 점검하며 펀치를 찍어 주었다.

그렇게 급하게 서두르는 사람들과는 무관한 듯이 보이는 두 사람이 산책을 나온 사람들처럼 사람들 사이를 유유히 거닐고 있었다. 그들의 관심은 혼잡한 군중과는 완전히 다른 데 있었다. 뚱뚱하고 건장한 체격을 가진 한 사람은 호감 가지 않는 얼굴에 굳은 표정이었고, 다른 한 사람은 몸이 홀쭉하고 옹색한 모습이었다. 두 사람 모두 중절모를 쓰고 얼굴에는 콧수염을 길렀다.

그들은 아무것도 적혀 있지 않은 원형 표지판이 있는 출구 옆에서 멈춰 섰다. 그곳에는 네 명의 역무원이 대기하고 있었다. 두 사람 가운데 마른 남자가 역무원들에게 다가가 정중하게 물었다.

「15시 47분 열차는 몇 시에 도착합니까?」

역무원이 비웃는 듯한 말투로 대답했다.

「15시 47분이오」

뚱뚱한 남자는 자기 동료의 어리석은 행동이 유감이라는 듯 어깨를 으쓱했다. 그리고 이번에는 그가 물었다.

「리지외에서 오는 열차가 맞지요?」

「368호 열차 맞습니다. 10분 안에 도착할 겁니다」

역무원이 대답했다.

「연착되지 않습니까?」

「연착되지 않습니다」

두 산보객은 그 자리를 떠나 기둥 하나를 골라 기대어 섰다.

3분, 4분, 그리고 5분이 흘렀다.

「정말 골치 아프군. 파리 경찰청에서 우리에게 보내는 사람이 보이지 않으니 말이야」

뚱뚱한 남자가 말했다.

「그런데 그 사람이 꼭 필요하십니까?」

「그걸 말이라고 하나! 그 사람이 구인장을 가져오지 않으면 우리가 어떻게 곧 도착할 여자를 처리하겠나?」

「그 사람이 우리를 찾지 않을까요? 우리를 알고 있지 않을까요?」

「이런 멍청이! 그 사람이 플라망 자네는 당연히 모르겠지……. 하지만 나, 주임 형사인 이 고르주레는 다르지. 볼니크 성 사건

이후 난 여전히 건재하니까 말이야!」

플라망이라 불린 사람은 기분이 상해 이렇게 넌지시 말하는 것이었다.

「볼니크 성 사건은 오래전 일이 아닙니까. 15년이나 됐어요!」

「그럼 생토노레가의 강도 사건은? 그리고 내가 키다리 폴을 잡은 그 함정은? 그건 십자군 원정 때 일인가? 두 달도 채 안 됐어!」

「주임님이 잡으셨죠…… 그렇고말고요……. 그래도 키다리 폴은 여전히 도망 중이죠……」

「어쨌든 내가 교묘한 수를 썼기 때문에 사람들이 다시 날 찾는 것 아닌가 말이야. 자, 이것 봐. 치안국에서도 특별히 내 이름을 지명하지 않았나?」

그는 지갑에서 종이 한 장을 꺼내어 펼쳤다. 두 사람은 그것을 함께 읽었다.

6월 4일.
경찰청 치안국 (급전)

키다리 폴의 애인, 〈금발의 클라라〉라고 불리는 여자가 15시 47분에 도착하는 리지외 발 368호 열차에서 목격되었음. 주임 형사 고르주레를 즉시 파견할 것. 구인장은 기차가 도착하기 전, 생라자르 역에서 그에게 전달될 것임.

여자의 인상착의: 금발의 곱슬머리에 앞가르마를 탔음. 푸른 눈. 나이는 20세에서 25세 사이. 예쁜 외모에 수수한 옷차림. 우아한 모습.

「이제 알겠나……. 내 이름이 적혀 있어. 키다리 폴을 담당한 사람은 언제나 나였기 때문에 그 애인도 내게 임무를 맡긴 거란 말이야」

「그 여자를 알고 계십니까?」

「잘 몰라. 그래도 키다리 폴과 그녀를 함께 함정에 빠뜨려서 그 방문을 부수었을 때 그 여자를 볼 시간이 있었지. 그날은 그저 재수가 없었을 뿐이야. 내가 폴의 허리를 붙들고 있는 동안 그 여자가 창문으로 뛰어내렸지. 그래서 내가 그녀를 뒤쫓아가는 동안 키다리 폴이 내뺀 거야」

「그럼 그때 혼자였단 말입니까?」

「셋이었지. 그런데 키다리 폴이 다른 두 사람을 해치웠어」

「지독한 놈이군요!」

「그래도 난 그놈을 잡았어……!」

「저였다면 그놈을 놓지 않았을 겁니다」

「이 사람아, 자네였다면 다른 두 사람처럼 당했을 거야. 더구나 자네는 얼간이로 소문난 친구 아닌가」

주임 형사 고르주레의 이 결정적인 말로 논쟁은 끝이 났다. 고르주레에게 그의 부하들은 모두 얼간이였고, 고르주레 자신은 과오를 범하지 않으며 싸움을 벌이면 언제나 이긴다고 자랑하곤 했다.

플라망은 굴복하는 듯 이렇게 말했다.

「결국 주임님은 운이 좋으셨습니다. 시작은 볼니크 성의 비극으로…… 지금은 키다리 폴과 클라라로 역사를 쓰고 계시니…… 그런데 주임님의 그 화려한 경력에 빠진 것이 뭔지 아십니까?」

「뭐지?」

「아르센 뤼팽을 체포하는 일입니다」

22

「뤼팽, 그놈을 순식간에 두 번이나 놓쳤어」

고르주레가 투덜댔다.

「세 번째는 틀림없을 거야. 볼니크 성의 비극의 경우 언제나 한쪽 눈을 그 사건에서 떼지 않고 있지…… 키다리 폴에게서 눈을 떼지 않고 있듯이 말이야. 금발의 클라라에 관해서는……」

그가 동료의 팔을 붙잡았다.

「정신 차려! 기차가 들어오네……」

「그런데 구인장이 없으시잖습니까……!」

고르주레는 주위를 한번 빙 둘러보았다. 그에게 오는 사람이 아무도 없었다. 이런 낭패가 어디 있단 말인가!

그런데 저쪽 철길 맨 끝에서는 기관차의 육중한 가슴팍이 모습을 드러내고 있었다. 열차는 승강장을 따라 점점 몸체가 길어지더니 마침내 멈춰 섰다. 열차의 문들이 열리고 사람들의 무리가 보도에 쏟아지기 시작했다.

여행객들의 인파가 출구에 몰려들었고, 역무원들의 통제에 따라 길다랗게 줄을 섰다. 고르주레는 플라망이 앞으로 나아가지 못하게 했다. 그럴 필요가 없었기 때문이다. 출구는 단 하나였기 때문에 몰려든 사람들은 어쩔 수 없이 한 사람씩 빠져나와야 했다. 모두 차례대로 한 사람씩 출구를 나오고 있었다. 그러니 인상착의가 그토록 뚜렷하게 명시된 여자를 알아보지 못할 하등의 이유가 없지 않은가?

그녀는 정말로 나타났고, 두 경찰관은 그 즉시 확신했다. 기록된 인상착의의 여자, 분명히 그녀였다. 의심할 여지없이 금발의 클라라라고 불리는 여자였다.

「그래, 맞아」

고르주레가 중얼거렸다.

「알아보겠어. 아! 요망한 년, 이번엔 피할 수 없을 것이다」

미소와 두려움이 반반씩 섞인 그녀의 얼굴은 정말 예뻤다. 앞 가르마를 탄 곱슬곱슬한 금발에, 새파란 두 눈은 멀리서도 눈에 띄었고, 눈부시게 하얀 이는 언제나 웃을 준비가 되어 있는 듯한 입의 움직임에 따라 감추어지곤 했다.

그녀는 회색 옷을 입고 있었는데, 하얀 아마로 된 깃이 달려 있어서 기숙사 여학생 같은 모습이었다. 그녀의 태도는 마치 어디로 숨어야만 하는 것처럼 조심스러웠다. 작은 여행 가방과 손가방을 들고 있었는데, 깨끗했지만 매우 값싼 제품들이었다.

「아가씨, 표는 어디 있습니까?」

「제 표요?」

정말 큰일이었다. 그녀의 표라고? 어디에 끼워 넣었을까? 호주머니 안에? 손가방 안에? 아니면 여행 가방? 그녀 때문에 기다리면서도 그녀가 당황하는 것을 재미있어하는 뒷사람들 때문에 겁을 먹고 난처해진 그녀는 여행 가방을 놓고 손가방을 열었다. 그런데 결국엔 한쪽 소매의 접힌 부분에서 핀으로 꽂힌 표를 찾아냈다.

그리고 양쪽으로 길게 늘어선 줄 사이를 헤치고 빠져나왔다.

「빌어먹을!」

고르주레가 투덜댔다.

「구인장이 없다니 재수 더럽게 없군! 그것만 있으면 저 여자를 잡을 수 있을 텐데 말이야!」

「그래도 그냥 붙잡으시죠」

「이런 멍청이! 저 여자 뒤를 미행할 거야. 허위 조작은 안 돼, 알았나? 바짝 붙어서 따라간다」

24

고르주레는 지나치게 신중해서 그 아가씨의 뒤에 바짝 따라붙을 수 없었다. 그녀는 전에 그의 손아귀를 교묘하게 빠져나간 적이 있기 때문이다. 그녀의 경계심을 일깨우지 말아야 했다. 그는 그녀와 거리를 두었다. 그는 금발의 클라라가 마치 역의 대합실에 처음으로 발을 들여놓은 사람처럼 어디로 가야 할지 두리번거리며 망설이는 것을 확인했다. 그녀는 감히 누구에게 물어보지도 못하고 되는 대로 아무 쪽으로나 발을 옮겼다. 고르주레가 중얼거렸다.

「정말 강적이군!」

「뭐가요?」

「저 여자가 역에서 어떻게 나가는지 모르기 때문이 아니야. 그러니까 저 여자가 망설이는 것은 누군가 자기를 미행할지도 모르니 조심해야 한다고 생각하기 때문이지」

「정말 마치 쫓기고 있는 사람 같습니다. 게다가 상냥하고……또 얼마나 우아해 보입니까……!」

플라망이 그녀를 관찰하며 말했다.

「흥분하지 마, 플라망! 저 여자는 아주 인기가 많아. 키다리 폴이 저 여자에게 미쳐 있지. 저것 봐, 여자가 계단을 찾았다……. 서두르자」

그녀는 계단을 내려가 밖으로 나갔다. 로마 광장 앞이었다. 그녀는 택시를 불렀다.

고르주레는 급하게 서둘렀다. 그는 그녀가 손가방에서 봉투 하나를 꺼내 택시 기사에게 주소를 읽어 주는 것을 보았다. 그녀가 작은 소리로 말했는데도 그는 그 소리를 들었다.

「볼테르 강변로 63번지로 가 주세요」

그리고 그녀는 택시에 올라탔다. 고르주레는 바로 택시를 불렀다. 그러나 그 순간 그렇게도 기다리던 파리 경찰청의 비밀 요원이 그에게 다가왔다.

고르주레가 말했다.

「아! 르노, 당신이군? 구인장은 가져왔소?」

「여기 있습니다」

요원이 대답했다.

그리고 그는 고르주레에게 전달하라는 몇 가지 추가 사항들을 설명해 주었다.

그가 떠난 후 고르주레는 불렀던 택시가 가 버렸고, 클라라가 탄 택시는 광장 모퉁이를 돌아가 버린 것을 알았다.

그는 다시 삼사 분을 허비했다. 하지만 문제될 것은 없었다! 주소를 알고 있지 않은가!

그가 다시 부른 택시 기사에게 말했다.

「기사 양반, 볼테르 강변로로 갑시다. 63번지요」

두 형사가 기둥에 붙어 서서 368호 열차가 도착하기를 기다리고 있을 때부터 누군가 그들 주위를 어슬렁거리고 있었다. 나이가 꽤 지긋한 사람이었는데, 야윈 얼굴은 수염으로 덮이고 뺨은 구릿빛이었으며, 황갈색이 감도는 외투를 입고 있었는데 길이가 너무 길고 여기저기 기워져 있었다. 그 사람은 고르주레가 주소를 일러 줄 때 두 형사가 알아채지 못하게 택시 가까이 접근하는 데 성공했다.

이번에는 그가 택시를 잡아타고 말했다.

「기사 양반, 볼테르 강변로 63번지로 갑시다」

26

중이층 남자

볼테르 강변로 63번지는 사유 저택으로 센 강변을 따라 서 있었다. 오래된 회색 건물 정면에는 매우 높은 창문이 나 있었다. 1층 거의 전체와 중이층 4분의 3을 골동품 가게들과 책방들이 차지했다. 2층과 3층은 데를르몽 후작의 넓고 호화로운 아파트였다. 그의 가문이 그 건물을 소유한 지 한 세기 이상 됐다. 옛날에는 대단한 부자였지만 투기에 여러 번 실패한 이후에는 약간 궁색해져서 데를르몽 후작은 집안의 하인들과 자신의 고용인들을 줄여야 했다.

중이층을 분할하여 방 네 개로 이루어진 자그마한 독립 주택을 만든 것도 그 때문이었다. 그 집을 마음에 들어하는 어떤 사람이 후작의 대리인에게 조심스럽게 거액의 사례금을 얹어 주자 대리인은 그에게 세를 내주었다. 그리하여 한 달 전부터 라울 씨가 세 들어 살고 있었는데, 그는 이 집에서 잠을 자는 일이 드물었고 매일 오후 한두 시간 정도만 머물렀다.

그의 방은 건물 관리인의 방 위쪽에, 후작의 비서가 쓰는 방들 아래쪽에 있었다. 어두운 현관에 들어서면 바로 거실로 통했다. 그리고 오른쪽에는 침실, 왼쪽에는 욕실이 있었다.

그날 오후에 거실은 비어 있었다. 가구는 거의 없었지만 있는 것도 되는 대로 아무렇게나 맞추어 놓은 것 같았다. 정리도 전혀 되지 않았고 아늑하지도 않았다. 임시로 머물기 위해 만들어 놓 았다가 마음이 바뀌면 미련 없이 훌쩍 떠나는 야영지 같은 인상 을 주었다.

센 강의 아름다운 전경이 내다보이는 두 개의 창문 사이에는 쿠션을 넣은 넓은 등받이를 높인 안락의자 하나가 출입문을 등지 고 놓여 있었다.

안락의자 오른쪽에는 작은 원탁이 맞대어 있고, 그 위에는 술 병 보관함 모양의 작은 상자가 하나 있었다.

벽에 걸어 놓은 괘종시계가 좁은 상자 안에서 네 번 울렸다. 2분 이 흘렀다. 이어서 천장에서 규칙적인 간격으로 세 번 두드리는 소리가 났다. 연극에서 막이 올라가는 것을 알릴 때 세 번 두드리 는 것과 같았다. 다시 세 번 두드리는 소리가 들렸다. 그러고는 갑자기 어딘가에서, 술병 보관함 쪽에서 다급한 벨 소리가 울렸 다. 전화 벨 소리 같았지만 그보다는 둔하고 은밀했다.

정적.

그리고 모든 것이 다시 시작되었다. 발뒤꿈치로 세 번 치는 소 리. 전화벨이 은은하게 울리는 소리. 그러나 이번에는 벨 소리가 끝나지 않고 마치 뮤직 박스에서 나는 것처럼 술병 보관함에서 계속 새어 나왔다.

「이런 빌어먹을!」

거실에서 누군가 잠을 깨면서 잠긴 목소리로 투덜거렸다.

창문 쪽으로 돌려진 넓은 안락의자의 오른쪽에서 팔 하나가 천천히 나오더니 원탁의 작은 상자를 향해 뻗었다. 팔은 상자의 뚜껑을 들어 올리고 그 안에 있는 수화기를 잡았다.

수화기는 의자 등받이의 다른 쪽으로 옮겨졌다. 그리고 안락의자 깊이 파묻혀 있어서 보이지 않는 남자가 전보다 또렷한 목소리로 짜증을 냈다.

「그래, 나야, 라울……. 그런데 날 좀 자게 내버려둘 수 없겠나, 쿠르빌? 자네 사무실과 내 사무실에 직통 전화를 놓겠다는 생각을 하다니 얼마나 어리석었는지 모르겠군! 내게 아무 할 말도 없잖아? 빌어먹을, 난 자야겠어」

그는 수화기를 다시 놓았다. 그러나 발뒤꿈치로 치는 소리와 전화 벨 소리가 다시 들리기 시작했다. 그러자 그는 결국 양보하고 말았다. 그러고는 중이층의 라울과 데를르몽 후작의 비서 쿠르빌이라는 사람의 은밀한 대화가 이루어졌다.

「말해…… 지껄여 보라고…… 후작은 집에 있나?」

「그렇습니다. 발텍스라는 사람이 방금 갔습니다」

「발텍스! 발텍스가 오늘 또 왔단 말인가! 빌어먹을! 난 그 작자가 불쾌해. 우리와 똑같은 목적을 가지고 있는 것이 분명하기 때문이지. 그리고 그 작자는 그 목적을 알고 있을 텐데 우리는 모르고 있단 말이야. 문틈으로 뭔가 엿들은 게 있나?」

「아무것도 못 들었습니다」

「듣는 게 하나도 없지. 그런데 왜 날 방해하는 거야? 잠 좀 자게 내버려두란 말이야, 빌어먹을! 약속은 5시에나 있단 말일세.

미인 올가와 차를 마시기로 했지」

그는 전화를 다시 끊었다. 그러나 안락의자에 여전히 파묻혀 있긴 했지만 담배에 불을 붙이는 걸 보면 전화를 하는 바람에 잠이 완전히 깨 버린 것이 분명했다.

등받이 위로 푸른 담배 연기가 둥글게 말려 피어 올랐다. 괘종 시계는 4시 10분을 가리키고 있었다.

그런데 갑자기 현관 출입문에서 초인종 소리가 울렸다. 그와 동시에 두 창문 사이에 있는 돌림띠 장식 아래로 널빤지 하나가 미끄러져 내려왔다. 그것은 물론 초인종이 울리면 작동하게 되어 있는 장치였다.

작은 거울 크기로 된 사각형 모양의 공간이 눈에 들어왔다. 영화관의 화면처럼 밝혀진 작은 거울에는 앞가르마를 탄 곱슬곱슬한 금발의 매력적인 아가씨 얼굴이 비쳤다.

라울은 자리에서 벌떡 일어나면서 중얼거렸다.

「아! 예쁜 아가씨로군!」

그는 그녀를 잠시 쳐다보았다. 아니었다. 분명히 모르는 여자였다……. 한번도 본 적이 없었다.

그는 용수철을 작동시켜 널빤지를 제자리로 돌려놓았다. 그리고 이번에는 다른 거울로 자기 모습을 보았다. 거울에는 훌륭한 맵시에 우아한 모습, 완벽한 옷차림을 한 서른다섯 살가량 된 남자의 모습이 보였다. 그 정도의 남자라면 어떤 아름다운 아가씨의 방문도 얼마든지 유리하게 소화할 수 있는 것이다.

그는 현관으로 달려 나갔다.

손에 편지 봉투를 든 금발의 방문객이 기다리고 있었다. 옆에는 층계참의 카페트 위에 내려놓은 여행 가방이 있었다.

「무슨 일이십니까, 부인?」

「아가씨예요」

그녀가 낮은 목소리로 말했다.

그가 다시 말했다.

「무슨 일이십니까, 아가씨?」

「여기가 데를르몽 후작 댁이 맞나요?」

라울은 방문객이 층을 잘못 알고 있다는 것을 알았다. 그런데 아가씨는 현관 안으로 두세 걸음 들어왔고, 그는 여행 가방을 잡으며 태연하게 대답했다.

「바로 접니다, 아가씨」

그녀는 거실 문턱에서 멈춰 서더니 당황한 목소리로 중얼거렸다.

「아!…… 후작님은…… 연세가 지긋하신 분이라고 들었는데……」

「저는 그분 아들입니다」

라울이 태연하게 대답했다.

「하지만 후작님은 아들이 없으신데……」

「그렇군요? 그렇다면 제가 아들이 아니라고 해 두죠. 그런 건 조금도 중요하지 않습니다. 저는 데를르몽 후작님과 절친한 사이입니다. 후작님과 알고 지내는 영광을 가지진 못했지만 말입니다」

그는 능숙한 솜씨로 그녀를 들어오게 하고는 문을 닫았다.

그녀가 제지했다.

「아니, 이보세요, 전 가야겠어요……. 층을 잘못 찾았어요」

「맞습니다…… 숨이나 좀 돌리세요……. 계단이 절벽처럼 가파르니까요……」

그의 태도가 너무도 쾌활하고 거리낌이 없었기 때문에 그녀는 거실을 나가려고 하면서도 미소를 짓지 않을 수 없었다.

그러나 그때 층계참에서 다시 똑같은 벨 소리가 울렸고, 두 창문 사이에서 반짝이는 화면이 다시 나타나 콧수염이 무성한 무뚝뚝한 얼굴을 보여 주었다.

「제기랄! 경찰이군!」

라울이 소리치며 화면을 껐다.

「저 사람이 여기엔 뭐 하러 온 거야?」

경찰이 나타나 당황한 아가씨는 불안해졌다.

「부탁이에요, 선생님. 나가게 해 주세요」

「하지만 저 사람은 고르주레 주임 형사입니다! 야비한 녀석! 고약한 놈……! 난 저 작자 얼굴을 알고 있어요……. 저 사람이 당신을 보아선 안 됩니다. 보지도 못할 테지만……」

「저 사람이 저를 봐도 전 아무 상관없어요, 선생님……. 전 가야겠어요」

「절대로 안 됩니다, 아가씨. 당신이 위험에 빠지는 걸 바라지 않습니다……」

「전 위험에 빠지지 않을 거예요」

「아니, 그렇지 않아요……. 자, 내 침실로 가십시오. 싫어요……? 그럼, 어떡할까, 어떻게 하긴 해야 하는데……」

그는 재미있는 생각이 떠올라 웃기 시작했다. 그는 아가씨에게 정중하게 손을 내밀어 넓은 안락의자에 그녀를 앉혔다.

「꼼짝하지 마십시오, 아가씨. 여기 있으면 아무도 보지 못합니다. 3분 안에 자유로워질 겁니다. 내 침실로 피신하는 건 원하지 않으시니 안락의자는 수락하시겠죠?」

그녀는 어쩔 수 없이 그의 말에 따랐다. 그의 쾌활하고 온후한 태도에는 결단력과 권위가 섞여 있었기 때문이다.

그는 만족감을 보여 주려는 듯 제자리에서 가볍게 팔짝 뛰었다. 매우 유쾌한 모험이 시작하려는 참이었다. 그는 문을 열어 주러 갔다.

고르주레 형사가 그의 동료 플라망을 데리고 안으로 성큼 들어섰다. 그는 바로 거친 말투로 소리를 질렀다.

「여기에 여자 한 사람이 있소. 관리인 아주머니가 지나가는 여자를 봤고 초인종 소리를 들었다고 했소」

라울이 조용히 그의 앞을 가로막고 매우 정중하게 말했다.

「누구신지 알 수 있을까요……?」

「사법 경찰국의 고르주레 주임 형사요」

「고르주레!」

라울이 외쳤다.

「그 유명하신 고르주레 형사시라고요! 아르센 뤼팽을 거의 잡았다던 분!」

「그리고 언젠가는 꼭 잡을 사람이오」

형사가 거드름을 피우며 말했다.

「하지만 오늘은 다른 일로 왔소……. 아니 그보다는 다른 사냥감이라고 하는 게 낫겠군. 여자 한 사람이 올라왔지요?」

「금발의 여자요? 아주 예쁘고?」

라울이 말했다.

「그렇다고 할 수도 있겠지……」

「그럼 아니군요. 제가 말하는 여자는 아주 예쁩니다. 뛰어나게 예쁘죠……. 아주 달콤한 미소…… 매우 상큼한 얼굴……」

「여기 있소?」

「여기서 나갔습니다. 3분도 채 안 됐습니다. 초인종을 눌러 제게 볼테르 대로 63번지에 사는 프로생 씨냐고 물었어요. 저는 그녀가 잘못 찾아왔다고 하면서 볼테르 대로까지 가는 길을 말해주었습니다. 여자는 그 즉시 떠났습니다」

「재수 더럽게 없군!」

고르주레가 투덜거렸다. 그는 기계적으로 주위를 살펴보았다. 등을 보이고 있는 안락의자를 건성으로 한번 쳐다보더니 방문들을 살펴보았다.

「문을 열어 볼까요?」

라울이 제안했다.

「필요 없소. 거기에 가서 찾아보겠소」

「고르주레 형사님이 계시니 마음이 놓입니다」

「나도 그렇소」

고르주레가 순진하게 말했다.

그리고 모자를 다시 쓰면서 덧붙였다.

「나름대로 잔꾀를 부리지만 않았다면…… 내가 보기에 그 여자는 흉악한 탕녀요!」

「탕녀요? 그 아름다운 금발의 여자가?」

「그러니까 조금 전 생라자르 역에서 그 여자가 탔다는 열차가 도착했을 때 다 잡은 건데…… 그 여자가 내 손을 빠져나간 게 이것으로 두 번째요」

「제가 보기에는 아주 침착하고 호감이 가는 여자였는데요!」

고르주레는 당치도 않다는 몸짓을 하면서도 이렇게 말을 던졌다.

「내 말은 범상치 않은 여자란 말이오. 그 여자가 누군지 아시오? 간단히 말해 키다리 폴의 애인이오」

「엉? 그 유명한 악당 말입니까? 도둑에…… 어쩌면 살인자에…… 형사님께서 거의 붙잡았던 그 키다리 폴 말입니까?」

「그리고 앞으로 꼭 붙잡을 놈이오. 놈의 애인, 그 교활한 금발의 클라라와 함께 말이오」

「그럴 리가! 그 금발의 예쁜 아가씨가 신문에서 떠들어 대던, 사람들이 6주 전부터 찾고 있는 그 클라라라니…… 」

「바로 그 여자요. 이제 그 여자를 잡는 것이 얼마나 중대한 일인지 아셨을 거요. 플라망, 자네도 갈 거지? 그럼 선생, 주소를 확인합시다. 볼테르 대로 63번지 프로생 씨 댁이 맞죠?」

「맞습니다. 그 여자가 제게 말해 준 주소입니다」

라울은 매우 상냥하고 정중하게 그를 배웅했다.

「행운을 빕니다」

그는 계단의 난간 위로 몸을 기울이며 말했다.

「여전히 건재하시니 뤼팽이라는 작자도 붙잡으십시오. 그들 모두 사기꾼 일당입니다」

그가 거실로 다시 돌아왔을 때 아가씨는 약간 창백한 얼굴로 모종의 불안에 싸여 일어서 있었다.

「도대체 어떻게 된 일입니까, 아가씨?」

「아무것도…… 아무것도 아니에요…… 저 사람들이 역에서 저를 기다리고 있었을 뿐이에요……! 제가 신고됐다니요……!」

「그럼 당신이 그 유명한 키다리 폴의 애인인 금발의 클라라 맞습니까?」

그녀는 어깨를 으쓱했다.

「저는 키다리 폴이 누군지도 몰라요」

「그럼 신문도 안 읽는단 말인가요?」

「거의」

「그럼 금발의 클라라라는 당신 이름은요?」

「전 몰라요. 제 이름은 앙토닌이에요」

「그렇다면 뭐가 두려우십니까?」

「아무것도 두렵지 않아요. 그래도 사람들이 절 잡으려 하니…… 사람들이……」

그녀는 말을 중단하더니 자신의 불안이 어린아이 같은 것이었음을 갑자기 깨달은 듯 미소를 지었다. 그리고 이렇게 말했다.

「고향에서 이제 막 도착했는데 느닷없이 복잡한 일을 겪어서 정신이 없어요. 안녕히 계세요」

「그렇게 급하십니까? 잠깐만요. 아가씨에게 말해 줄 것이 많아요! 아가씨는 기쁨의 미소…… 사람을 황홀하게 하는 미소를 갖고 있어요……. 입술 끝이 살짝 올라가면서 짓는 그 미소 말입니다」

「저는 들을 게 아무것도 없어요. 안녕히 계세요!」

「뭐라고요! 당신을 구해 줬는데. 그리고……」

「저를 구해 주셨다고요?」

「그럼요! 감옥…… 법정…… 교수대. 뭔가 보상받을 만하죠. 데를르몽 후작 댁에서는 얼마나 계실 겁니까?」

「아마 한 30분쯤……」

「그럼 당신이 나오길 기다리고 있겠습니다. 여기에서 차나 한 잔 마시죠. 좋은 친구로 말입니다」

「여기에서 차를 마시자고요! 오! 선생님, 제 실수를 빌미로…… 그러지 마세요, 부탁이에요」

고개를 들어 그를 쳐다보는 그녀의 눈빛이 너무도 순수하여 그는 자신의 제안이 무례했음을 느끼고 고집을 부리지 않았다.

「아가씨, 당신이 원하든 원하지 않든 우리는 운명적으로 다시 만나게 되어 있습니다……. 무조건 당신을 돕겠습니다. 이런 종류의 만남에는 반드시 내일이 기약되어 있지요……. 수많은 내일이……」

그는 층계참까지 따라나가 그녀가 계단을 올라가는 것을 보았다. 그녀는 뒤를 돌아보며 그에게 손을 들어 상냥한 인사를 보냈다. 그가 혼자 중얼거렸다.

「그래, 정말 사랑스러워……. 아! 저 상큼한 미소! 그런데 후작 댁에 무슨 볼일이 있을까……? 그리고 뭘 하는 여자일까? 저 여자의 숨겨진 정체는 뭐지? 저 여자가 키다리 폴의 애인이라니! 키다리 폴과 함께 연루되는 건 있을 수 있는 일이야……. 하지만 키다리 폴의 애인이라니…… 그런 거짓말을 지어낼 수 있는 건 경찰밖에 없어……!」

그렇지만 그는 고르주레가 볼테르 대로 63번지에서 허탕을 친 뒤 아마 다시 돌아올 것이며, 그렇게 되면 고르주레와 아가씨가 마주칠 위험이 있다는 생각이 들었다. 어떻게 해서든 그것만은 피해야 했다.

그러나 그가 자기 아파트로 다시 들어왔을 때 그는 갑자기 이마를 치며 중얼거렸다.

「빌어먹을! 깜빡했어……」

그는 전화기 쪽으로 달려갔다. 이번에는 숨겨 놓은 전화기가 아니라 시내와 통하는 전화였다.

「방돔 00-00번! 여보세요……! 급합니다, 아가씨. 여보세요……! 베르비츠 의상실이죠……. 왕비님께서 거기 계시지 않소? (초조해하며) 왕비 폐하께서 거기 계신지 묻고 있소……. 옷을 입어 보고 계시다고요? 그럼 라울에게서 전화가 왔다고 좀 전해 주시오」

그리고 명령조로 다시 말했다.

「잔말 마시오, 알겠소······? 왕비 폐하께 전하라고 당신에게 명령하는 거요. 전하지 않으면 왕비 폐하께서 심히 불쾌해하실 거요!」

그는 초조하게 전화기를 두드리며 기다렸다. 전화기 저쪽에서 누군가 전화를 받았다. 그가 이름을 불렀다.

「올가, 당신이야? 나 라울이야. 엉? 뭐라고? 옷을 입어 보다 말았다고······? 그래서 반쯤은 알몸 상태라고? 그럼 지나가는 사람들한테는 잘된 일이네, 아름다운 올가 당신은 놀라겠지만 말이야. 당신 어깨는 중앙 유럽에서 제일 아름답지. 하지만 부탁인데, 올가, 〈ㄹ〉 발음을 그렇게 굴리지 마······! 당신에게 말하고 싶은 게 뭐냐고······? 그래, 좋아, 나도 그렇게 발음하지······. 뭐냐 면 말이야, 차를 마시러 갈 수가 없겠어······. 천만에, 내 사라아아앙 진정해. 여자는 더 이상 없어. 사업상 약속일 뿐이야······. 이런, 그게 아니라아아라니까······. 이봐요, 내 사랑하는 귀염둥이······ 그래, 오늘 저녁······ 식사하기로······ 당신 데리러 갈까······? 좋았어······ 내 사라아아앙 올가······」

그는 전화를 끊고 살짝 열린 문 뒤로 재빨리 가서 바짝 붙어 섰다.

2층 남자

책이 빼곡이 들어찬 넓은 서재에서 데를르몽 후작은 책상 앞에 앉아 서류를 정리하고 있었다. 그 방의 책들 가운데 읽은 건 거의 없었지만 그는 책의 아름다운 장정을 좋아했다.

장 데를르몽은 볼니크 성의 끔찍한 비극 이후 보낸 15년의 세월보다 훨씬 더 늙어 보였다. 머리는 백발이었고, 얼굴에는 주름이 파였다. 사랑 놀음에는 실패해 본 적이 없었던 그는 이제 더이상 옛날의 미남 데를르몽이 아니었다. 그의 풍채는 여전히 좋고 자세도 꼿꼿했지만, 그 옛날 사람들의 환심을 사려는 욕망으로 생기가 돌던 그의 얼굴은 근엄해졌고 때로는 근심이 어리기도 했다. 그가 드나드는 살롱과 동아리에서 그와 어울리는 주변 사람들은 돈에 대한 걱정 때문이라고 생각했다. 그러나 장 데를르몽은 좀처럼 속마음을 내비치지 않았기 때문에 자세한 내막은 알지 못했다.

그는 누군가 입구에서 벨을 누르는 소리를 들었다. 그는 귀를 기울였다. 하인이 문을 두드리고 들어와 어떤 젊은 여자가 만나기를 청한다고 말했다.

「유감이지만 시간이 없다고 하게」

그가 말했다.

하인이 나가더니 다시 들어왔다.

「후작님, 꼭 만나셔야 한답니다. 리지외에 사는 테레즈 부인의 딸이랍니다. 자기 어머니의 편지를 가지고 왔습니다」

후작은 잠시 망설였다. 그는 기억해 내려고 애쓰면서 혼자 되뇌었다.

「테레즈…… 테레즈……」

그러더니 다급하게 대답했다.

「들어오라고 하게」

그는 즉시 자리에서 일어나 아가씨 앞으로 걸어가며 손을 내밀고 반갑게 그녀를 맞이했다.

「어서 오시오, 아가씨. 물론 당신 어머니를 잊지 않았소……. 그런데, 이런, 어머니를 빼다 박았군요! 머리카락도…… 약간 수줍어하는 표정도…… 그리고 특히 그렇게도 사랑스러웠던 어머니의 미소까지도 똑같소……! 그런데 어머니가 보내서 왔소?」

「엄마는 5년 전에 돌아가셨어요, 후작님. 후작님께 편지를 한 통 남기셨는데 제가 전해 드리겠다고 약속했습니다……. 도움이 필요할 때 갖다 드리라고 하셨어요」

그녀는 밝은 얼굴에 슬픔의 그늘을 드리우며 침착하게 말했다. 그리고 어머니가 주소를 적어 놓은 봉투를 건넸다. 그는 봉투를 열고 편지를 한번 홀깃 보더니 몸을 떨었다. 그리고 약간 거리를 두고 물러나 편지를 읽었다.

만약에 제 딸을 위해 뭔가를 해 주실 수 있다면 해 주세요……. 그 아이가 알고 있는 과거를 생각해서 말이에요, 그러나 그 아이는 과거에 당신이 제게 오직 친구였을 뿐이라고 믿고 있어요. 아이에게는 절대로 말하지 마세요. 간절히 부탁합니다. 앙토닌은 제가 그랬던 것처럼 자존심이 매우 강하답니다. 당신에게 오직 일자리만을 부탁할 겁니다. 감사의 마음을 보내며.

──테레즈

후작은 잠시 아무 말이 없었다. 그는 프랑스 중부의 그 온천 도시에서 아주 멋지게 시작했던 달콤한 정사를 떠올리고 있었다. 테레즈는 가정교사로 어느 영국인 가족과 동행했다. 그것은 장 데를르몽에게는 시작하는가 하면 어느새 끝나 버리곤 했던 수많은 연애 편력 가운데 하나일 뿐이었다. 그런 와중에 당시 무사태평하고 지극히 이기적인 성격이었던 그는 자기에게 열렬히 헌신하면서 무한한 신뢰와 함께 송두리째 몸을 맡기는 여자에게 관심을 거의 기울이지 않았다. 몇 시간 동안의 희미한 추억이 그가 간직한 기억의 전부였다. 테레즈에게는 그 사건이 뭔가 더욱 진지하고 자기의 온 생애를 걸었던 일이었을까? 이렇다 할 해명도 없이 갑자기 소식을 끊은 후, 그는 그녀에게 고통과 부서져 버린 삶, 그리고 이 아이를 남겼단 말인가……?

그는 정말 몰랐다. 그녀는 그에게 편지 한 통 쓰지 않았다. 그런데 그 어느 때보다도 어려운 상황에 있을 때 이런 편지가 과거사에서 불거지다니……. 감정이 북받쳐 오른 그가 아가씨에게 다가가 물었다.

「앙토닌, 올해 나이가 몇 살인가요?」

「스물세 살이에요」

그는 감정을 자제했다. 날짜가 일치했다. 그는 약해진 목소리로 그녀의 말을 따라했다.

「스물세 살!」

또다시 침묵에 빠지지 않기 위해, 그리고 테레즈의 부탁대로 아가씨의 의혹을 사지 않기 위해 그가 말했다.

「앙토닌, 나는 어머니의 친구였소. 그것도 속내를 이야기하는 친구……」

「그것에 대해서는 말씀하시지 마세요. 부탁입니다, 후작님」

「그럼 어머니께서 그 당시에 관해서 좋지 않은 기억이라도 가지고 있었소?」

「어머니는 그 일에 대해서는 입을 다무셨어요」

「좋소. 그래도 한마디만 물어봅시다. 어머니께서는 너무 힘들게 사시지 않으셨소?」

그녀는 단호하게 대답했다.

「어머니는 아주 행복하셨어요. 제게 온갖 즐거움을 주셨죠. 제가 오늘 여기에 온 것은 저를 맡아 주었던 사람들과 더 이상 맞지 않기 때문입니다」

「나중에 내게 다 얘기해 주시오. 오늘 그보다 급한 것은 아가씨의 미래에 관한 것이라오. 뭘 해 줬으면 좋겠소?」

「어느 누구에게도 부담이 되지 않고 싶어요」

「그리고 아무에게도 의지하지 않는 것?」

「명령에 따르는 건 괜찮아요」

「할 줄 아는 것이 뭐요?」

「뭐든지 다 할 수 있어요. 아는 것은 없지만」

「많으면서도 없다는 말이군. 내 비서가 되면 어떻겠소?」

「비서가 있으신가요?」

「그렇소. 하지만 난 그를 경계하고 있소. 그는 내 방문에 붙어서 엿듣고 서류를 뒤진다오. 아가씨가 그 자리를 맡아요」

「저는 누구 자리도 뺏고 싶지 않아요」

「이런, 참 어렵군」

데를르몽 후작이 웃으며 말했다.

그들은 서로 나란히 앉아 한동안 이야기를 나누었다. 그는 애정을 가지고 주의 깊게 들었고, 그녀는 긴장이 풀려 편안하게 이야기했다. 그러나 그녀가 뭔가를 꺼리는 순간이 몇 번 있었고, 그는 그녀가 왜 그러는지 알 수 없어 약간 당황하기도 했다. 결국 그는 그녀가 조금도 급하지 않으며 자신을 좀더 잘 알 수 있도록 생각할 시간을 주겠다는 말을 들었다. 후작은 이튿날 자동차를 타고 사업상 출장을 떠나야 했다. 그 뒤에는 20여 일간 외국에서 지낼 예정이었다. 그녀는 그의 자동차 여행에 동행할 것을 수락했다.

그녀는 종이 끝에 파리에 와서 묵기로 한 하숙집의 주소를 그에게 적어 주었고, 그는 다음날 아침에 그녀를 데리러 가기로 약속했다.

그는 서재를 나와 대기실에서 그녀의 손에 입을 맞추었다. 그런데 우연히 쿠르빌이 그곳을 지나갔다. 후작은 간단하게 말했다.

「또 봅시다, 아가씨. 날 다시 보러 오겠지요?」

그녀는 작은 여행 가방을 다시 들고 내려갔다. 그녀는 금세 노래라도 부를 것처럼 행복하고 쾌활해 보였다.

그리고 이어 벌어진 일은 너무도 신속하고 뜻밖이어서 그녀는 뭔가 앞뒤가 맞지 않는 느낌들만을 감지한 채 크게 놀랐다. 2층을 거의 다 내려왔을 때, 계단이 있는 공간은 상당히 어두웠다, 그녀에게 중이층의 문 앞에서 말다툼하는 소리가 들려왔다. 그녀는 그중 몇 마디를 알아들을 수 있었다.

　「당신은 나를 우롱했소, 선생……. 볼테르 대로 63번지는 없소……」

　「그럴 리가 없습니다, 형사님! 볼테르 대로가 있지 않습니까?」

　「뿐만 아니라 내가 여기에 왔을 때 내 호주머니에 있던 중요한 서류가 어떻게 되었는지 알고 싶소」

　「구인장 말인가요? 클라라 양을 체포하는?」

　아가씨는 그만 커다란 실수를 범하고 말았다. 그녀는 고르주레 형사의 목소리를 알아차렸을 때 조용히 3층으로 다시 올라가지 않고 비명을 지르며 계단을 내려가고 말았다. 주임 형사는 비명을 듣고 뒤를 돌아보았고, 그녀가 도망치는 것을 보고는 막 달려들려던 참이었다.

　그러나 그의 주먹은 어떤 두 손에 잡혀 현관 안쪽으로 끌려갔다. 그는 자신의 힘을 믿고 저항했다. 불시에 나타난 상대방보다 신장으로나 근육으로나 훨씬 건장했기 때문이다. 그러나 그는 아연하고 말았다. 그에게서 벗어날 수 없었을 뿐만 아니라 불가항력적으로 가장 꼴사나운 자세로 끌려갈 수밖에 없었기 때문이다. 화가 난 그가 반발했다.

　「날 좀 내버려둘 수 없겠소……?」

　「날 따라와야겠소」

　라울이 또박또박 말했다.

「구인장이 우리 집에 있소. 그걸 달라고 했잖소」

「구인장은 상관없소」

「나는 아니오! 난 상관 있소! 당신에게 그걸 돌려줘야 하오. 당신이 달라고 했으니까」

「하지만 맙소사! 그동안 여자가 도망친단 말이오!」

「당신 동료가 저기 있지 않소?」

「그렇소. 거리에 있소. 하지만 그놈은 멍청이요」

순식간에 그는 현관 안으로 옮겨져 문 안에 갇혀 버리고 말았다. 그는 격분하여 발을 구르며 끔찍한 욕설을 지껄여 댔다. 그는 몸을 문에 부딪히다가 자물쇠를 열려고 했다. 그러나 문도 자물쇠도 꿈쩍하지 않았다. 자물쇠는 특수한 종류 같았다. 자물쇠를 무한정 돌려 보았지만 도저히 열리지 않았다.

「자, 구인장 여기 있소, 주임 형사 나리」

라울이 말했다.

고르주레는 금세 그의 멱살을 잡을 것만 같았다.

「이런 뻔뻔한 인간! 이 구인장은 내가 여기 처음 왔을 때 내 외투 주머니 속에 있었소」

라울이 침착하게 대답했다.

「떨어진 것이 틀림없소. 여기 바닥에서 발견했소」

「거짓말! 어쨌든 당신은 볼테르 대로 운운하면서 날 속인 건 부인하지 못할 거요. 그리고 날 그쪽으로 따돌렸을 때 여자는 여기서 멀지 않은 곳에 있었겠지?」

「그것도 아주 가까이 있었소」

「뭐라고?」

「이 방 안에 있었소」

「지금 무슨 말을 하는 거요?」

「당신에게 등을 보이고 있는 저 안락의자에」

「아니, 정말로! 정말로!」

고르주레가 팔짱을 끼며 되뇌었다.

「이 안락의자에 있었다니…… 당신이 감히 어떻게……? 아니, 당신 미쳤소? 누구 맘대로……?」

「내 선량한 마음이오」

라울이 사뭇 다정한 듯한 말투로 대답했다.

「보시오, 형사 나리. 당신 역시 선량한 사람이오. 당신도 아마 아내와 자식이 있을 거요……. 당신 같으면 그 아름다운 금발의 아가씨를 감옥에 처넣도록 넘겨주었겠소! 자, 생각해 봅시다! 당신이 나라고 해도…… 아마 똑같이 행동했을 거요. 당신도 내가 볼테르 대로에서 헤매도록 보냈을 거란 말이오. 솔직히 말해 보시오」

고르주레는 감정이 격해져 숨이 막힐 것 같았다.

「그 여자가 여기 있었소! 키다리 폴의 애인이 여기 있었단 말이오! 미안하지만 당신 골치 아프게 됐어, 이 친구야」

「키다리 폴의 애인이 여기 있었다는 것을 당신이 증명한다면 골치 아픈 일이지. 하지만 증거가 있어야지」

「그건 당신이 직접 실토하고 있잖나……」

「당신과 머리를 맞대고, 서로 마주 보면서는 말할 수 있지. 하지만 둘이 아니라면…… 그럴 리 없지」

「주임 형사의 증언이 있어……」

「그럼 그렇게 해 보시지. 자기가 풋내기처럼 휘둘렸다고 공언할 용기는 없을 텐데 말이야」

고르주레는 말문이 막혔다. 그에게 맞서는 것을 즐기는 것 같은 이 〈별난 녀석〉은 도대체 누구란 말인가? 그는 그의 이름과 신분증을 요구하고 심문하고 싶었다. 그러나 그는 그 기묘한 인물에게 이상하게도 압도되는 기분이었다. 그는 간단하게 말했다.

「그렇다면 당신은 키다리 폴의 애인과 친구인가?」

「나? 난 그 여자를 3분 정도 봤을 뿐이야」

「그런데?」

「그런데 여자가 마음에 들었지」

「그게 동기의 전부란 말인가……?」

「그렇소. 난 내 마음에 드는 사람들을 누가 괴롭히는 게 싫거든」

고르주레는 주먹을 불끈 쥐어 라울에게 들이댔다. 라울은 아무런 동요도 없이 현관 문 쪽으로 서둘러 다가가 단 한번에 자물쇠를 작동시켰다. 그것은 마치 세상에서 가장 잘 열리는 자물쇠 같았다.

형사는 머리에 모자를 눌러쓰고 활짝 열린 그 문으로 나갔다. 그는 상체를 내밀고 일그러진 얼굴로 언젠가 복수의 시간이 올 때를 기다리겠다고 생각했다.

5분 후, 창문을 통해 고르주레와 그의 동료가 천천히 사라지는 것을 확인한 그는 새로운 명령이 떨어질 때까지는 그 예쁜 금발의 아가씨에게 아무 위험이 없을 거라 생각했다. 라울은 천장을 가볍게 두드려 데를르몽 후작의 비서인 쿠르빌을 자기 집으로 오게 했다. 그가 오자마자 곧바로 그를 붙잡았다.

「자네 위층에서 금발의 예쁜 아가씨를 보았지?」

「그렇습니다. 후작께서 만났습니다」

「그들의 이야기를 엿들었나?」

「그렇습니다」

「무슨 말을 들었지?」

「아무 말도 듣지 못했습니다」

「이런 얼간이!」

라울은 고르주레가 플라망에게 쓰는 말을 쿠르빌에게 자주했다. 그러나 말투는 여전히 상냥했고 동정심이 어려 있었다. 쿠르빌은 나이 지긋한 신사였다. 깨끗하게 직각으로 정리한 하얀 턱수염, 하얀색 나비 넥타이, 언제나 검은색 프록코트를 입은 시골의 법관이나 장의사 같은 모습이었다. 그는 절도 있는 용어를 사용하여 아주 예의 바르게 말했으나 억양은 얼마간 과장됐다.

「후작님과 그 아가씨는 아무리 예민한 청각이라도 알아들을 수 없을 목소리로 이야기를 나누었습니다」

「여보게」

라울이 말을 끊었다.

「자네의 그 우직한 신자 같은 웅변조 말투 때문에 소름이 다 끼쳐. 대답만 하고 다른 말은 하지 마」

쿠르빌은 그의 매정한 말투가 우정의 표시임을 아는 사람이었기 때문에 정중하게 허리를 굽혔다.

「쿠르빌 선생」

라울이 다시 말했다.

「난 내가 도움을 준 사람들에게 그 도움을 상기시키는 데 익숙하지가 않아. 그렇지만 내가 말할 수 있는 것은 자네를 알지 못했을 때 자네의 그 존경스러운 하얀 턱수염으로부터 받은 멋진 인상 때문에 난 자네와 자네의 늙으신 아버지, 어머니를 가난에서 구해 주었고, 다음에는 내 곁에서 아주 편안하게 지낼 수 있도록

48

해 주었다는 거지」

「주인님, 주인님께 대한 제 감사의 마음은 이루 다 말할 수 없습니다」

「입 다물게. 내가 말하는 것은 자네더러 대답하라는 것이 아니고 분명히 해 둘 말이 있어서야. 계속하겠네. 난 자네를 여러 가지 필요 때문에 고용했어. 그런데 자네는 너무나 서투르고 둔하게 일을 하고 있다고 자네 입으로 솔직하게 말하게. 내가 자네의 그 하얀 턱수염과 티 없이 맑은 정직한 얼굴을 좋아한 것을 불평하는 것이 아닐세. 하지만 확실히 해 두세. 자네를 몇 주 전부터 그 자리에 집어넣은 건 데를르몽 후작을 위협하고 있는 음모로부터 그를 보호하려는 의도였어. 실제로 자네 임무는 비밀 서랍들을 뒤져 수상한 서류들을 챙기고 대화를 엿듣는 것이었지. 그렇게 했나? 아무것도 한 게 없지 않은가. 게다가 후작은 자네를 경계하는 것이 분명하고. 마지막으로 자네가 우리 직통 전화를 사용할 때마다 자네는 내 잠을 깨워 놓고 뚱딴지 같은 것만 얘기하지. 이런 상황이니……」

「그러니 저를 해고하십시오」

쿠르빌이 처량하게 말했다.

「아니야, 내가 직접 나서야겠어. 지금까지 한번도 만나 본 적이 없는 금발의 매력적인 아가씨가 연루되어 있으니까 말이야」

「주인님, 왕비 폐하 올가를 생각하시라고 말씀드려도 되겠습니까?」

「보로스티리아의 왕비는 이제 필요 없어. 앙토닌, 일명 금발의 클라라 말고는 내게 아무것도 중요하지 않아. 모든 일이 고르게 진행되어야 해. 발텍스라는 작자가 무슨 일을 꾸미고 있는지, 후작의 비밀은 무엇인지, 그리고 키다리 폴의 애인이라는 여자는 왜 오늘 느닷없이 나타났는지 말이야」

「애인요……?」

「이해하려고 애쓰지 말게……」

「제가 무엇을 이해하려고 애써야 합니까?」

「자네가 내 곁에서 수행해야 할 정확한 역할에 관한 진실이야」

쿠르빌이 중얼거렸다.

「모르는 것이 더 좋을 것 같은데……」

「진실이란 절대로 두려움을 주어서는 안 되는 법이지」

라울이 진지하게 말했다.

「자넨 내가 누군지 아나?」

「모릅니다」

「괴도 아르센 뤼팽일세」

쿠르빌은 감정의 동요를 보이지 않았다. 아마 그는 라울이 그 비밀을 아껴 두어야 했다고 생각했을 것이다. 그러나 정직하게 살아온 그에게는 너무도 감당하지 힘든 비밀이었는데도 라울에게 그가 가진 감사의 정이 퇴색하지는 않았다. 또한 그에게 비친 라울의 권위도 줄어들지 않았다.

라울이 계속해서 말했다.

「그러니까 나는 데를르몽 사건에 뛰어들었다는 사실을 알고 있게. 언제나 그래 왔듯이 말이야……. 내가 어디로 가는지 알지 못하고, 사건들에 관해서 아무것도 모른 채 작은 단서 하나만을 가지고, 그 나머지는 내 행운의 별자리와 육감을 믿고 시작하는 거지. 이번 경우에는 나는 내 정보원을 통해 데를르몽이라는 사람의 파산이 몇몇 귀족들의 모임에서 놀라운 화제가 되고 있다는 것을 알게 되었다네. 후작은 자기 성과 시골의 영지를 하나씩 매각했고, 그의 서재에서 가장 값나가는 책도 몇 권 팔았어. 사실 내가 조사한 바에 따르면 여행을 매우 좋아한 데를르몽 후작의 외할아버지는 용감한 콘키스타도르(16세기에 멕시코, 페루를 정복한 에스파냐 인들에 대한 호칭——옮긴이) 같은 분으로 인도에 광활한 영지를 소유하고 있었으며 나바브(인도에서 부를 축적하거나 출세한 유럽인——옮긴이)라는 호칭과 서열을 지니고 있었다네. 그는 대부호로서 명성을 떨치며 프랑스로 돌아왔지. 그런데 돌아온 지 얼마 되지 않아 자기 딸에게 그 막대한 재산을 남기고 세상을 떴어. 그 딸이 현재 후작의 어머니란 말이야.

그 재산은 어떻게 되었을까? 장 데를르몽이 탕진해 버렸다고 생각할 수 있을 거야. 그의 집안에서 고용한 하인 규모는 언제나 아주 적당한 수준을 유지했는데도 말일세. 그런데 그와는 다른 이유를 말해 주는 문건 하나가 우연히 내 손에 들어왔어. 그건 편지였는데 4분의 3이 찢어져 있었고 겉보기에 최근 것은 아니었네. 그런데 거기 적힌 여러 잡다한 내용 가운데 후작의 서명과 함께 이런 내용이 있었어.

내가 당신에게 맡긴 임무가 아직 완수되지 않은 것 같소. 내 할아버지의 유산은 여전히 오리무중이오. 당신에게 우리가 맺은 계약의 두 가지 조항을 다시 말해 두겠소. 절대로 비밀을 엄수할 것. 그리고 당신 몫은 10%이며 최대 100만 프랑이라는 것 말이오……. 그러나 참으로 애석한 일이오! 나는 신속한 결과를 바라는 마음으로 당신 회사에 도움을 청했소. 시간은 흘러가고……

편지 끝에는 날짜도 주소도 없었어. 물론 탐정 사무소를 말하는 거였지만 어떤 탐정 사무소란 말인가? 나는 그 탐정 사무소를 찾는 데 귀중한 시간을 허비하진 않았네. 후작과 협력하고 자네를 현장에 투입하는 것이 훨씬 효과적이라고 생각했지」

쿠르빌이 감히 말했다.

「주인님, 주인님께서 후작님과 협력하기로 결심하셨다면 그 사실을 후작님께 직접 말하고 10퍼센트를 조건으로 그 일을 하시기로 하는 것이 훨씬 효과적이라고 생각하지 않으십니까……?」

라울이 그를 무섭게 노려보았다.

「이런 얼간이! 탐정 사무소에 100만 프랑의 사례금을 제시하는 사건은 분명히 2,000만 내지 3,000만 프랑 규모가 된다는 뜻이야. 나는 그 정도 금액이나 되어야 움직여」

「그럼 협력한다는 말씀은……?」

「내 협력이란 모두 갖겠다는 뜻이야」

「그럼 후작님은요……?」

「후작은 10퍼센트를 가지겠지. 독신에 자녀도 없는 그에게 그건 뜻밖의 횡재지. 다만 내가 직접 반죽에 손을 대야 하는 거지. 결론! 자네는 언제 나를 후작 댁에 들어가게 해 줄 수 있겠는가?」

쿠르빌은 당황하여 머뭇거리며 대답했다.

「정말 중대한 문제입니다. 주인님, 거기에는 후작님에 대한 제 입장이 걸려 있다고 생각하지 않으십니까……?」

「배신…… 이것이 내가 자네에게 부여한 임무지. 자, 어떻게 하겠는가? 자네는 의무와 감사, 후작과 아르센 뤼팽, 둘 사이에 놓이게 된 잔인한 운명을 타고났군. 선택하게」

쿠르빌은 눈을 감고 대답했다.

「오늘 저녁에 후작님은 시내에서 식사를 하시고 새벽 1시나 되어야 돌아오실 겁니다」

「하인들은?」

「하인들은 저처럼 위층에 거주하고 있습니다」

「자네 열쇠를 내게 주게」

쿠르빌은 다시 양심의 가책을 느꼈다. 그는 지금까지 후작의 안전을 보장하는 일에 협력해 왔다고 생각했다. 그러나 아파트의 열쇠를 내주고, 도둑질을 돕고, 엄청난 사기에 끼어들다니…….쿠르빌의 심약한 영혼은 주저하고 있었다.

라울이 손을 내밀었다. 쿠르빌은 열쇠를 주었다.

「고맙네」

악마처럼 쿠르빌의 소심함을 놀리는 것이 재미있는 듯 라울이 말했다.

「10시에는 자네 방에서 나오지 말게. 하인들이 눈치를 채는 경우에는 자네가 아래로 내려와 내게 알리게. 하지만 그런 일은 일어나지 않을 거네. 내일 보세」

쿠르빌이 나갔고, 라울은 자리에 앉아 아름다운 올가와 저녁 식사를 하러 나가야겠다고 생각했다. 그러나 그는 깜박 잠이 들었고, 10시 반이 되어서야 잠에서 깨어났다. 그는 벌떡 일어나 전화기를 붙잡고 트로카데로 궁을 호출했다.

「여보세요…… 여보세요……. 트로카데로 궁입니까? 폐하의 아파트를 연결해 주시오……. 여보세요…… 여보세요……. 전화를 받으신 분이 누구시죠……? 타이피스트라고……? 쥘리, 당신이군? 잘 있었어? 이런, 왕비께서 날 기다리신다고……? 왕비님을 바꿔 줘……. 아! 뭐야, 귀찮게 하지 말고…… 불평하라고 널 왕비 옆에 둔 게 아니란 말이야……. 어서 가서 왕비께 알려……
(잠시 침묵, 그리고 다시 말하는 라울). 여보세요…… 여보세
요……. 올가, 당신이야? 저 말이야, 약속이 길어졌어, 자기……
그런데 정말 기분이 좋아. 일이 잘됐거든……. 천만에, 내 사라
아아앙, 내 잘못이 아니야……. 금요일에 함께 점심 먹을까……?
내가 데리이이리러 가지……. 너무 뭐라고 하지 마, 알았지? 무
엇보다도 당신이 먼저라는 거 잘 알잖아……. 아! 내 사라아아앙
하는 올가……!」

불법 침입

아르센 뤼팽은 밤에 일을 나갈 때 어두운 색이나 짙은 회색 같은 특별한 옷을 절대로 입지 않았다. 그는 이렇게 말한다. 〈난 밤에 일을 나갈 때도 평소대로 나간다. 호주머니에 손을 넣고 무기도 없이 마치 담배를 사러 나가는 것처럼 평화로운 마음으로. 그리고 내 의식도 자선 사업을 하는 것처럼 편안하다.〉

때로는 몸을 푸는 운동을 하거나 소리 내지 않고 제자리 뛰기, 또는 물건을 쓰러뜨리지 않고 어둠 속을 걷는 몇 가지 연습을 하는 것이 고작이다. 그날 저녁에도 그는 그렇게 했다. 그것도 성공적으로. 모든 일이 잘되어 갔다. 몸 상태도 좋았고, 정신적으로나 육체적으로 어떤 우발적 상황이라도 능히 대처할 자신이 있었다.

그는 마른 과자 몇 개를 먹고 물을 한 잔 들이킨 뒤 계단으로 나갔다.

11시 15분이었다. 불은 모두 꺼져 있었다. 소리 하나 없이 조용했다. 세 든 사람들도 없었고 하인들도 모두 잠자리에 들었으며, 쿠르빌이 저 위에서 신경을 곤두세우고 있기 때문에 누구를 만날 위험도 전혀 없었다. 그렇게 안전한 상태에서 작업하는 건 얼마나 즐거운 일인가! 문을 부수거나 자물쇠를 억지로 열어야 하는 잔수고조차도 할 필요가 없었다. 그에게 열쇠가 있기 때문이다. 도면을 가지고 있었으므로 어디로 갈지 걱정하지 않아도 되었다.

그는 마치 자기 집인 것처럼 안으로 들어갔다. 그리고 자기 집처럼 복도를 따라 후작의 집무실에 이른 그는 방의 전등을 켰다. 불을 환하게 밝혀야만 일을 잘하니까.

두 개의 창문 사이에 걸린 커다란 거울 속에 그의 모습이 비쳤다. 그는 자기에게 인사하며 우아한 몸짓을 했다. 그는 연극을 상상하며 다른 사람들을 위해 연기하기보다는 자기 자신에게 연기한다는 생각을 했다.

그리고 그는 자리에 앉아 살펴보았다. 정신 없이 서랍을 뒤지고 서재를 난장판으로 만드는 등 경솔한 풋내기처럼 행동하며 시간을 허비해서는 안 된다. 그렇다. 무엇보다 먼저 깊이 생각하며 눈으로 살펴야 한다. 그리고 정확한 규모를 설정하고 용량을 측정하며 크기를 가늠해야 한다. 어떤 가구의 선이 정상적으로 이어지지 않았는지, 어떤 의자가 가짜로 배치되어 있지나 않은지. 쿠르빌 같은 사람에게는 비밀 장소가 보이지 않겠지만 뤼팽의 눈을 벗어날 수는 없다.

그렇게 10분간 면밀한 관찰을 한 그는 곧장 책상으로 갔다. 그는 무릎을 꿇고 반들거리는 고급 목재를 만져 보며 구리로 된 책상의 장식테를 자세히 살폈다. 그리고 다시 일어나 요술쟁이 같은 몸짓을 하며 서랍 하나를 열어 완전히 빼냈다. 그리고 한쪽 면은 누르고 다른 한쪽은 밀었다. 그는 무슨 말을 중얼거리며 혀를 쯧쯧 찼다.

걸쇠를 벗겨 내는 작업이 이루어졌다. 그러자 제2의 서랍이 안쪽에서 불쑥 튀어나왔다.

그는 다시 혀를 찼다. 그는 이렇게 생각했다.

〈허, 그것 참! 내가 일을 하면 이렇다니까……! 그 흰 수염의 얼간이는 40일간 아무것도 발견하지 못했는데 나는 40초면 충분하니 말이야. 그런 사람에게 일을 맡기다니!〉

그러나 그가 찾아낸 것이 의미가 있고 성과가 있어야 했다. 사실 그가 바라던 것은 앙토닌 아가씨가 후작에게 가져온 편지였다. 그는 그 편지가 거기 없는 것을 즉시 확인했다.

먼저 노란색의 커다란 봉투 안에는 1,000프랑짜리 지폐 10여장이 있었다. 그것에 손댈 수는 없었다. 이웃, 집주인, 프랑스 옛 귀족의 쌈짓돈은 훔치지 않는 법이다! 그는 재수 없다는 듯 봉투를 다시 밀어 넣었다.

그는 나머지 것들을 간단히 살펴보았다. 거기에는 편지와 사진, 그것도 모두 여자들의 편지와 사진들만 있었다. 물론 추억의 물건들이었다. 바람둥이 남자가 과거의 흔적들을 차마 태워 버리지 못한 기념품들이었다. 그에게 그것은 모든 행복과 사랑의 표상일 것이다.

편지들이라…… 편지는 모두 읽어 보고 흥미를 끄는 것이 있는지 찾아보아야 했다. 어쩌면 무익할지도 모르는 엄청난 작업인데다 그 일을 하기가 약간은 조심스럽기도 했다. 라울 자신이 바람둥이요 여자들의 연인이었기 때문에 여자들의 은밀한 속내 이야기와 고백을 함부로 헤집고 다닌다는 것은 양심에 찔리는 일이었다.

그러나 사진을 들여다보지 않을 수는 없었다. 서랍 안에는 100여 장의 사진이 있었다……. 어느 날 또는 어느 해에 맺었던 관계들…… 애정과 정열의 증거들이…… 사진 속의 모든 여자들은 예쁘고 우아하고 사랑스러우며 애교가 가득했다. 앞날을 기약하는 눈, 거리낌 없는 태도, 회상의 미소, 때로는 슬프기도 하고 번민에 차 있기도 했다. 이름, 날짜, 헌사 그리고 어떤 사랑의 이야기에 관한 암시들이 적혀 있었다. 귀부인, 예술가, 들뜬 처녀들이 모두 어둠 속에서 모습을 드러냈다. 서로 알지는 못하지만 이남자에 관한 공동의 추억으로 서로 가까이 있는 여자들이었다.

라울은 그 여자들 모두를 살펴보진 않았다. 서랍 깊숙이 두 겹의 종이로 싸서 보호하고 있는 좀더 커다란 사진이 특별히 그의 주의를 끌었다. 그는 즉시 그것을 꺼내 두 겹의 종이를 벗겨 내고 살펴보았다.

라울은 경탄하지 않을 수 없었다. 그녀는 정말로 가장 아름다웠다. 비범한 아름다움이었다. 가끔씩, 아니 너무도 드물게 보이는 아름다움을 위해 바칠 수 있는 모든 것이 거기 있었다. 그녀에게는 특별히 두드러지는 독특한 표현이 필요했다. 드러난 어깨는 눈이 부셨다. 몸가짐과 헤어스타일은 대중을 대하는, 아니 어쩌면 대중 앞에 나서는 법을 알고 있는 것처럼 보였다.

「분명히 예술가일 거야」

라울은 단정지었다.

그는 사진에서 눈을 뗄 수가 없었다. 그는 이름이 적혀 있을 거라는 희망을 품고 사진을 돌려 보았다. 그러고는 몸을 떨었다. 그가 보자마자 충격을 받은 것은 두꺼운 종이를 댄 사진 뒷면에 휘갈겨 쓴 커다란 서명이었다. 〈엘리자베트 오르냉〉의 서명 밑에는 이렇게 적혀 있었다.

당신에게, 죽음을 넘어서까지.

엘리자베트 오르냉! 라울은 당시 사교계와 예술계에 대하여 잘 알고 있었기 때문에 그 저명한 여가수의 이름을 모를 리가 없었다. 그가 비록 15년 전에 일어났던 사건에 대하여 세세한 내용까지 정확하게 기억하지는 못한다 할지라도 아름다운 젊은 여인이 노래 부르던 야외 공원에서 수수께끼 같은 부상을 입고 죽었다는 사실은 잘 알고 있었다.

그렇다면 엘리자베트 오르냉도 후작의 애인들 가운데 한 사람인 셈이다. 후작이 그녀의 사진을 다른 사진들과는 별도로 간직하고 있는 것을 보니 그의 삶에서 그녀가 차지한 위치가 어떤지를 알 수 있었다.

뿐만 아니라 두 겹의 종이 사이에는 봉하지 않은 작은 봉투가 있어서 그는 그것을 살펴보았다. 그는 그 안에 든 것을 보고 더욱 놀라 정신이 번쩍 들었다. 세 가지가 들어 있었다. 머리카락 한 묶음, 그녀가 후작에게 처음으로 사랑을 고백하며 첫 번째 만날 약속을 정하는 열 줄의 편지, 그리고 〈엘리자베트 발텍스〉라는 이름이 적힌 그녀의 또 다른 사진이 그것이었다. 라울은 그 이름을 매우 이상하게 생각했다.

다른 사진 속의 그녀는 어린 소녀였고, 발텍스라는 이름은 은

행가 오르냉과 결혼하기 전에 사용하던 성이 틀림없었다. 날짜를
보니 의심의 여지가 없었다.

라울은 생각했다.

〈그렇다면, 서른 살가량 되어 보이는 현재의 발텍스는 엘리자
베트 오르냉의 조카나 사촌 같은 친척이겠군. 그래서 그 발텍스가
데를르몽 후작과 계속 관계를 유지하며 돈을 뜯어내고 있고, 후작
은 그것을 거절할 용기를 내지 못하는군. 그의 역할은 〈돈을 뜯어
내는 일〉에 한정되어 있을까? 아니면 다른 동기가 있는 것일까?
그자는 더 많은 성공 요소들을 가지고 내가 더듬더듬 해 나가고
있는 그 목적을 추구하고 있는 것일까? 알 수 없군. 하지만 어쨌
든 그건 내가 밝혀 낼 거야. 지금 하고 있는 게임은 이처럼 내게
유리하게 돌아가고 있으니까 말이야.〉

라울이 다른 사진들을 집어 들고 다시 조사를 하기 시작했을
때 작은 일이 발생했다. 그는 행동을 멈추었다. 어디에선가 소리
가 들렸다.

그는 귀를 기울였다. 그것은 가볍게 긁는 소리였다. 한번도 들
어보지 못한 소리였다. 계단에 면한 주 출입문에서 나는 소리 같
았다. 누군가 열쇠를 집어넣었다. 열쇠가 돌아갔다. 문이 조용히
열렸다. 들릴락 말락 한 발소리가 집무실로 이르는 복도를 스치
듯 걸어오고 있었다.

그러니까 누군가 그 서재를 향하여 오고 있는 중이었다.

라울은 5초 만에 서랍들을 다시 집어넣고 전등을 껐다. 그리고
나전칠을 한 네 쪽 병풍 뒤에 몸을 숨겼다.

그는 그런 위기 상황을 즐겼다. 첫째는 위험이 닥쳐온다는 긴
장감, 둘째는 유용할지도 모르는 새로운 사실을 현장에서 알게

되리라는 기대감이 있었다. 그리고 마지막으로 다른 외부인이 후작의 집에 몰래 잠입하는 것이라면 라울로서는 그 야간 침입의 이유를 알 수 있을 테니 얼마나 큰 횡재인가!

누군가의 손이 조심스럽게 문의 손잡이를 잡았다. 아무 소리 없이 문이 천천히 열렸지만 라울은 그 미세한 움직임을 짐작하고 있었다. 희미한 밝기의 손전등 불빛이 새어 들어왔다.

라울은 병풍 틈으로 어떤 형체가 앞으로 걸어오는 것을 보았다. 그는 그것이 몸에 달라붙는 치마를 입은 깡마른 여자의 체형이라고 생각했다. 그것은 확신이라기보다는 느낌이었다. 그림자는 모자를 쓰고 있지 않았다.

여자인 것 같다는 그의 느낌은 걷는 모습과 분명치는 않지만 그림자 모양을 보고 확신으로 바뀌었다. 여자는 걸음을 멈추고 오른쪽 왼쪽으로 고개를 돌리며 방향을 잡는 것 같았다. 그리고 그녀는 책상을 향해 똑바로 걸어가더니 책상 위를 손전등으로 이리저리 비춰 보는 것이었다. 그리고 뭔가를 찾아낸 듯 손전등을 책상 위에 놓았다.

라울은 생각했다.

〈저 여자는 틀림없이 비밀 서랍을 알고 있다. 이미 알고 있는 사람처럼 행동하는군.〉

실제로 그 여자는 책상을 돌아가 몸을 굽히고 서랍을 빼 내더니 정확한 조작으로 안쪽 서랍을 꺼냈다. 그 일을 하는 동안에도 여자의 얼굴은 여전히 어둠 속에 있어 보이지 않았다. 그녀는 라울과 똑같은 방식으로 행동했다. 지폐는 거들떠보지도 않고 사진들을 뒤지기 시작했다. 그 여자의 목적은 사진들을 모두 훑어보고 다른 사진들보다 특별한 사진 한 장을 찾아내는 데 있는 것 같왔다.

그녀는 신속하게 일을 했다. 다른 데는 아무 관심이 없었다. 찾고 있는 그녀의 손은 몹시 흥분한 상태였다. 라울은 하얗고 섬세한 그 손을 보았다.

마침내 그녀가 뭔가를 찾아냈다. 그것은 중간 크기인 13×18 규격의 사진이었다. 그녀는 사진을 오랫동안 바라보더니 뒷면으로 돌려 거기에 적힌 내용을 읽고는 한숨을 쉬었다.

그녀가 너무나 열중해 있었기 때문에 라울은 그 틈을 이용하기로 마음먹었다. 그는 그녀에게 들리지도 보이지도 않게 스위치로 다가가 몸을 기울인 그녀의 윤곽을 관찰하다가 갑자기 불을 켰다. 그러고는 서둘러 그녀에게 달려갔다. 그녀는 깜짝 놀라 비명을 지르고 도망치려 했다.

「도망치지 말아요, 아가씨. 조금도 해치지 않을 테니」

그는 그녀를 따라가 팔을 붙잡았다. 그리고 반항하는 그녀의 머리를 억지로 돌렸다.

「앙토닌!」

오후에 집을 잘못 찾아왔던 그녀를 알아보며 그가 깜짝 놀라 속삭였다.

단 한순간도 의심할 여지없이 분명했다. 순박한 태도와 천진한 눈빛이 그를 사로잡았던 시골 처녀 앙토닌이었다! 그녀는 그의 앞에서 여전히 당황한 채 얼굴을 찡그리고 있었다. 이 뜻밖의 결과가 너무도 황당하여 그는 빈정대기 시작했다.

「그러니까 당신이 아까 후작에게 접근하려던 이유가 바로 이것이었군! 현장을 답사하기 위해 왔다가 저녁에 이렇게……」

그녀는 무슨 말인지 이해하지 못하는 것 같았다. 그리고 이렇게 더듬거렸다.

「전 훔치지 않았어요…… 돈에는 손대지 않았단 말이에요……」

「그건 나도 마찬가지요……. 그래도 우리가 성모 마리아께 기도를 드리러 여기 온 것은 아니잖소」

그는 그녀의 팔을 잡은 손에 힘을 주었다. 그녀는 아파하는 신음소리를 내며 빠져나가려 했다.

「당신은 누구시죠? 전 당신을 몰라요……」

그는 웃음을 터뜨렸다.

「아! 그건 마음에 들지 않는 말이군. 뭐요! 오늘 중이층의 내 누추한 집에서 만났으면서도 내가 누구냐고 묻다니? 기억력이 너무 나쁘군! 그래도 나는 당신에게 깊은 인상을 남겼다고 생각했는데 말이야, 이 예쁜 앙토닌 아가씨!」

그녀는 악을 쓰며 대꾸했다.

「내 이름은 앙토닌이 아니에요」

「아무렴! 내 이름도 라울이 아니라오. 우리 같은 직업을 가진 사람들은 수십 개의 이름을 갖고 있지」

「무슨 직업이죠?」

「도둑질!」

그녀는 강하게 부인했다.

「아니, 아니에요! 날더러 도둑이라니!」

「무슨 소리! 당신은 돈 대신 사진 한 장을 훔쳤소. 그건 당신에게는 사진이 가치 있다는 의미요. 따라서 당신이 집 안의 생쥐같이 행동해야만 그걸 손에 넣을 수 있다는 말도 되지……. 내게 그 사진을 보여 주시오. 당신이 그 귀중한 사진을 호주머니에 집어넣는 것을 보았소」

그는 그녀를 더욱 죄었다. 그녀는 그가 잡고 있는 억센 팔 안에서 몸부림을 쳤다. 그런 신체 접촉에 자극을 받아 흥분한 그가 그녀에게 입을 맞췄고 그녀는 있는 힘을 다해 저항했지만 그를 빠져나가지 못했다.

「제기랄! 교태를 부리는군. 키다리 폴의 애인이 그렇게 수줍어한다고 누가 상상이나 하겠소?」

그가 말했다.

그녀는 매우 놀란 듯 작은 소리로 말했다.

「뭐라고요? 뭐라고 하셨죠?…… 키다리 폴이라니…… 그게 누구죠……? 당신이 무슨 말을 하는지 모르겠군요」

「모를 리가 있나」

그가 연인 사이의 친근한 말투로 말했다.

「당신은 그를 잘 알고 있어, 내 어여쁜 클라라」

그녀는 점점 더 모르겠다는 듯 되뇌었다.

「클라라…… 클라라…… 그게 누구죠?」

「생각해 봐…… 금발의 클라라 말이야」

「금발의 클라라?」

「아까 고르주레가 당신을 잡을 뻔했을 때는 그렇게 놀라지 않았잖아. 자, 똑바로 서 봐, 앙토닌, 아니 클라라. 내가 오늘 오후에 당신을 두 번이나 경찰의 마수에서 빼낸 것은 내가 당신의 적이 아니기 때문이야……. 웃어 보라고, 어여쁜 금발의 아가씨……. 당신 미소는 정말 황홀하지……!」

그녀는 힘이 빠져 맥이 풀렸다. 그녀의 창백한 뺨 위로 눈물이 흘러내렸다. 그녀에게는 두 손을 잡고 있는 라울을 밀어낼 힘이 더 이상 없었다. 라울은 그녀의 손을 부드럽게 어루만졌다. 아가씨는 화를 내지도 못했다.

「진정해, 앙토닌…… 그래, 앙토닌…… 난 그 이름이 더 좋아. 설령 키다리 폴에게는 클라라였다 해도 내게는 앙토닌이라는 이름을 가진 시골 처녀의 모습으로 남아 줘. 나는 그런 앙토닌이 얼마나 더 좋은지 몰라! 그러니까 울지 마……. 모든 일이 잘될 거야! 틀림없이 키다리 폴이 당신을 괴롭히고 있어, 그렇지? 당신을 찾고 있나……? 그래서 겁이 나는 거야? 두려워하지 마……. 내가 있잖아……. 내게 모든 걸 이야기하기만 하면 돼……」

녹초가 된 그녀가 중얼거렸다.

「난 아무것도 얘기할 것이 없어요……. 아무것도 얘기할 수가 없다고요……」

「얘기해 봐…… 」

「아니에요…… 난 당신을 몰라요……」

「날 모른다 해도 믿고는 있잖아. 솔직히 말해」

「그럴지도 모르죠……. 이유는 모르겠지만…… 그런 것 같아요……」

「내가 당신을 보호해 줄 수 있을 것 같지 않아? 당신에게 좋은 일을 할 것 같지? 하지만 그러려면 날 도와줘야 할 거야. 키다리 폴은 어떻게 알게 됐지? 여기엔 왜 온 거야? 그 사진을 찾은 이유는 뭐고?」

「제발 부탁이에요. 날 심문하지 말아요……. 때가 되면 말해 드릴 테니까……」

「하지만 지금 말해야 해……. 하루를…… 한 시간을 허비한다……. 그건 너무 늦어」

그는 계속해서 그녀를 애무했다. 그녀는 그를 내버려두었다.

그러나 그의 입술이 그녀의 손에 입을 맞춘 뒤 그녀의 팔을 따라 올라가자 그녀는 제발 그만둬 달라고 애원했다. 그는 그녀의 말 대로 했다. 그리고 말투를 다시 바꿔 말했다.

「약속해 주시오……」

그가 말했다.

「다시 만나자고요? 약속할게요」

「그리고 날 믿겠지요?」

「예」

「그럼 지금 당장 내가 당신에게 쓸모가 있겠소?」

「그럼요. 그렇고말고요」

그녀가 생기 있게 대답했다.

「저와 같이 가 주세요」

「뭐 무서운 거라도 있소?」

그는 그녀가 떨고 있는 것을 느꼈다. 그녀가 아주 작은 소리로 말했다.

「오늘 저녁에 여기로 들어올 때 누군가 이 집을 감시하고 있다 는 느낌을 받았어요」

「경찰이오?」

「아니요」

「그럼 누가?」

「키다리 폴…… 키다리 폴의 일당들이에요……」

그녀는 두려움에 떨면서 그 이름을 말했다.

「확실하오?」

「아니요……. 하지만 아는 사람 같았어요……. 꽤 멀리서…… 강둑 난간에 기대서서…… 그 사람과 늘 같이 다니는 공범도 봤어요. 아랍 인이라고 불리죠」

「키다리 폴을 본 지는 얼마나 됐소?」

「몇 주 됐어요」

「그럼 당신이 오늘 여기에 온 걸 알 수는 없었겠군요?」

「그래요」

「그런데 그 사람은 거기에서 뭘 하고 있었소?」

「그 사람도 집 주위를 어슬렁거렸어요」

「말하자면 후작 주위를……? 당신과 같은 이유로?」

「모르겠어요……. 언젠가 그가 내 앞에서 후작을 죽이겠다고 말한 적이 있어요」

「이유는?」

「몰라요」

「그의 공범들을 알고 있소?」

「아랍 인만 알아요」

「그가 공범을 만나는 장소는 어디요?」

「몰라요. 아마 몽마르트르의 술집에서 만날 거예요. 언젠가 아주 작은 소리로 술집 이름을 말해 주던 것을 들은 적이 있는데……」

「기억하고 있소?」

「맞아요…… 에크르비스(게자리 ― 옮긴이)였어요」

그는 더 이상 묻지 않았다. 그날은 그녀가 더 이상 대답하지 않으리라는 것을 직감으로 알았기 때문이었다.

첫 번째 충격

「갑시다」

그가 말했다.

「무슨 일이 일어나더라도 전혀 두려워하지 마시오. 모두 내가 처리할 테니까 말이오」

그는 모든 것이 제자리에 놓여 있는지 살펴보았다. 그리고 전등을 끈 뒤 어둠 속에서 앙토닌을 안내하기 위해 그녀의 손을 잡고 입구로 향했다. 그는 소리 나지 않게 문을 닫고 그녀와 함께 계단을 내려갔다.

그는 밖으로 나가기 위해 서둘렀다. 아가씨가 잘못 생각하지나 않았는지 걱정이 되기도 했다. 그녀를 쫓아온 자들에게 달려들어 싸우고 싶었다. 그러나 잡고 있던 그녀의 작은 손이 너무나 차가워 그는 걸음을 멈추고 두 손안에 그녀의 손을 꼭 쥐었다.

「당신이 나를 잘 알고 있다면 내 옆에 있으면 전혀 위험하지 않다는 것을 알고 있을 텐데 말이오. 움직이지 마요. 당신 손이 따뜻해졌을 때 마음도 편안하고 용기가 난다는 것을 알게 될 거요」

그들은 한동안 그렇게 손을 맞잡고 움직이지 않은 채 있었다. 몇 분간의 침묵이 흐른 뒤 침착해진 그녀가 말했다.

「이제 가요」

그는 관리인 여자의 방문을 두드려 문을 열어 달라고 했다. 그들은 밖으로 나갔다.

밤 안개가 자욱했다. 어둠 속에서 여기저기 불빛들이 밝혀져 있었다. 거리에는 행인이 거의 없었다. 그러나 라울은 즉시 주위를 잽싸게 살폈다. 길을 건너 인도 위로 슬며시 접어드는 두 그림자가 보였다. 그리고 주차해 있는 자동차 뒤에는 또 다른 두 그림자가 숨어서 대기하고 있는 것 같았다. 라울은 반대편 방향으로 아가씨를 막 이끌려 하다가 생각을 바꾸었다. 기회가 너무 좋았다. 뿐만 아니라 네 명의 남자가 신속하게 흩어지더니 그들을 포위하는 형태로 움직였다.

「그 사람들이 확실해요」

다시 두려워진 앙토닌이 말했다.

「그럼 키다리 폴은, 저기 키가 장대같이 큰 사람이오?」

「맞아요」

「그것 잘됐군. 한번 겨뤄 볼까」

그가 말했다.

「두렵지 않으세요?」

「전혀. 당신이 비명만 지르지 않는다면」

그 시각, 강변로에는 개미새끼 한 마리 없었다. 〈장대같이 큰〉 남자는 그 틈을 이용했다. 그와 그의 동료 한 사람이 인도 쪽으로 급히 방향을 바꾸었다. 다른 두 사람은 벽을 따라 걸어왔다······.
자동차 엔진 소리가 났다. 눈에 띄지 않는 운전사가 차 안에서 시
동을 준비하고 있었던 모양이었다.

그리고 갑자기 가벼운 휘파람 소리가 들렸다.

순식간이었다. 세 명의 남자가 아가씨에게 달려들어 그녀를 자
동차로 끌고 가려 했다. 키다리 폴이라 불리는 자는 라울 앞에 서
서 코밑에 권총을 들이댔다.

그가 방아쇠를 당기려는 순간 라울이 손등으로 그의 팔목을 쳐
서 권총을 떨어뜨리게 했다. 라울이 비아냥거렸다.

「이런 얼간이! 먼저 방아쇠를 당기고 나중에 겨누는 거야」

그는 다른 세 명의 건달들을 쫓았다. 그들 가운데 한 명이 인
도로 돌아와 덤벼들었지만 오자마자 턱을 세게 차이고 비틀거리
더니 단번에 거꾸러지고 말았다.

나머지 두 명의 공범들은 뒤도 돌아보지 않고 내뺐다. 그들은
자동차 안으로 몸을 던져 도주했다. 앙토닌은 다른 방향으로 피
신했다. 키다리 폴이 그녀 뒤를 쫓았지만 느닷없이 나타난 라울
과 마주치고 말았다.

「어딜 가시나!」

라울이 소리쳤다.

「저 금발 아가씨는 그냥 가게 내버려두시지, 키다리 폴. 오래
된 이야기는 잊어야 하는 법이야」

그래도 키다리 폴은 빠져나갈 곳이 있는지 라울의 좌우를 살피
며 그녀를 쫓아가려 했다. 라울이 이리저리 자기 앞을 막아서고
있는데도 그는 싸움은 하려고 하지 않고 여전히 빠져나갈 기회만
을 엿보고 있었다.

「통과…… 통과 불가…… 아이들처럼 노는 게 재미있나? 응? 키다리 소년은 빠져나가려 하고 꼬마는 못 가게 하고 말이야. 그런데 그동안 아가씨는 멀리 가 버리고……. 이제 됐군……. 이제 아가씨가 위험하지 않겠어……. 진짜 싸움을 시작하는 거야. 준비됐나, 키다리 폴?」

라울은 펄쩍 뛰어 적에게 달려들었다. 그는 적의 팔뚝을 붙들고 순식간에 꼼짝 못하게 만들었다.

「윽! 이거 꼭 수갑을 차고 있는 것 같군, 안 그래? 자, 키다리 폴, 너희들이 일당 중에서 싸움을 제일 잘하는 건 아닌 모양이군. 네 부하들은 또 왜 그리 겁이 많은가! 손가락으로 한번 튀기기만 해도 도망치는군. 그렇다고 그것으로 전부 끝난 건 아니야. 밝은 불빛 아래서 네 놈 아가리 좀 봐야겠어」

키다리 폴은 자신의 약한 힘과 무능함에 어이없어하면서 몸부림을 쳤다. 그러나 아무리 발버둥을 쳐도 마치 강철 고리처럼 옥죄고 있는 라울의 두 손을 벗어날 수가 없었다. 그는 너무 아파서 제대로 서 있기조차 힘들었다.

라울이 농담을 던졌다.

「자…… 이 어른에게 네 놈 낯짝을 좀 보여 줘야지……. 인상 쓰지 말고. 내가 널 아는지 좀 봐야 할 것 아닌가……. 이런, 뭐야, 반항하는 거야? 시키는 대로 못하겠다는 건가?」

그는 무거운 짐을 조금씩 옮기듯 천천히 그를 돌려세웠다. 그리하여 키다리 폴은 자신의 의지와는 무관하게 불빛이 밝게 비치는 쪽으로 돌아섰다.

라울은 조금 더 힘을 써서 그의 의도대로 그를 돌려세웠다. 그리고 폴의 얼굴을 본 그는 너무 놀라 소리쳤다.

「발텍스!」

그리고 그는 웃음을 터뜨리며 그의 이름을 되풀이했다.

「발텍스……! 발텍스였군……! 그래, 발텍스가 키다리 폴이었단 말이지? 키다리 폴이 발텍스였고? 발텍스는 멋지게 맞춘 양복을 입고 중절모를 쓰고 있지. 폴은 멜빵 바지에 챙 달린 모자를 쓰고 있고 말이야. 허 참! 이렇게 재미있는 일이 있나! 후작과 교제하는 도둑놈들의 두목이라」

화가 난 키다리 폴이 투덜댔다.

「나도 널 알아……. 넌 중이층에 사는 놈이지……」

「그렇고말고……. 이 몸은 라울이라는 사람이올시다……. 우리 두 사람 다 똑같은 일에 관심을 두고 있지 않은가! 너도 참 재수가 없군! 금발의 클라라는 이미 내 수중에 있다는 것을 제외하고도 말이야」

클라라의 이름을 들은 키다리 폴이 흥분했다.

「그 여자는 안 돼……」

「안 된다고? 하지만 이 친구야, 주제 파악을 해야지. 생각해 봐. 네 놈 머리통은 나보다 반은 더 크고 주먹과 칼질이라면 온갖 재주를 다 부린다고 하겠지만 이렇게 결딴이 나 가지고 내 손아귀에서 꼼짝 못하고 있잖아! 어디 다시 덤벼 봐, 이 둔한 껑다리야! 참 불쌍하군」

라울이 그를 놓아주자 그가 웅얼거렸다.

「깡패 자식! 두고 보자」

「두고 볼 게 뭐 있나? 여기 있는데. 자, 덤벼 봐」

「여자에게 손끝만 대 봐라……」

「이미 됐다, 이놈아. 그 여자와 난 친한 사이다」

72

키다리 폴이 흥분해서 이를 갈았다.

「거짓말이다! 그럴 리 없다!」

「그런데 아직은 시작일 뿐이야. 다음 호에 계속이다. 네 놈에게 미리 말해 주지」

그들은 서로 상대방을 가늠하며 싸울 태세를 했다. 그러나 키다리 폴은 다음에 더 좋은 기회를 노리겠다는 좀더 신중한 판단을 내린 것 같았다. 그가 욕설을 몇 마디 내뱉자 라울은 웃음으로 답했으며, 그가 마지막으로 위협의 말을 남기고 자리를 떴기 때문이다.

「네 놈에게 꼭 복수하고 말겠다」

「그런데 도망은 왜 치나. 또 보자고, 이 겁쟁이 놈아!」

라울은 그가 멀어지는 것을 보았다. 그는 다리를 절고 있었다. 그것은 키다리 폴의 위장술이 틀림없었다. 발텍스는 다리를 절지 않았기 때문이다.

라울은 생각했다.

〈저 녀석을 조심해야 해. 저런 놈들이 꼭 골치 아픈 일을 꾸민단 말이야. 고르주레와 발텍스…… 제기랄, 정신 바짝 차려야지!〉

집으로 돌아오던 라울은 어떤 남자가 정문에 기대어 앉아 신음하고 있는 것을 보고 깜짝 놀랐다. 라울은 그를 알 것 같았다. 그가 구둣발로 턱을 찼던 남자였다. 그 남자는 라울에게 턱을 맞은 뒤 결국 정신을 차렸지만 조금 가다가 다시 쓰러져 쉬고 있는 참이었다.

라울은 그를 살펴보았다. 그의 얼굴은 햇볕에 그을린 구릿빛이었고 약간 곱슬곱슬한 긴 머리카락은 챙 달린 모자 밖으로 삐져나와 있었다. 라울이 그에게 말했다.

「어이 친구, 두 가지만 말하지. 네가 키다리 폴의 일당들 중에서 아랍 인이라고 불리는 놈이 분명해. 1,000프랑 벌고 싶나?」

남자는 턱을 많이 다쳤기 때문에 약간 어렵게 대답했다.

「키다리 폴을 배신하는 거라면 아무 짓도 하지 않을 거요」

「좋아. 넌 의리가 있는 놈이군. 아니다. 폴이 아니라 금발의 클라라에 관한 일이다. 그 여자가 묵는 곳이 어딘지 알고 있나?」

「모르오. 키다리 폴도 그건 모르고 있소」

「그러면 왜 이렇게 후작의 집 앞에서 잠복하고 있었나?」

「그 여자가 오후에 왔기 때문이오」

「너희들이 그걸 어떻게 알았지?」

「내가 알렸소. 나는 고르주레 형사를 미행했소. 그가 생라자르 역에서 기차가 도착하기를 기다리며 대기하고 있는 것을 보았지. 그런데 파리에 도착한 사람은 시골 처녀로 위장한 그 여자였소. 고르주레는 그 여자가 택시 기사에게 말해 준 주소를 들었고, 나는 고르주레가 다른 택시 기사에게 말하는 주소를 들었소. 그렇게 해서 그 사람들 모두 여기로 오게 된 것이오. 나는 즉시 키다리 폴에게 달려가 보고했소. 그리고 저녁 내내 여기를 지키고 있었소」

「그러니까 키다리 폴은 그 여자가 이리로 다시 올 거라고 생각했단 말인가?」

「그랬을 거요. 자기 사업에 대해서는 내게 이야기한 적이 한 번도 없소. 우리는 매일 같은 시각에 바에서 만나고 있소. 그가 내게 지시를 하고 나는 동료들에게 그것을 전달하여 함께 일을 수행하고 있소」

「더 말해 주면 1,000프랑을 더 주지」

「난 아무것도 모르오」

「거짓말하지 마. 너는 그의 진짜 이름이 발텍스라는 사실과 이중 생활을 하고 있다는 걸 알고 있어. 그러니까 후작의 집에서 다시 만날 것이 분명하고 나는 그것을 경찰에 알릴 수도 있다」

「폴도 역시 당신을 만날 수 있소. 우리는 당신이 중이층에 살고 있다는 것과 그 여자가 오후에 당신을 만났다는 것을 알고 있소. 위험한 게임이오」

「난 감출 게 하나도 없어!」

「그렇다면 다행이오. 키다리 폴은 앙심을 품고 있고, 그 여자에게 홀딱 반해 있소. 조심하시오. 후작도 조심해야 할 거요. 키다리 폴은 그런 면에서는 아주 악독한 생각을 품고 있소」

「어떤 생각인가?」

「이제 그만 말하겠소」

「좋다. 자, 2,000프랑이다. 20프랑 더 줄 테니 택시 타고 가」

라울은 꽤 오랫동안 잠을 이루지 못했다. 그는 낮에 있었던 일들을 생각했다. 어여쁜 금발 아가씨의 매력적인 모습을 떠올리니 기분이 좋았다. 그가 끼어든 사건에 얽힌 모든 수수께끼 중에 가장 매력적이면서도 가장 알 수 없는 것이 바로 그녀였다. 앙토닌……? 클라라……? 그가 만난 매력적인 여자의 진정한 모습은 그 두 얼굴 중 어떤 것일까? 그녀는 가장 솔직하면서도 동시에 가장 신비로운 미소를 지녔고, 가장 천진한 시선이면서도 가장 관능적인 눈을 지니고 있었다. 또한 가장 순박한 외모를 지녔으면서도 가장 불안한 태도를 보였다. 그녀는 우수에 젖은 모습과 쾌활한 모습으로 사람의 감정을 뒤흔들고 있었다. 그녀의 눈물과 웃음은 똑같은 샘에서 흘러나오고 있었다. 그 샘이 어떤 때는 신선하고 맑았지만 어떤 때는 어둡고 탁했다.

이튿날 아침 라울은 비서 쿠르빌에게 전화를 걸었다.

「후작은?」

「오늘 아침 일찍 외출하셨습니다. 침실 담당 하인이 자동차를 가져와 가득 찬 여행 가방을 두 개나 날랐습니다」

「그러니까 후작은 지금 없다……?」

「며칠간 자리를 비우겠다고 제게 말씀하셨습니다. 그리고 제 생각엔 그 금발의 젊은 여자와 함께 가시는 것 같습니다」

「그럼 후작이 자네에게 그 주소를 주던가?」

「아닙니다. 후작님은 비밀이 꽤 많습니다. 그래서 어디를 가시는지 제가 절대로 알지 못하도록 조치하십니다. 제가 더욱 모를 수밖에 없는 것이 첫째, 후작님 손수 운전을 하시고, 둘째……」

「자네는 정말 구제 불능이군. 이렇게 된 이상 난 중이층을 떠나기로 작정했네. 자네가 직접 직통 전화를 제거하고 꼬리가 잡힐 만한 것들은 모조리 없애 버리게. 그 뒤에 조용히 이사하도록 하지. 잘 있게. 앞으로 사나흘간은 내 소식을 접하지 못할 거야. 일이 있거든……. 아! 한 가지만 더. 고르주레를 조심하게! 후작의 집을 감시할지도 몰라. 정말 조심해야 하네. 난폭하고 젠체하기 좋아하지만 고집이 세고 때로는 번득이는 데가 있는 사람이지」

76

성(城)의 매각

　여러 개의 탑과 넓은 다갈색 기와 지붕을 갖춘 볼니크 성은 시
골에 있는 귀족의 성에 걸맞은 외관을 여전히 간직하고 있었다.
그러나 창문에 달린 덧문은 몇 개가 부서져 초라한 모습으로 덜
렁거렸으며 기왓장은 많이 떨어져 나갔고 정원의 산책길 대부분
은 가시덤불과 쐐기풀에 덮였다. 그리고 우람한 덩치의 잔해 더
미는 송악으로 뒤덮여 보이지 않았다. 송악은 화강암 성벽을 덮
고 있어서 탑과 반쯤 무너진 주루(主樓)의 모양마저 바꾸어 놓고
있었다.
　특히 엘리자베트 오르냉이 노래를 불렀던 성당의 평지는 그 초
록의 물결에 잠겨 더 이상 분간할 수 없었다.
　성 바깥쪽, 그러니까 성의 앞뜰로 들어가는 육중한 성문 좌우
에 위치한 탑의 벽 위에는 성을 매각한다는 내용의 커다란 벽보들
이 여러 장 붙어 성에 딸린 방들과 부속 건물, 농장, 목초지에 관

해 자세히 설명해 놓고 있었다.

그 벽보들이 나붙고 지역 신문들에 광고가 실리기 시작한 것은 석 달 전부터였다. 그리고 성을 구입할 의사가 있는 사람들이 방문할 수 있도록 성문은 하루에도 몇 번씩 일정한 시간에 개방되었다. 미망인인 르바르동 부인은 성토지를 개간하여 제대로 된 모양을 만들고 잔해 더미가 있는 곳으로 올라가는 길에 난 잡초를 뽑기 위해 그 지역 사람을 하나 고용해야 했다. 비극적인 사건을 기억하는 호기심 많은 사람들이 성을 찾아오기도 했다. 그러나 르바르동 부인은 오디가 영감의 아들이자 후계자인 젊은 공증인과 마찬가지로 그 옛날 내려진 함구령을 끝까지 지키고 있었다. 예전에 성을 매입한, 그리고 이제는 다시 팔려고 내놓은 사람이 누구일까? 그건 아무도 몰랐다.

그날 아침, 그러니까 데를르몽 후작이 파리를 떠난 지 사흘째 되던 날 아침에, 2층 창문에 달린 덧문 하나가 활짝 열리면서 앙토닌의 금발 머리가 나타났다. 회색 드레스에 어깨까지 내려오는 둥그런 밀짚모자를 쓴 봄 처녀 앙토닌이었다. 그녀는 6월의 햇빛과 초록의 나무들, 무성하게 자란 잔디밭, 그리고 푸르디푸른 하늘을 보고 미소 지었다. 그녀가 소리쳤다.

「대부님……! 대부님!」

그녀는 아래층 20보쯤 떨어진 곳, 측백나무 그늘 아래 낡은 벤치에서 파이프 담배를 피우고 있는 데를르몽 후작을 보았다.

「아! 이제 일어났구나」

그가 유쾌하게 소리쳤다.

「지금 10시밖에 안 됐는데」

「여기에선 잠을 많이 자게 돼요! 그런데 이것 좀 보세요, 대부님. 장롱 안에서 발견했는데…… 오래된 밀짚모자예요」

그녀는 다시 방 안으로 사라졌다가 계단을 네 칸씩 껑충껑충 건너뛰어 내려왔다. 그녀는 테라스를 지나 후작에게 다가와 이마를 내밀었다.

「세상에, 대부님. 그런데 제가 여전히 대부님이라고 부르기를 바라세요? 아! 얼마나 행복한지 몰라요! 정말 아름다워요! 대부님은 제게 얼마나 좋은 분인지! 갑자기 제가 동화 속에 들어와 있는 것만 같아요」

「넌 그만 한 자격이 있다, 앙토닌……. 아주 조금이지만 네가 살아온 이야기를 들어 보니 그렇구나. 〈아주 조금〉이라고 말한 건 네가 자신에 대해서 이야기하는 걸 별로 좋아하지 않기 때문이야. 그렇지?」

앙토닌의 맑은 얼굴에 어두운 그늘이 스쳤다. 그녀가 말했다.

「그건 재미가 없어요. 중요한 건 오직 현재뿐이에요. 지금 이 순간이 계속될 수만 있다면 얼마나 좋을까요!」

「안 될 이유가 없잖니?」

「이유요? 있어요. 오늘 오후에 성이 경매로 팔릴 것이고 내일 저녁이면 우리는 파리에 있을 테니까 말이에요. 정말 아쉬워요! 여기는 공기가 너무 좋아요! 가슴과 눈에 기쁨이 넘쳐 나요」

후작은 잠자코 있었다. 그녀는 후작의 손을 자기 손에 올려놓으며 상냥하게 말했다.

「꼭 파셔야만 하는 거죠?」

「그래」

그가 말했다.

「어쩔 수 없단다. 내 친구인 드주벨 부부에게서 생각 없이 성을 산 이후로 여기 온 것이 열 번도 채 되지 않아. 와서도 하루밤에 머무르지 않았지. 그런데 돈이 필요해서 그렇게 결정하고 말았다. 기적이 일어나지 않는 한……」

그는 미소를 지으며 이렇게 덧붙였다.

「게다가 네가 이 고장을 좋아하니 네가 성에 살 수 있는 방법이 한 가지 있을지도 모르겠구나」

그녀가 이해하지 못하겠다는 듯 그를 바라보았다. 후작이 웃음을 터뜨렸다.

「정말이야! 그저께부터 오디가 영감의 아들이자 후계자인 공증인 오디가 부쩍 자주 찾아오는 것 같더구나. 오! 나도 안다. 그 사람이 그렇게 매력이 있는 건 아니지만 어쨌든 내 대녀에게 정열을 불태우고 있지 않니……!」

그녀가 얼굴을 붉혔다.

「놀리지 마세요, 대부님. 저는 오디가 씨를 보지도 못했어요……. 이 성이 곧바로 제 마음에 들었던 이유는 대부님이 저와 함께 계셨기 때문이에요」

「정말이니?」

「그럼요, 대부님」

그는 감격했다. 처음 만날 때부터 자기 딸이라는 사실을 알고 있었지만 그 아이는 늙은 독신자의 얼마간 굳은 마음을 부드럽게 풀어 주었고 그런 그녀에게서 느껴지는 깊은 우아함과 천진함은 그를 흔들어 놓았다. 그는 앙토닌을 감싸고 있는 일종의 신비로움에, 그리고 과거에 대한 그녀의 끊임없는 망설임에도 역시 이끌렸다. 그녀는 어떤 때는 무척 자유분방하게, 그리고 외향적인 성격에서 비롯한 것 같은 정열에 가득 차서 후작과 다시 수다를 떨다가도 난데없이 조심스러워지면서 무관심한 태도를 보이기도 했다. 그럴 때는 그녀가 아주 자연스럽게 대부님이라고 부르는 후작에게 거의 적대적이기까지 했다.

그런데 이상한 것은 그들이 성에 도착한 이후로 후작도 똑같이 약간 어긋난 인상을 아가씨에게 주었다는 것이다. 유쾌하게 이야기하다가도 갑자기 입을 다물기도 하고, 앞뒤가 맞지 않는 행동을 하기도 했다.

사실 그들을 서로 가깝게 해 주는 동정심과 애정의 욕구가 아무리 컸다 해도, 과거에는 서로 알지 못했던 두 사람 사이에 가로놓인 장애물이 그토록 짧은 시간에 모두 없어질 수는 없는 노릇이었다. 장 데를르몽은 그녀를 이해하려고 노력했다. 그리고 그녀를 바라보며 이렇게 말했다.

「넌 정말 어머니를 많이 닮았어! 미소를 지으면 얼굴이 달라지지. 그 미소를 네게서 다시 본단 말이야」

그녀는 그가 자기 어머니 이야기를 하는 것을 전혀 좋아하지 않았다. 그럴 때면 언제나 다른 질문으로 대답을 대신했다. 그러다 보니 그는 그녀에게 성의 비극과 엘리자베트 오르냉의 죽음에 대하여 이야기해 주게 되었고, 그녀는 그 이야기를 매우 재미있어했다.

그들은 르바르동 부인이 차려 준 점심을 먹었다.

2시에 공증인 오디가 와서 커피를 마시고 4시에 성 안의 여러 연회실 가운데 가장 알맞은 곳에서 있을 경매 준비 상황을 점검했다. 오디가는 얼굴빛이 창백하고 외모가 약간 뒤틀린 젊은이였다. 시에 심취해 있어서 말을 할 때도 멋을 부렸고 소심했다. 대화를 하다가도 자신이 특별히 지었다는 12음절 시를 불쑥 던지곤 했다. 그럴 때면 으레 〈시인이 말했듯이〉라는 말을 덧붙였다.

그러고는 아가씨의 반응이 어떤지 얼른 살피는 것이었다.

끝없이 반복되는 그 수작을 견디다 못한 앙토닌은 마침내 짜증이 나서 두 남자를 남겨 두고 정원으로 나갔다.

경매를 열기로 한 시간이 가까워 옴에 따라 성의 앞뜰은 사람들로 붐비기 시작했다. 사람들은 성의 한쪽 측면을 빙 둘러싸고 테라스와 정원 앞에서 무리를 이루기 시작했다. 그들은 대부분 부농이나 인근 소도시의 자본가들, 그리고 그 지역의 몇몇 귀족들이었다. 공증인 오디가의 예상에 따르면 그들은 대부분 호기심 때문에 온 사람들이었고, 그 가운데 성을 매입할 가능성이 있는 사람은 약 여섯 명가량이라고 했다.

앙토닌은 그토록 오래전부터 관광객들에게 접근이 금지되었던 폐허를 이때를 이용해 구경하려는 몇 사람과 마주쳤다. 그녀도 장엄한 풍광에 이끌린 산보객이 되어 그곳을 둘러보았다. 그러나 작은 종소리가 울리면서 사람들이 성으로 되돌아가자 그녀 혼자 남게 되었다. 그녀는 사람의 손길이 닿지 않아 풀과 초목들이 얽힌 길을 따라 걷기 시작했다.

그녀는 자기도 모르는 사이에 오솔길에서 벗어나 15년 전에 사건이 발생했던 언덕을 둘러싸고 있는 성토지로 접어들었다. 후작이 그녀에게 그 비극적인 사건의 모든 정황에 얽힌 비밀을 말해 주었다면 그 정확한 장소를 찾을 수 없었을 것이다. 가시덤불과 고사리 그리고 송악 가지들이 빽빽하게 뒤얽혀 있었기 때문이다.

앙토닌은 그곳에서 힘들게 빠져나왔다. 그런데 좀더 열린 공간으로 나왔을 때 갑자기 터져 나오려는 비명을 삼키며 우뚝 멈춰 서고 말았다. 열 발 앞에 그녀처럼 똑같이 놀란 몸짓으로 멈춰 서는 남자의 그림자가 보였다. 나흘 전에 보았던, 강인한 체격과 넓은 어깨, 매몰찬 얼굴이 잊혀지지 않는 남자였다.

그는 고르주레 형사였다.

후작 댁 계단에서 짧은 순간에 언뜻 보았을 뿐인데도 그녀의 기억은 틀리지 않았다. 그였다. 거친 목소리와 공격적인 억양으로 말하던 경찰이었다. 역에서부터 그녀를 쫓아와 꼭 잡고야 말겠다고 소리치던 바로 그 사람이었다.

굳은 얼굴에 잔인한 표정이 서렸다. 그의 입이 일그러지며 냉혹한 웃음이 흘러나왔다. 그가 으르렁거렸다.

「이런, 재수가 좋은 날이군! 세 번이나 놓친 금발 아가씨라……. 여기서 뭐 하시오, 아가씨? 그러고 보니 당신도 역시 성의 경매에 관심이 있는 거로군?」

그가 한 발자국 앞으로 나섰다. 겁에 질린 앙토닌은 도망치고 싶었지만 그럴 만한 힘이 없을 뿐만 아니라 사방이 장애물에 막혀 꼼짝 못하고 있는데 어떻게 가능하겠는가?

그는 다시 한 걸음을 옮기며 빈정거렸다.

「도망칠 방법이 없지. 사방이 막혀 있어. 고르주레의 복수가 어떤 것일까, 응? 이 몸 고르주레는 이 성에서 일어난 수수께끼 같은 사건에서 지금껏 눈을 떼지 않았지. 그래서 성을 매각하는 날 여기를 샅샅이 뒤져 볼 기회를 놓쳐서는 안 된다고 생각했어. 그런데 이렇게 키다리 폴의 애인과 딱 마주치다니. 정말로 신의 섭리가 있다면 그건 오로지 나, 고르주레의 편이라는 걸 이제 알았겠군」

그가 다시 한 걸음을 옮겼다. 앙토닌은 넘어지지 않으려고 온몸에 힘을 주었다.

「겁을 집어먹은 것 같군. 그렇게 찌푸린 걸 보니 말이야! 사실 상황이 안 좋긴 해. 그것도 갑절로 좋지 않아. 금발의 클라라와 키다리 폴이 이 성과 어떤 관계가 있는지, 그리고 키다리 폴은 어떤 역할을 맡고 있는지 이 고르주레에게 낱낱이 말해 주어야 할 거야. 무척 구미가 당기는 것들이거든. 그러니 고르주레의 지위를 크게 이용하진 않겠어」

그가 다시 세 걸음을 옮겼다. 고르주레는 지갑에서 구인장을 꺼내 잔인하게 비웃는 태도로 펼쳤다.

「이 종이 조각을 당신에게 읽어 주어야 할까? 굳이 그럴 필요 없겠지? 내 차가 있는 곳까지 순순히 따라오시지. 그리고 비시에서 파리 행 기차를 탈 거야. 경매 의식 따위는 미련 없이 포기하지. 사냥감을 잡았으니 그걸로 충분해. 그런데 당신……?」

그가 말을 멈췄다. 뭔가 수상한 낌새가 보이고 있었다. 금발 아가씨의 예쁜 얼굴에서 조금씩 공포의 표정이 걷히고 있었다. 그건 마치 불가사의한 현상 같았다. 그렇다. 희미한 미소가 그녀의 얼굴에 떠오르는 것 같았다. 그녀의 시선이 그를 향하고 있지 않다는 것을 생각할 수 있을까? 그 사실을 받아들일 수 있을까? 그녀의 태도는 더 이상 덫에 걸린 짐승이나 꼼짝 못하고 떨고 있는 새와 같지 않았다. 도대체 그녀의 눈은 어디를 향하고 있으며, 누구에게 미소를 짓는 것인가?

고르주레는 뒤를 돌아보았다.

「빌어먹을!」

그가 중얼거렸다.

「저 작자는 도대체 뭐 하러 온 거야?」

고르주레는 성당의 잔해들을 받치고 있는 기둥의 한쪽 구석에서 팔 하나가 밖으로 나와 있는 것을 보았을 뿐이었다. 손은 고르주레 쪽을 향해 권총을 쥐고 있었다……. 그러나 아가씨가 돌연 평정을 되찾은 것으로 보아 고르주레는 그 팔과 손이 기를 쓰고 여자를 보호하려는 것 같았던 라울의 것이라는 사실을 단 1초도 의심하지 않았다. 금발의 클라라가 볼니크 성에 있다는 것은 어딘가에 라울도 있음을 말해 주는 것이었다. 그리고 보이지 않게 숨어서 권총으로 위협을 가하는 것은 틀림없이 라울의 익살맞은 방식이었다.

따라서 고르주레는 잠시도 망설이지 않았다. 그는 용감무쌍하여 위험 앞에서 절대로 물러서는 법이 없었다. 여자가 그 기회를 놓치지 않고 도망쳤지만 공원이나 근처 어디에서 잡을 수 있을 것이었다. 그리하여 그는 고함을 지르며 냅다 뛰었다.

「너 이놈, 잘 걸렸다」

손이 사라졌다. 고르주레가 기둥에 도착했을 때 눈에 들어온 것은 한 아치에서 다른 아치로 커튼처럼 드리워진 송악밖에 없었다. 그러나 그는 적이 자취도 없이 사라질 수는 없으리라 생각하고 달리는 속도를 늦추지 않았다. 그러나 그가 내쳐 달리고 있을 때 팔 하나가 불쑥 튀어나왔다. 무기는 들려 있지 않았지만 이번엔 주먹이었다. 주먹은 고르주레의 턱을 정통으로 가격했다.

정확하고 가차 없는 타격은 단번에 소기의 목적을 달성했다. 고르주레는 아랍 인이 구둣발에 차여 쓰러진 것처럼 균형을 잃고 무너졌다. 게다가 고르주레는 아무것도 깨닫지 못했다. 기절해 버린 것이다.

앙토닌은 숨을 헐떡이며 테라스에 도착했다. 그녀는 너무도 심장이 두근거려 모든 손님들이 질서 정연하게 앉아 있는 성안으로 들어가기 전에 잠시 앉아서 쉬어야 했다. 그러나 그녀는 자기를 보호해 준 그 미지의 사내를 철석같이 믿었으므로 안정을 되찾는 데 그리 긴 시간이 걸리지 않았다. 라울이라면 형사에게 해를 입히지 않고도 논리로 능히 굴복시키리라고 그녀는 확신했다. 그런데 라울은 어떻게 그녀를 위해 한 번 더 싸울 태세를 갖추고 그 자리에 있었던 것일까?

그녀는 잔해 더미가 있는 곳, 특히 그들이 마주쳤을 장소에 시선을 고정하고 귀를 기울여 보았다. 아무 소리도 들리지 않았고, 그림자 하나 얼씬하지 않았으며 수상한 낌새도 전혀 발견되지 않았다.

안심이 된 그녀는 고르주레가 다시 반격해 올 경우 그를 피해 성의 다른 출구를 통해 빠져나갈 수 있도록 미리 자리를 잡아 두어야겠다고 생각했다. 그러나 그녀는 성안에서 진행되고 있는 경매 의식에 마음을 빼앗겨 모든 위험을 잊어버리고 말았다.

대연회실은 현관과 대기실을 지나서 있었다. 사람들은 자리에 앉은 몇몇 인사들을 중심으로 무리를 지어 서 있었다. 그들은 공증인이 성을 매입할 의사가 있는 사람으로 여겨 자리를 마련해 준 사람들이었다. 탁자 위에는 가느다란 축성용 양초 세 개가 세워져 있었다.

공증인 오디가는 엄숙하게 행동했고 거창하게 말했다. 그는 가끔씩 데를르몽 후작과 대화를 나누기도 했다. 그제야 사람들은 성의 소유주가 어떤 사람이었는지 알기 시작했다. 경매가 시작되기 조금 전에 공증인 오디가는 사람들에게 성에 대하여 설명할 필요를 느꼈다. 그는 성의 상황과 역사적 중요성, 아름다움, 주변 경관, 그리고 성을 매입할 경우의 장점 등을 강조하여 말했다.

다음에 그는 경매가 어떤 방식으로 이루어지는지 상기시켰다. 양초 세 개가 각각 1분가량 타오를 것이다. 따라서 마지막 양초가 꺼지기 전까지 가격을 부를 수 있는 여유가 있다. 그러나 너무 오래 기다리면 액수가 무한정 커질 수도 있었다.

4시를 알리는 종이 울렸다.

공증인 오디가는 성냥 한 갑을 사람들에게 보여 주고 거기에서 성냥을 한 개비 꺼내 불을 그었다. 그리고 양초 세 개 중 첫 번째 양초에 불을 가져갔다. 그 일을 하는 그의 몸짓은 흡사 실크해트에서 토끼 열두 마리가 나오게 하는 마술사 같았다.

첫 번째 양초에 불이 켜졌다.

실내는 갑자기 물을 끼얹은 듯 조용해졌다. 모두들 긴장한 얼굴이었다. 특히 앉아 있는 여자들의 얼굴은 매우 특이한 표정을 짓거나 지나치게 무관심한 척하기도 했으며 고통스럽거나 절망적인 표정들을 짓기도 했다.

촛불이 꺼졌다. 공증인이 예고했다.

「신사숙녀 여러분, 아직 두 개가 남아 있습니다」

두 번째 성냥. 두 번째 촛불. 그리고 두 번째 초도 꺼졌다.

공증인 오디가가 음울한 목소리로 말했다.

「마지막 촛불입니다…… 오해가 없으시길 바랍니다…… 양초 두 개는 이미 타 버렸습니다. 이제 세 번째 양초만 남았습니다. 분명히 말씀드립니다. 경매 가격은 80만 프랑부터 시작합니다. 그 이하의 가격은 받지 않습니다」

세 번째 양초에 불이 붙여졌다.

한 사람이 조심스러운 목소리로 말했다.

「82만 5천」

다른 목소리가 응수했다.

「85만」

신호를 보낸 어떤 부인을 대신해서 공증인이 말했다.

「87만 5천」

어느 애호가가 다시 받았다.

「90만」

그리고 잠잠했다.

공증인이 놀라서 급히 반복했다.

「90만…… 90만입니다…… 또 없으시군요…… 자, 신사숙녀 여러분, 이건 터무니없는 가격입니다…… 성은……」

다시 침묵이 흘렀다.

촛불이 꺼져 가고 있었다. 녹아 내린 양초에 마지막 희미한 불꽃만이 흔들리고 있었다.

그때 연회실 뒤 현관 쪽에서 어떤 사람이 또렷한 목소리로 말했다.

「95만」

사람들 사이로 길이 열렸다. 평온하고 호감이 가는 얼굴의 한 남자가 미소를 지으며 앞으로 걸어 나왔다. 그가 조용하게 다시 말했다.

「95만 프랑」

앙토닌은 첫눈에 라울을 알아보았다.

이상한 협력자

　자신은 언제나 냉정함을 잃지 않는다고 자부하던 공증인도 적잖이 놀랐다. 앞서 제시한 가격보다 두 단계를 높이는 일은 흔한 일이 아니었다.

　그가 중얼거렸다.

　「95만 프랑요……? 또 다른 분 없습니까……? 95만 프랑입니다……. 낙찰되었습니다」

　모든 사람들이 뒤늦게 나타난 그의 주위로 몰려들었다. 공증인 오디가는 침착하지 못한 태도로 머뭇거리다가 그에게 가서 다시 한번 확인을 요구하고 그의 이름과 신상 등을 물었다. 그는 라울의 눈빛을 보고 이 남자가 호락호락한 사람이 아니라는 것을 깨달았던 것이다. 반드시 따라야 할 관습과 예의범절이 있는 법이다. 그런 것에 대한 설명은 공개적으로 행해선 안 된다.

　그리하여 공증인은 서둘러 사람들을 밖으로 내보냈다. 기이하게 되어 버린 경매 건을 마무리하려면 접객실에 당사자들만 있어야 하기 때문이다. 그가 다시 돌아왔을 때 라울은 탁자 앞에 앉아 만년필을 손에 쥐고 수표에 서명하고 있었다.

조금 떨어진 곳에 장 데를르몽과 앙토닌이 서서 아무 말 없이 그의 움직임을 눈으로 좇고 있었다.

여전히 침착하고 조용한 라울이 자리에서 일어나 공증인에게 말했다. 결정권을 가진 사람의 거침없는 말투였다.

「오디가 선생, 잠시 후에 당신 사무실에서 다시 만나도록 합시다. 그때 당신에게 위임할 서류들을 미리 검토하도록 허락할 것이오. 당신에게 필요한 것들이 뭔지 내게 정확하게 말해 주겠소?」

그의 그런 태도에 얼이 빠진 듯한 공증인이 대답했다.

「먼저 선생님의 성함이 필요합니다」

「자, 내 신분증이오. 돈 루이스 페레나, 프랑스 계 포르투갈 인이오. 여기 내 여권과 필요한 신상 정보도 모두 드리겠소. 이 수표는 낙찰 금액의 절반이오. 내 구좌가 있는 리스본의 포르투갈 신용은행에서 발행한 것이오. 나머지 절반은 데를르몽 씨와 내가 대화를 끝낸 후 데를르몽 씨가 원하시는 날짜에 건네도록 하겠소」

「대화를 나누시겠다고요?」

후작이 놀라서 물었다.

「그렇습니다, 후작님. 흥미로운 일이 몇 가지 있습니다」

공증인은 점점 더 갈피를 잡을 수 없어 몇 가지 이의를 제기하려 했다. 구좌에 충분한 금액이 있다는 것을 어떻게 증명할 것이며, 수표의 금액이 인출되기까지 걸리는 시간 동안 잔고가 바닥나지 않는다고 누가 장담할 것인가? 그 누가……? 공증인은 잠자코 있었다. 그의 앞에서 무슨 말을 해야 할지 엄두도 나지 않았거니와 직감적으로 그가 그다지 정직하지 않은, 어쨌든 법을 다루는 공증인에게는 글자 그대로 상당히 위험한 남자로 보였기 때문이었다.

결국 그는 신중하게 검토해 보리라 생각하고 이렇게 말했다.

「그럼 사무실에서 뵙겠습니다, 선생님」

그는 가방을 옆구리에 끼고 자리를 떴다. 장 데를르몽은 공증인과 몇 마디를 더 나누고 싶어 테라스까지 그를 배웅했다. 눈에 띄게 흥분하며 라울의 설명을 듣고 있던 앙토닌도 밖으로 나가려 했다. 그러나 라울이 문을 닫으며 아가씨를 밀어냈다. 당황한 그녀는 곧바로 현관으로 통하는 다른 문으로 뛰어갔다. 라울이 그녀를 따라가 허리를 붙들었다.

「허, 이런」

그가 웃으며 말했다.

「오늘은 아주 사나운 것 같소. 그런데 우리가 서로 모르는 사이요? 조금 전에는 고르주레를 떼어내 주고 지난밤에는 키다리 폴을 물리쳐 주었는데, 이제는 그런 일들이 아가씨와는 전혀 상관없다는 말인가?」

그는 그녀의 목덜미에 입을 맞추려 했지만 블라우스 옷깃밖에 닿지 못했다.

「저를 놓아주세요」

앙토닌이 더듬거렸다.

「놓아주세요……. 정말 추악해요……」

그녀는 완강하게 문 쪽으로 돌아서서 문을 열려고 했다. 그녀는 격렬하게 저항했다. 라울은 화를 내며 그녀의 목을 감싸안고 머리를 뒤로 젖혔다. 그리고 난폭하게 그녀의 입술을 찾았다. 그녀는 피하려고 발버둥쳤다.

그녀가 소리쳤다.

「아! 이런 치욕을 당하다니! 사람을 부르겠어요⋯⋯. 이런 치욕을!」

그가 갑자기 뒤로 물러섰다. 후작의 발소리가 현관 바닥에 울리고 있었다. 라울이 냉소했다.

「당신 재수가 좋소! 하지만 내가 이처럼 매정하게 거절을 당하다니! 제기랄! 지난밤 후작의 서재에서는 좀더 유연했소. 알고 있겠지만 우린 다시 만날 거요, 내 예쁜 아가씨」

그녀는 더 이상 문을 열려고 하지 않았다. 그녀도 뒤로 물러섰다. 장 데를르몽이 들어왔을 때 그녀가 흥분한 채 뭔가 머뭇거리는 태도로 그의 앞에 서 있는 것이 보였다.

「무슨 일 있니?」

「아니에요⋯⋯ 아무 일도⋯⋯」

그녀가 여전히 숨통이 답답한 채로 말했다.

「대부님께 말씀드릴 게 있었거든요」

「뭘?」

「아니에요⋯⋯ 중요하지 않은 일이에요⋯⋯. 제가 잠깐 잘못 생각했어요. 정말이에요, 대부님⋯⋯」

후작은 라울 쪽으로 돌아섰다. 미소를 띤 채 둘의 이야기를 듣고 있던 라울이 후작이 던지는 무언의 질문에 대답했다.

「제 생각에 아가씨께서는 가벼운 오해에 대해서 말씀드리려고 했던 것 같습니다. 제 자신도 역시 오해를 씻고 싶었고요」

「무슨 말씀이신지 모르겠군요, 선생」

후작이 말했다.

「말씀드리지요. 조금 전에 제 이름이 돈 루이스 페레나라고 했습니다. 그것이 제 본명입니다. 그런데 파리에서는 개인적인 이유 때문에 라울이라는 가명으로 살고 있습니다. 볼테르 강변로에 있는 후작님 댁의 중이층에 세를 들었던 것처럼 말입니다. 그런데 요전 날 아가씨가 후작님 댁의 벨을 누른다는 것이 저희 집 벨을 눌렀습니다. 그래서 저는 아가씨에게 잘못 찾아왔노라고 설명해 드렸지요. 물론 그때는 아가씨에게 가명으로 인사했습니다. 그렇죠, 아가씨? 그래서 오늘 아가씨가 좀 놀란 것 같습니다……」

장 데를르몽도 역시 크게 놀라는 것 같았다. 행동도 매우 수상쩍고 신분도 그리 확실하지 않아 보이는 이 기이한 사람이 원하는 것은 도대체 무엇인가?

「당신은 누구요? 당신은 내게 대화를 요청했소……. 말하고 싶은 게 뭐요?」

「뭐냐고요?」

라울이 말했다. 그는 대화가 끝날 때까지 아가씨에게는 눈길을 돌리지 않는 척했다.

「사업에 관한 이야기입니다만……」

「난 사업을 하지 않소!」

데를르몽이 퉁명스런 목소리로 그에게 내뱉었다.

「나 역시 마찬가지입니다」

라울이 분명하게 말했다.

「하지만 저는 남들의 사업에 관여하고 있습니다」

그러자 문제가 심각해졌다. 협박을 하겠다는 것인가? 서서히 정체를 드러내는 적의 위협이란 말인가? 데를르몽은 권총 집을 더듬으며 그의 대녀 앙토닌을 눈으로 살폈다. 그녀는 걱정스러운 태도로 그들의 대화를 주의 깊게 듣고 있었다.

후작이 말했다.

「간단히 말합시다. 원하는 게 뭡니까?」

「당신이 옛날에 빼앗긴 유산을 되찾는 것입니다」

「유산?」

「당신 할아버지의 유산 말입니다. 온데간데없이 사라졌지 않습니까. 그래서 후작님께서는 어느 탐정 사무소에 찾아달라고 의뢰하셨지만 아무 소용없는 일이었죠」

「아! 알겠소」

후작이 웃으며 소리쳤다.

「그러니까 당신은 탐정 사무소 직원이라 이 말이군!」

「아닙니다. 그와 비슷하지만, 사람들을 도와주기 좋아하는 아마추어입니다. 저는 그런 종류의 조사를 너무나 좋아합니다. 그건 제 취미입니다. 그런 수수께끼들을 밝혀 내어 해결하고 싶은 지적인 욕구죠. 사실 지금껏 살아오면서 제가 얼마나 놀라운 일들을 해냈는지 이루 다 말할 수 없을 겁니다. 오랫동안 풀리지 않는 문제들을 해결했고 역사적인 보물들을 찾아냈으며 깜깜한 암흑 속에 빛을 던져 주기도 했지요……」

「훌륭하군요!」

후작이 기분 좋게 소리쳤다.

「그리고 수수료도 좀 챙기는 건 물론이고?」

「전혀」

「그럼 무보수로 일한단 말이오?」

「제가 좋아서 하는 일이죠」

라울도 웃으며 대답했다. 그가 쿠르빌에게 설명해 주었던 계획과는 얼마나 동떨어진 얘기인가! 2000만에서 3000만 프랑은 자기 몫이라는…… 그리고 후작에게는 10퍼센트만 주겠다는 계획……. 사실 그는 후작의 면전에서, 특히 아가씨 앞에서 자신을 돋보이고 선량한 역할을 하고 싶은 욕구 때문에 돈을 요구하는 게 아니라 오히려 주겠다는 제안을 하게 된 것이다.

그는 자신이 데를르몽보다 우월하며 유리한 위치에 있다는 사실에 자못 기분이 좋아 고개를 꼿꼿이 세우고 방 안을 오락가락했다.

그에게 압도당하여 갈피를 잡지 못한 후작이 말문을 열었다. 그의 말에 더 이상 빈정거리는 기색은 없었다.

「내게 무슨 정보를 주려고 온 것이오?」

「그 반대입니다. 후작님께 정보를 요청하러 온 것입니다」

라울이 쾌활하게 말했다.

「제 목적은 간단합니다. 후작님을 돕는 것이죠. 제 말씀을 들어 보십시오, 후작님. 제가 전격적으로 시도하는 일은 그것이 어떤 것이든 언제나 탐색 기간이 있습니다. 사람들이 처음부터 저를 신뢰해 주면 그 기간이 매우 짧아지지만 그런 일은 아주 드물죠. 따라서 저는 자연히 사람들의 망설임과 숨김에 부딪히게 되고 어쩔 수 없이 저 혼자서 모든 것을 찾아내야 합니다. 그만큼 시간을 낭비하는 것이죠! 후작님께서도 이익을 도모하실 테니 제가 엉뚱한 흔적을 쫓아가지 않도록 말씀해 주십시오. 예를 들면 그 수수께끼의 유산이란 무엇으로 이루어져 있으며 또 그 일로 소송을 제기하셨는지 말입니다」

「그게 당신이 알고 싶은 전부요?」

「천만에!」

라울이 소리쳤다.

「그럼 또 뭐가 있소?」

「후작님께서 아직 볼니크 성을 소유하기 전에 이 성에서 일어났던 끔찍한 사건에 대하여 아가씨 앞에서 말을 해도 되겠습니까?」

후작이 몸을 떨었다. 그리고 조용하게 대답했다.

「물론이오. 엘리자베트 오르냉의 죽음에 대해서 내가 직접 대녀에게 말해 주었소」

「하지만 후작님께서 법정에서 숨겼던 이상한 비밀은 아가씨에게 말해 주지 않으셨을 텐데요?」

「무슨 비밀 말이오?」

「후작님이 엘리자베트 오르냉의 연인이었다는 사실 말입니다」

라울은 장 데를르몽이 정신을 차릴 여유를 주지 않고 계속해서 말했다.

「다른 무엇보다도 수상한 느낌이 들면서 이해할 수 없는 것이 바로 그것이기 때문입니다. 한 여자가 살해되었고 그녀의 보석이 도난당했습니다. 수사가 이루어졌습니다. 그리고 후작님께서도 다른 모든 목격자들처럼 조사를 받았습니다. 그런데 그 여자와 후작님 사이에 관계가 있었다는 사실은 말씀하지 않으셨습니다! 그 이유가 무엇입니까? 또 그 이후에 이 성을 매입하신 이유는 뭔가요? 조사를 해 보셨습니까? 제가 그 당시 신문에서 읽은 것보다 뭔가 더 알고 계신 것이 있습니까? 마지막으로 볼니크 성의 사건과 후작님께서 도난당한 유산과는 무슨 관계라도 있는 것입니까? 두 사건의 발단과 전개, 그리고 인물이 동일한 것입니까? 이상이

제가 드리는 질문입니다, 후작님. 명확한 답변을 해 주시면 제가 일을 진행할 수 있을 것 같습니다」

긴 침묵이 이어졌다. 후작의 망설임은 아무 말도 하지 않겠다는 분명한 의지를 보여 주었으므로 라울은 가볍게 어깨를 으쓱했다.

「정말 안타깝습니다! 대답을 회피하시다니 참으로 유감입니다! 그러니까 후작님께서는 그 사건이 결코 봉인된 채 끝나지 않을 것이라는 사실을 이해하지 못하시는군요? 그 사건은 거기에 연루되었던 사람들의 머릿속에서 저절로 계속되고 있습니다. 또한 그 사람들은 후작님께선 모르시는 개인적 이해관계 때문에 어떻게든 거기에서 이익을 끌어내려고 하고 있습니다. 그래도 말씀해 주실 생각이 없으십니까?」

그는 후작 옆에 앉아서 문장과 단어를 하나씩 또렷하게 말했다.

「후작님의 과거를 둘러싸고 제각각 다른 여러 시도가 있습니다. 저는 그 가운데 네 가지를 알고 있습니다. 저의 시도가 있습니다. 저는 우선 볼테르 강변로의 중이층에 세를 들었고, 다음에는 이 성을 매입했습니다. 다른 사람이 성을 사지 못하게 함으로써 이 사건을 조사하는 데 누구보다도 유리한 위치에 있고 싶었던 겁니다. 이것이 첫 번째 시도입니다! 다음에는 금발의 클라라가 있습니다. 유명한 도적 키다리 폴의 옛날 애인인 그 여자는 전날 밤 파리에 있는 후작님 서재에 잠입하여 책상의 비밀 서랍을 빼내고 사진들을 뒤졌습니다. 그것이 두 번째 시도입니다!」

라울은 잠시 말을 멈추었다. 그는 아가씨를 쳐다보지 않으려고 애쓰면서 후작 쪽으로 몸을 기울이고 그에게 온 주의를 집중했다. 그는 장 데를르몽이 당황한 틈을 이용하여 그의 눈을 똑바로 쳐다보고 낮은 목소리로 분명하게 말했다.

「세 번째 도둑으로 넘어갈까요……? 결단코 가장 위험한……
발텍스입니다」

후작이 펄쩍 뛰었다.

「발텍스라고? 무슨 소리를 하는 거요?」

「그렇습니다. 발텍스입니다. 엘리자베트 오르냉의 조카인지 사촌인지, 어쨌든 친척이지요」

「터무니없소! 그럴 리가 없어!」

후작이 강하게 부인했다.

「발텍스는 노름꾼에 난봉꾼이고 품행에 문제가 있는 건 나도 알고 있소. 하지만 위험한 인물이라고? 설마!」

라울은 여전히 후작을 똑바로 쳐다보며 계속했다.

「발텍스에게는 다른 이름이 하나 더 있습니다. 이름이라기보다는 별명이지요. 범죄 세계에서는 그 이름으로 아주 잘 알려져 있습니다」

「범죄 세계?」

「발텍스는 경찰의 수배를 받고 있습니다」

「그럴 리가!」

「발텍스가 바로 키다리 폴입니다」

후작의 흥분은 극에 달했다. 그는 숨이 넘어갈 듯 격분했다.

「키다리 폴? 도둑의 두목 말이오……? 이보시오, 그건 말도 안 되는 소리요……. 발텍스는 키다리 폴이 아니오……. 어찌 그런 말을 할 수 있단 말이오……? 아니오, 절대 아니오. 발텍스는 키다리 폴이 아니란 말이오!」

「발텍스가 바로 키다리 폴입니다」

라울이 되풀이했다.

「냉혹한 놈이지요. 아까 말씀드렸던 날 밤에 저는 키다리 폴이 부하들과 함께 강둑에 붙어 서서 자기의 옛 여자 친구를 살피고 있다는 것을 알아냈습니다. 클라라가 후작님 댁에서 나오자 폴은 그녀를 납치하려고 했죠…… 제가 그곳에 있었습니다. 그래서 그와 격투를 벌였고 마침내는 그의 얼굴을 봤는데 바로 발텍스였습니다. 저는 한 달 전부터 그가 후작님 주위에서 벌이는 수작을 감시하고 있었지요. 그것이 세 번째 시도입니다! 네 번째 불청객으로 넘어가지요. 바로 경찰입니다……. 경찰은 공식적으로는 사건에서 손을 뗐지만 고집이 세고 복수심이 강한 형사 한 사람이 끈질기게 달라붙고 있습니다. 그 옛날 여기에서 사건이 일어났을 당시에는 검찰청의 힘없는 보조였던 사람입니다. 바로 고르주레 주임 형사입니다」

라울은 불안한 듯 아가씨 쪽을 두 번 슬쩍 쳐다보았다. 앙토닌은 빛을 등지고 있어서 잘 보이지 않았지만 라울은 그 이야기 때문에 야기될 그녀의 흥분과 고통을 짐작했다. 그녀의 역할, 그것도 수수께끼 같은 역할이 너무나 긴밀하게 연관되어 있는 이야기가 아닌가!

라울의 설명을 들으며 이루 말할 수 없이 당황한 듯한 후작이 고개를 끄덕였다.

「나를 심문한 적은 없지만 나도 그 고르주레를 기억하고 있소. 하지만 그가 나와 엘리자베트 오르냉의 관계를 알고 있으리라고는 생각하지 않소」

「그렇습니다」

라울이 그의 말을 시인했다.

「하지만 그 역시 성의 매각 광고를 읽고 여기에 왔습니다」

「그게 확실하오?」

「잔해 더미가 있는 곳에서 그자를 만났습니다」

「그러면 그자도 경매에 참석했단 말이오?」

「참석하진 못했습니다」

「아니 어째서요?」

「잔해 더미를 떠나지 못했습니다」

「설마!」

「사실입니다. 그곳에 잡아 두는 게 낫다고 생각했습니다. 입에는 재갈을 물리고 눈은 스카프로 가리고 팔다리는 밧줄로 묶어 두었습니다」

후작이 몸을 부르르 떨었다.

「나는 그런 행위에 절대로 동조할 수 없소!」

라울이 미소지었다.

「전혀 동조하실 필요가 없습니다, 후작님. 그 일의 책임은 전적으로 제가 지니까요. 그건 순전히 후작님께 대한 제 경의의 표시입니다. 저는 우리 공동의 안전을 도모하고 사건을 원만히 해결하는 데 필요하다고 판단하면 그 일들을 실행에 옮기죠. 그것이 제 의무입니다」

그때 장 데를르몽은 깨달았다. 자신은 절대로 원하지 않지만 어쩔 수 없는 상황과 상대방의 의지에 내몰려 그에게 협력하면 어떤 결과에 이르게 될지를. 이 상황을 어떻게 모면할 것인가?

라울이 다시 말했다.

「상황은 이렇습니다, 후작님. 심각하지요. 적어도 지금은 아니라 해도 곧 심각하게 될 수 있습니다. 특히 발텍스를 생각하면 지금 당장 제가 개입해야 할 상황입니다. 키다리 폴은 자신의 옛 애인을 위협하고 있고, 후작님께도 반드시 해를 입힐 거라는 걸 저는 알고 있습니다. 따라서 저는 미리 서둘러 내일 저녁에 경찰이 그를 체포하도록 만들겠습니다. 그러면 무슨 일이 일어날까요? 키다리 폴과 발텍스의 정체가 밝혀질까요? 그리고 그가 후작님과 엘리자베트 오르냉의 관계를 실토하여 사건이 일어난 지 15년 만에 후작님을 법정으로 가게 할까요? 그 모든 것들을 아직은 알 수 없습니다. 바로 그 때문에 제가 옛날에 있었던 일들을 정확하게 알려고 하는 것입니다……」

라울은 기다렸다. 그러나 이번에는 후작이 결정을 내리는 데 오래 걸리지 않았다. 그는 단호하게 말했다.

「나는 아무것도 모르오……. 아무 말도 해 줄 수가 없소」

라울이 자리에서 일어났다.

「좋습니다. 저 혼자서 해결하지요. 시간이 더 오래 걸릴 것입니다. 어려움도 있을 테고 아마 골치 아픈 일도 있을 겁니다. 그건 후작님께서 자초하시는 겁니다. 여기에서 언제 떠나십니까?」

「내일 아침 8시에 내 차로 떠날 거요」

「좋습니다. 고르주레는 풀려나 봤자 내일 아침 10시에 비시에서 출발하는 기차밖에는 탈 수 없을 겁니다. 그러니까 지금은 아무 걱정 마십시오. 성을 관리하는 부인이 고르주레에게 아가씨와 후작님에 관한 정보를 주지 않도록 단속만 시키시면 됩니다. 파리에 계실 겁니까?」

「하룻밤만 지내고 약 3주 동안 자리를 비울 거요」

「3주요? 그럼 25일 후, 7월 3일 수요일에 성 앞 테라스 벤치에서 4시에 만나기로 하지요. 괜찮으시겠습니까?」

「좋소. 지금부터 생각해 보겠소」

후작이 말했다.

「무엇을 말입니까?」

「당신이 설명한 사실들과 내게 제안한 것을 말이오」

라울이 웃음을 터뜨렸다.

「그때는 이미 늦습니다, 후작님」

「이미 늦다니?」

「늦고말고요! 저는 데를르몽 사건에 시간을 많이 할애할 수가 없습니다. 25일 안에 모든 일을 해결할 겁니다」

「무엇을 해결한단 말이오?」

「장 데를르몽 사건이지요. 7월 3일 4시에 성에서 일어난 비극적인 사건의 진실과 그에 얽힌 모든 수수께끼를 후작님께 가져다 드리겠습니다. 그리고 외조부님의 유산도 역시 갖다 드리지요……. 그러면 아가씨가 매우 마음에 들어하는 이 성을 그대로 간직하고 사실 수 있을 것입니다. 아가씨가 원한다면 제가 조금 전에 서명한 수표만 되돌려 주셔도 됩니다」

「그렇다면…… 그렇다면……」

매우 흥분한 후작이 말했다.

「정말로 당신 말처럼 성공하리라고 믿는 거요?」

「오직 한 가지만이 저를 막을 수 있을 겁니다」

「그게 무엇이오?」

「제가 더 이상 이 세상 사람이 아닐 경우이지요」

라울은 모자를 집어들어 큰 동작을 그리며 앙토닌과 후작에게 인사를 했다. 그리고 몸을 빙그르르 돌려 엉덩이 위 상체를 약간씩 좌우로 흔들며 밖으로 나갔다. 그런 모습은 그가 자기 자신에 대해 특별히 만족할 때면 으레 나오는 동작일 터였다.

현관을 걸어가는 그의 발소리가 들렸고, 이어 탑의 문이 다시 닫혔다.

그제서야 후작은 놀라움을 떨쳐 버리고 다시 생각에 잠기며 중얼거렸다.

「아니야…… 아니야……. 그렇게 아무에게나 털어놓는 게 아니야……. 물론 그자에게 특별히 말해 줄 것도 없었지만 사실은 그런 사람들과 함께 일을 도모해선 안 돼」

앙토닌이 잠자코 있는 것을 보고 그가 말했다.

「너도 내 생각과 같을 거야, 그렇지?」

그녀가 당황하며 대답했다.

「모르겠어요, 대부님……. 전 아무 의견도 없어요……」

「물론 협잡꾼이야! 이름을 두 개나 가지고 있고 어디에서 솟아났는지도 모르는 사람이야……! 또 목적이 무엇인지도 알 수 없고…… 내 일을 떠맡으면서…… 경찰을 우롱하고…… 그러면서도 망설이지 않고 경찰에 키다리 폴을 넘겨주고」

그는 라울의 특징을 하나씩 열거하다가 말을 멈추고 일이 분 동안 생각에 잠기더니 이렇게 결론지었다.

「어쨌든 만만치 않은 사람이야. 일을 해낼 수도 있겠어……. 비범한 사람이야……」

「비범한 사람」

앙토닌이 작은 소리로 따라했다.

키다리 폴을 추적하다

라울과 공증인 오디가의 면담은 짧았다. 공증인은 그야말로 쓸데없는 질문들만 해 댔고 라울은 명확하고 반박의 여지가 없는 대답으로 응수했다. 자신의 명민함과 통찰력에 만족한 공증인은 빠른 시일 안에 모든 필요한 양식을 갖추어 놓겠다고 약속했다.

라울은 차를 몰고 공공연하게 마을을 떠났다. 그는 비시로 가서 방을 잡고 저녁 식사를 했다. 그리고 11시경에 그는 볼니크 성으로 되돌아왔다. 그는 성의 주변을 면밀히 조사했다. 성의 한쪽 벽면에 틈이 벌어져 있었다. 그 벽면은 라울이 아닌 다른 사람들은 접근이 불가능할 터였다. 그는 그곳으로 들어가는 데 성공하여 잔해 더미를 향해 갔다. 송악 아래에는 밧줄과 재갈로 여전히 꼼짝 못하고 있는 고르주레 형사가 있었다. 라울은 그의 귀에 대고 속삭였다.

「아까 당신에게 몇 시간 동안 편안하게 낮잠을 즐기도록 배려

해 준 친구가 왔소. 당신이 좋아하는 것을 보고 맛있는 것을 좀 가져왔지. 햄과 치즈 그리고 붉은 포도주요」

그는 친절하게 재갈을 풀어 주었다. 고르주레가 그에게 욕설을 퍼부어 댔지만 너무나 심하게 잠긴 목소리인 데다가 격분한 상태여서 무슨 말인지 알아들을 수가 없었다. 라울이 동의했다.

「당신이 배고프지 않은데 억지로 먹게 해서는 안 되지, 고르주레 선생. 방해해서 미안하오」

그는 다시 재갈을 물리고 밧줄이 잘 묶여 있는지 꼼꼼하게 확인한 다음 자리를 떴다.

정원은 조용했고 테라스에는 아무도 없었으며 불빛도 모두 꺼져 있었다. 라울은 오후에 창고 지붕 밑에서 봐 두었던 사다리를 떼어 냈다. 그는 장 데를르몽의 침실 위치를 알고 있었다. 그는 사다리를 세우고 올라갔다. 무더운 밤이라 덧문은 닫혀 있었지만 그 뒤에 있는 창문은 활짝 열려 있었다. 그는 덧문의 걸쇠를 쉽게 부수고 안으로 들어갔다.

후작의 고른 숨소리를 확인한 그는 손전등을 켜고 의자 위에 단정하게 개어 놓은 옷을 보았다.

그는 웃옷 호주머니에서 지갑을 찾아냈다. 지갑 안에는 앙토닌의 어머니가 후작에게 쓴 편지가 들어 있었다. 라울이 일을 나선 것은 바로 그 편지 때문이었다. 그는 편지를 읽었다.

라울은 생각했다.

〈내가 생각했던 대로군. 이 훌륭한 여자는 그 옛날 매력적인 후작의 수많은 애인들 가운데 한 사람이었어. 앙토닌은 이 두 사람의 딸이지. 이것 보라고, 난 아직 녹슬지 않았어.〉

그는 물건들을 제자리에 돌려놓은 다음 다시 창문으로 나와 사다리를 내려갔다.

　오른쪽으로 창문 세 개를 지나면 앙토닌의 방이었다. 그는 사다리를 그곳으로 옮기고 다시 올라갔다. 역시 덧문은 닫혀 있고 창문은 열려 있었다. 그는 창문을 건너뛰었다. 그리고 손전등으로 침대를 찾았다. 앙토닌은 벽 쪽으로 돌아누워 자고 있었다. 그녀의 금발은 풀어헤쳐져 있었다.

　그는 1분을 기다렸다. 그리고 또 1분을 기다리고 다시 1분을 기다렸다. 그는 어째서 움직이지 않았을까? 어째서 그녀가 무방비 상태로 잠들어 있는 침대로 다가가지 않았을까? 지난 밤 후작의 서재에서 라울은 자기를 마주한 앙토닌이 얼마나 무력했는지, 그리고 그녀의 손을 잡고 팔을 애무할 때 그녀가 얼마나 무기력하게 받아들였는지 충분히 감지했다. 앙토닌이 오후에 이해할 수 없는 행동을 보이긴 했지만 그녀는 그에게 저항할 힘이 없다는 것을 잘 알고 있는데 어째서 그 기회를 이용하지 않았을까?

　그는 오래 망설이지 않았다. 그는 다시 사다리를 내려갔다.

　그는 성을 떠나면서 생각했다.

　〈제기랄, 가장 영리한 사람이 어떤 때는 얼간이가 돼 버리는 수가 있지. 내가 원하기만 하면 되는 일이었는데 말이야……. 다만, 그래, 언제나 원할 수는 없는 법이니까……〉

　그는 비시로 다시 가서 잠자리에 들었다. 그리고 이튿날 아침에 그는 자신에 대해 매우 만족한 기분으로 파리를 향해 차를 몰았다. 그는 데를르몽 후작과 그의 딸 사이 한복판에 자리하고 있었다. 앙토닌은 그의 수중에 있고, 유서 깊은 성도 그의 소유였다. 그가 좀더 적극적으로 사건에 뛰어든 이후 며칠 만에 사태가 얼마나 급변하고 있는가! 물론 데를르몽 후작의 딸과 결혼하기만 하면 자신의 노고에 대한 보상은 요구하지도 않을 것이었다…….

「아니, 아니지. 난 겸손한 사람이야. 야심도 크지 않고 명예도 그리 중요하지 않아. 그렇지, 내 목적은…… 그런데 내 목적이 뭐지? 후작의 유산? 성? 성공의 기쁨? 허튼 소리! 진짜 목적은 앙토닌이야. 오직 앙토닌, 그 한 가지가 전부지!」

그는 작은 소리로 말을 계속했다.

「내가 얼마나 바보 같은 짓을 하고 있나! 수백만 프랑도, 내 지분도 더 이상 중요하게 생각하지 않는군. 귀족 행세를 하고 미녀를 놀라게 하느라 모든 것을 물에 던져 버렸어. 이렇게 고지식하기는! 돈키호테! 엉터리 배우지!」

그러나 라울은 자신을 놀라게 했던 여자를 골똘히 생각하고 있었다. 그가 떠올리는 여자는 볼니크 성에서 자신이 눈길을 마주치지 않으려 했던 앙토닌이 아니었다. 그녀는 불안에 찬 불가사의한 여자였다. 첫날 밤 서재에서 범죄를 저지르던 앙토닌은 더욱 아니었다. 그녀는 교활하고 고통에 차 있었으며 운명의 법칙에 굴복하는 것 같았다. 그는 처음에 만난 여자, 거실에 장치한 거울 달린 화면을 통해 처음으로 바라보았던 바로 그 여자를 떠올리고 있었다. 그때 본의 아닌 짧은 방문으로 그가 만난 앙토닌은 매력적이었고 태평했으며 삶의 행복과 희망이 넘치는 모습이었다. 그 순간은 힘들고 고통스러운 운명 속으로 덧없이 사라져 버렸지만 그는 그때 달콤함과 희열을 깊이 맛보았던 것이다.

「다만, 앙토닌이 그렇게 행동하는 이유는 무엇일까? 도대체 어떤 의도로 후작의 믿음을 얻어 내면서 일을 꾸몄을까? 후작이 자기 아버지라고 생각한 걸까? 어머니의 복수를 하려는 것일까? 아니면 재산을 노리고 있는 것인가?」

그것은 라울의 머릿속에 빈번하게 떠오르는 의문이었다. 그럴 때면 그는 화가 났다.

라울은 다채롭고 불가사의하면서도 달콤한 그녀에 대한 생각과 과거의 기억에 사로잡혀 평소와는 달리 아주 맥이 풀린 속도로 차를 몰았다. 그는 도중에 점심 식사를 하고 오후 3시경이나 되어서야 파리에 도착했다. 쿠르빌이 얼마나 준비했는지 보기 위해서였다. 그러나 중이층으로 가는 계단을 반도 채 올라가지 않았을 때 갑자기 그는 깜짝 놀라 계단을 네 개씩 건너뛰어 자기 집 문을 향해 돌진하더니 미친 사람처럼 안으로 들이닥쳤다. 그리고 방을 정리하고 있던 쿠르빌을 밀치고 시내로 연결된 전화기로 달려들었다. 그가 탄식하며 말했다.

「빌어먹을, 아름다운 올가와 점심 식사 약속이 있다는 걸 까맣게 잊고 있었어. 여보세요, 아가씨! 여보세요! 트로카데로 궁전을 부탁합니다……, 왕비 폐하 처소를 대 주십시오……. 여보세요! 누구시죠? 마사지사라고요……? 아! 샤를로트, 당신이군? 그래, 어떻게 지내? 여전히 그 자리에 만족하고 있어? 뭐라고? 내일 왕께서 오신다고? 올가가 우울하겠군……! 올가 좀 바꿔 줘……. 어서」

그는 몇 초를 기다리더니 몹시 기쁜 듯 미끈거리는 목소리로 말했다.

「드디어 당신이군, 아름다운 올가! 두 시간 전부터 당신과 통화하려고 했어……. 어처구니가 없다고? 엉! 그게 무슨 말이야? 내가 사기꾼이라니……! 이봐, 올가, 화내지 마. 파리에서 80킬로미터 떨어진 곳에서 자동차가 고장 난 것이 내 잘못은 아니잖아……. 당신도 잘 알 거야. 그런 상황에서…… 그런데 당신 왜 그러는 거야? 마사지를 받고 있었다고⋯⋯? 아! 아름다운 올가. 이렇게 나하고 통화하고 있는데⋯⋯?」

그는 상대방이 수화기를 놓는 소리를 들었다. 화가 난 아름다운 올가가 전화를 끊어 버린 것이다.

「좋았어!」

그가 빈정거렸다.

「입에 거품을 무셨군. 아! 나 역시 왕비 폐하에게 싫증이 나던 참이라고!」

「보로스티리아의 왕비이십니다!」

쿠르빌이 힐난하는 투로 중얼거렸다.

「왕비께 싫증이 나시다니요!」

「더 좋은 여자가 생겼다네, 쿠르빌」

라울이 큰 소리로 말했다.

「요전 날 왔던 아가씨가 누군지 아나? 몰라? 아! 자네는 정말 머리가 안 돌아가는군⋯⋯! 데를르몽 후작의 사생아라네. 후작이 얼마나 바람둥이인가! 시골에서 그들과 함께 이틀을 보내고 오는 길이지. 후작은 나를 무척 마음에 들어한다네. 자기 딸을 내게 주겠다고 했어. 자네가 내 들러리가 되게. 아! 그런데 후작이 자네를 내쫓을걸세」

「뭐라고요?」

「아니, 내 말은 자네를 내쫓을 수도 있을 거라는 얘기야. 그러니까 미리 선수를 치게. 후작에게 자네 누이가 아프다는 말을 남기게」

「제겐 누이가 없습니다」

「알고 있어. 그렇게 말한다고 후작에게 해가 될 것은 없지 않은가. 그런 다음에 자네 옷가지들을 챙겨서 여길 뜨게」

「어디에 가 있을까요?」

「다리 밑으로 가게. 오퇴유의 우리 별장 차고 위에 있는 방이 싫다면 말이야. 알겠나? 자, 가게. 서둘러. 그리고 장인 어른 댁은 아주 잘 정리해 두게. 그렇지 않으면 교도소 신세를 지게 할 테니까」

겁을 집어먹은 쿠르빌이 자리를 떴다. 라울은 꼬리가 잡힐 만한 것이 없는지 확인하느라 꽤 오랫동안 머물렀다. 그는 쓸데없는 서류들을 불태운 뒤 4시 30분에 다시 자동차로 집을 나섰다. 그는 리용 역에서 비시 발 특급 열차에 관해 묻고는 역무원이 일러 준 대로 플랫폼 출구에 자리를 잡았다.

기차에서 내려 출구 쪽으로 바삐 걸어오는 사람들 틈으로 고르주레의 딱 벌어진 어깨가 보였다. 형사는 역무원에게 신분증을 보여 주고 출구를 나왔다. 그의 어깨 위에 누군가 손을 얹었다. 상냥한 얼굴이 그를 맞았다. 미소 띤 입에서는 이런 말이 흘러나왔다.

「잘 있었소, 형사 나리?」

고르주레는 쉽게 당황하는 사람이 아니었다. 그는 경찰 일을 해오면서 해괴한 사건들과 별난 인물들을 수없이 겪지 않았던가! 그런데 그런 고르주레가 당황한 채 말을 잇지 못하고 있었다. 라울이 깜짝 놀라 물었다.

「아니 왜 그러나, 친구? 설마 어디가 아픈 건 아니겠지? 내가 이렇게 마중 나오면 기뻐할 줄 알았는데 말이야! 어찌 됐든 이건 애정과 호의의 표시인데……」

고르주레는 그의 팔을 덥석 붙들더니 한쪽으로 끌고 갔다. 그리고 분노로 치를 떨면서 말했다.

「뻔뻔한 놈! 그러니까 어젯밤 잔해 더미에서 내가 네 놈을 몰라봤으리라고 생각한단 말이지? 더러운 자식! 이 깡패 놈……! 경찰청으로 순순히 따라와. 가서 얘기하자」

그가 목소리를 높이기 시작하자 지나가던 사람들이 걸음을 멈췄다.

「이봐, 원한다면 그렇게 하지」

라울이 말했다.

「하지만 생각 좀 해봐. 내가 여기까지 와서 자네에게 접근한 것은 나름대로 중대한 이유가 있었기 때문이야. 제 발로 호랑이 굴에 뛰어들지는 않는 법이지. 더구나 그게 어떤 굴인가! 재미로 뛰어들다니 말이야」

고르주레는 그의 말에 충격을 받았다. 그는 감정을 자제했다.

「뭘 원하나? 어서 말해 봐」

「어떤 사람에 대해 자네에게 말해 줄 것이 있다네」

「누구?」

「자네가 아주 싫어하는 사람이지. 자네 개인에게는 적이요, 자네가 잡았다가 놓친 사람이야. 그를 기필코 체포해야 한다는 생각이 자네 머릿속을 떠나지 않는 사람, 자네 경찰 경력에 영광을 가져다 줄 사람이지. 그 이름을 내 입으로 말해야 할까?」

고르주레가 약간 창백한 얼굴로 중얼거렸다.

「키다리 폴?」

「키다리 폴」

라울이 수긍했다.

「그래서?」

「그래서라니?」

「키다리 폴에 대해서 얘기하려고 역까지 나를 만나러 왔나?」

「그래」

「그럼 내게 무슨 비밀을 말해 줄 게 있단 말이지?」

「그보다 더 좋은 거지. 선물일세」

「무슨 선물?」

「키다리 폴의 체포」

고르주레는 아무 말도 하지 않았다. 그러나 라울은 이미 작은 움직임을 간파하고 있었다. 자신의 의도와는 달리 콧구멍이 벌름거리고 눈꺼풀이 떨리는 것이었다. 그가 넌지시 말했다.

「1주일 안에? 아니면 2주일?」

「오늘 저녁」

콧구멍과 눈꺼풀이 다시 떨렸다.

「얼마나 필요하겠나?」

「3프랑 50상팀」

「농담하지 말고…… 요구하는 게 뭐야?」

「나와 클라라를 조용히 내버려둘 것」

「그렇게 하지」

「명예를 걸고?」

「명예를 걸고」

고르주레가 가식적인 미소를 지으며 말했다.

「한 가지 더. 자네 말고도 다섯 명이 더 필요해」

라울이 말했다.

「제기랄! 그럼 상대편의 수가 많단 말인가?」

「그럴걸」

「좋아. 다섯 명을 데리고 가지」

「아랍 인을 알고 있나?」

「아무렴! 무서운 놈이지」

「키다리 폴의 오른팔이네」

「설마!」

「그들은 저녁마다 아페리티프(식욕을 돋우기 위해 식전에 마시는 술——옮긴이)를 하러 만나지」

「어디에서?」

「몽마르트르의 에크르비스 술집에서」

「아는 곳이군」

「나도 알아. 거기 지하 저장고로 내려가면 밖으로 빠져나갈 수 있는 비밀 출구가 있지」

「그렇군」

라울이 명확하게 말했다.

「거기에서 6시 45분에 만나도록 하지. 자네들은 권총을 들고 지하 저장고로 일제히 뛰어들게. 나는 자네들보다 먼저 가 있겠네. 하지만 조심해! 자네들을 기다리고 있을 영국 경마 기수 머리를 한 선량한 사람에겐 총을 쏘지 않도록 하게. 그건 바로 나니까. 그리고 도망자들을 잡기 위해 비밀 출구에는 두 사람을 배치하게. 알겠나?」

고르주레는 그를 오랫동안 쳐다보았다. 그 술집까지 함께 가지 않고 따로 가려는 이유가 뭘까? 작전일까? 아니면 자기에게 인사도 없이 사라지려는 걸까?

고르주레는 키다리 폴만큼이나 이 사람이 싫었다. 자기를 너무도 쉽게 농락하고 어젯밤 성의 잔해 더미에서는 그토록 심한 모욕을 주었던 사람이 아닌가. 그러나 한편으로는 너무 큰 유혹이었다! 키다리 폴을 잡는 것이다……! 그런 수훈을 세운다면 그 여파는 얼마나 클 것인가!

고르주레는 생각했다.

〈쳇! 이놈은 나중에 잡도록 하지……. 금발의 클라라도 함께 말이야〉

그리고 그는 큰 소리로 이렇게 덧붙였다.

「알았네. 6시 45분에 급습하도록 하지」

에크르비스 술집

　에크르비스 술집은 좀 석연치 않은 사람들이 드나드는 곳이었
다. 실패한 화가나 기자, 할 일도 없고 일하기 싫어하는 종업원
들, 수상한 차림의 낯빛이 창백한 젊은이들, 깃털 모자를 쓰고
화려한 블라우스를 입은 화장한 여자들이 대부분이었다. 그러나
어쨌든 대체로 조용한 사람들이었다. 좀더 생동감 있는 광경이나
더욱 특별한 분위기를 찾는다면 술집 안으로 들어가지 말고 바깥
쪽 막다른 골목으로 들어가야 했다. 골목을 따라가면 손님들을
엿보는 술집 뒷방이 나오고 거기에는 살이 뒤룩뒤룩 찐 뚱뚱한
남자가 안락의자에 파묻혀 있었다. 그가 술집의 주인이었다.
　이 술집에 처음으로 오는 사람은 반드시 그 안락의자 앞으로
가서 주인과 몇 마디 대화를 나누어야 했다. 그런 뒤에야 마침내
작은 문으로 갈 수 있다. 문을 나가면 긴 복도가 이어지고 못이
잔뜩 박힌 또 다른 문이 나왔다. 그 문을 열면 곰팡내 나는 더운

공기와 담배 냄새에 섞인 음악 소리가 훅 뿜어져 나왔다.

열다섯 계단이, 계단이라기보다는 차라리 벽에 붙여 놓은 사다리의 가로 막대 열다섯 개가 둥근 천장을 한 넓은 지하 저장고까지 똑바로 꽂혀 있었다. 그날 거기에서는 네댓 쌍의 남녀가 늙은 장님이 켜는 바이올린 소리에 맞춰 춤을 추고 있었다.

안쪽, 함석으로 된 계산대 뒤에는 술집 주인보다 더 살찐 그의 부인이 유리 장신구로 치장한 채 버티고 있었다.

열두 개가량 되는 탁자는 모두 손님이 찼다. 그중 한 탁자에서 두 남자가 말없이 담배를 피우고 있었다. 아랍 인과 키다리 폴이었다. 아랍 인은 황록색이 도는 외투를 입고 머리에는 때묻은 중절모자를 쓰고 있었다. 키다리 폴은 챙 달린 모자를 쓰고 깃 없는 와이셔츠와 밤색 스카프를 하고 있었다. 그의 얼굴은 나이 들어 보이도록 분장을 해서 안색이 잿빛이었고 불결한 하층민의 인상을 풍기고 있었다.

「자네 정말 보기 흉한 꼴이야!」

아랍 인이 빈정거렸다.

「100살은 돼 보이는 데다 처량한 몰골까지 하고 있으니 말이야」

「가만 내버려둬」

키다리 폴이 말했다.

「아니, 안 되지」

아랍 인이 다시 말했다.

「자네가 백 살은 되어 보이게 처바른 건 좋다 이거야. 하지만 그 벌벌 떠는 꼴하며 겁쟁이 같은 표정은 집어치우라고. 아니, 도대체 그럴 이유가 없잖아!」

「아니, 이유는 많아」

116

「그게 뭔데?」

「누군가 나를 쫓고 있다는 예감이 들어」

「누가? 자네는 한 침대에서 사흘 이상을 자지 않는데…… 자넨 자네 그림자마저 의심해서 늘 부하들을 데리고 다니잖아. 슬쩍 한번 보라고. 남녀 할 것 없이 여기에 있는 스물네 명 중 열두 명은 자넬 위해 불 속에도 뛰어들 놈들이야」

「그건 돈을 주기 때문이지」

「그게 어때서? 자네가 왕처럼 경호를 받는다면 다를 것 같은가?」

술집의 다른 손님들이 혼자 또는 쌍쌍으로 도착했다. 그들은 자리에 앉거나 춤을 추었다. 아랍 인과 키다리 폴은 의심스러운 눈초리로 그들을 살폈다. 아랍 인이 손짓으로 여자 종업원을 한 사람 불러 아주 작은 소리로 물었다.

「맞은편에 있는 영국인같이 생긴 놈은 누구야?」

「사장님 말씀으로는 경마 기수라고 했어요」

「가끔 오는 놈인가?」

「모르겠어요. 저는 신참이거든요」

장님은 탱고를 엉터리로 연주하고 있었고 얼굴에 하얀 분을 두껍게 바른 여가수가 그에 맞춰 저음의 쉰 목소리로 노래하고 있었다. 그녀가 내는 저음들은 때로 우울한 침묵을 가져오기도 했다.

「자네를 괴롭히는 게 뭔지 아나?」

아랍 인이 넌지시 말했다.

「클라라야. 그 여자가 도망쳤다는 사실에서 여태껏 헤어나지 못하고 있잖아」

키다리 폴이 아랍 인의 손을 세게 짓눌렀다.

「입 다물어······. 내가 생각하고 있는 건 클라라가 도망친 게 아니야······. 클라라가 홀딱 반한 것 같은 그 쥐새끼 같은 놈이지」

「라울?」

「아! 어떻게 해서든 그놈을 박살 내고 말겠어!」

「박살을 내려면 우선 그놈을 찾아내야 돼. 난 나흘 전부터 녹초가 돼 버려서······. 거죽만 남았지!」

「어쨌든 끝장을 봐야 해. 그렇지 않으면······」

「그렇지 않으면 자네가 끝장인가? 자넨 내심 겁을 집어먹고 있군」

키다리 폴이 펄쩍 뛰었다.

「겁이라니? 제정신이 아니군. 느낌일 뿐이야. 확실한 건 그놈과 나 사이에는 계산할 것이 남아 있다는 것, 그리고 둘 중 하나는 죽어야 한다는 것이지」

「죽는 게 그놈이었으면 좋겠고?」

「그야 물론이지!」

아랍 인이 어깨를 으쓱했다.

「어리석은 친구! 여자 하나 때문에······ 자넨 항상 여자 문제로 허우적대더군」

「클라라는 내게 여자 이상이야. 삶 그 자체지······ 클라라 없이는 살 수가 없어」

「그 여자는 자넬 사랑한 적이 전혀 없어」

「맞아······. 클라라가 다른 남자를 사랑한다고 생각하면 견딜 수가 없어······! 클라라가 그날 오후에 라울의 집에서 나온 게 확실한가?」

「그렇다니까. 자네에게 이미 말했잖아······. 수위 아줌마가 다

털어놓게 했지. 지폐 한 장만 쥐어 주면 원하는 걸 알아낼 수 있다니까」

키다리 폴은 주먹을 불끈 쥐고 분노에 찬 말을 중얼거렸다.

아랍 인이 계속했다.

「그 뒤 그 여자는 후작 집으로 올라갔지. 다시 내려올 때는 중이층에서 싸움이 벌어지고 있었어. 고르주레가 거기 있었는데 클라라는 도망쳤네. 저녁에 그 여자는 후작의 집에서 라울과 함께 일을 했지」

「거기에서 뭘 찾고 있었지?」

키다리 폴이 생각에 잠겨 중얼거렸다.

「클라라는 내가 갖고 있던 열쇠로 들어갔을 거야. 잃어버린 줄 알았는데……. 그런데 둘이서 뭘 찾고 있었을까? 후작을 가지고 무슨 일을 꾸미는 거지? 한번은 클라라가 내게 이런 말을 한 적이 있었지. 자기 어머니가 옛날에 그 노인네를 알았고 죽기 전에 그 노인네에 대해서 몇 가지를 알려 주었다고 말이야……. 그게 뭘까? 그 대답은 하지 않으려고 하더군……. 정말 묘한 여자지! 난 클라라에 대해 아는 게 전혀 없어……. 거짓말을 잘해서가 아니야……. 그건 아니지. 클라라는 그녀 이름처럼 맑은 여자야. 하지만 아주 음흉하기도 해서 자기 자신 속에 숨어서 웅크리고 있지」

아랍 인이 빈정거렸다.

「분발해, 이 친구야……. 눈물이라도 흘릴 것 같군. 그런데 오늘 저녁에 새로운 카지노 개장식에 갈 거라고 하지 않았나?」

「그래. 카지노 블뢰」

「그럼 거기에서 다른 영계나 하나 낚아. 자네한텐 그게 약일세」

그동안 지하 저장고는 손님이 가득 찼다. 자욱한 담배 연기 속에서 열다섯 쌍가량의 남녀들이 춤을 추며 노래를 불렀다. 장님과 하얀 분을 두껍게 바른 여자는 기량껏 소리를 냈다. 여자들이 어깨를 드러내자 여주인이 곧바로 그들을 꾸짖으며 단정한 복장을 하라고 요구했다.

「지금 몇 시지?」

키다리 폴이 물었다.

「7시 20분 전…… 조금 더 됐어」

그리고 시간이 조금 흐른 뒤 키다리 폴이 말했다.

「저 경마 기수라는 놈과 눈이 두 번 마주쳤어」

「경찰청에서 나온 놈이 아닌지 몰라」

아랍 인이 농담을 지껄였다.

「한잔 대접하지 그래」

그들은 입을 다물었다. 바이올린 소리가 약해지더니 완전히 그쳤다. 쥐 죽은 듯 조용한 가운데 하얗게 분칠한 여가수가 저음으로 부르던 탱고를 마저 끝내 가고 있었다. 단골 손님들은 얌전하게 곡이 끝나기를 기다렸다. 여가수는 저음 하나를 길게 내뿜었다. 이어 또 한 음. 그때 천장에서 날카로운 휘파람 소리가 났고 그 즉시 사람들이 계산대 쪽으로 급히 몰려들었다.

그리고 뒤이어 계단 문이 열렸다. 한 사람, 두 사람이 모습을 보이고 이어 고르주레가 권총을 겨누고 나타났다. 그는 고함을 질렀다.

「손들어! 움직이는 사람은……」

그가 겁을 주기 위해 총을 발사했다. 그의 부하 세 사람이 계단 밑으로 내려와 소리를 질렀다.

「손들어!」

40여 명의 사람들이 경찰들의 말에 따랐다. 그러나 도망치려는 사람들이 계산대 쪽으로 너무 격렬하게 미는 바람에 영국 경마 기수는 맨 앞에 서 있었는데도 키다리 폴이 있는 곳까지 길을 헤치고 나아갈 수가 없었다. 계산대가 엎어졌다. 술집 여주인이 막으려 했지만 소용없었다. 계산대는 비밀 문을 가리고 있었다. 도망치려는 사람들이 혼란과 동요를 틈타 그 문으로 한 사람씩 빠져나갔다. 그런데 그런 움직임이 갑자기 몇 초 동안 뚝 그쳤다. 흥분한 두 사람이 먼저 나가겠다고 서로 싸우고 있었던 것이다. 의자 위로 올라선 영국 경마 기수는 그들이 아랍 인과 키다리 폴이라는 것을 알았다.

두 사람의 격투는 끔찍할 정도로 거칠었다. 둘 모두 다가오는 경찰에게 잡히고 싶어하지 않았다. 두 발의 총성이 울렸지만 그들을 맞히진 못했다. 이어 아랍 인이 무릎을 꿇었다. 키다리 폴은 비밀 출구의 검은 구멍 속으로 빨려 들어갔고 그의 등뒤로 문이 다시 닫혔다. 바로 그때 경찰들이 비밀 문으로 들이닥쳤다.

고르주레가 달려오며 승리의 웃음을 터뜨렸다. 일당 다섯 명이 꼼짝없이 잡혀 있었다.

「그림 그리기 좋은 재료들이군」

그가 으르렁댔다.

「무엇보다도 빠져나가는 곳에서 키다리 폴을 잡아야……」

경마 기수가 덧붙였다.

고르주레는 그 영국인을 살펴보고는 그가 라울인 것을 알아보았다. 고르주레가 말했다.

「다 끝났어. 그곳에 플라망을 세워 뒀거든. 센 놈이지!」

「그리 가 보시오, 형사 나리. 그게 나을 거요」

고르주레가 부하들에게 지시를 내렸다. 경찰은 일당들을 묶었다. 나머지 사람들은 권총으로 위협하여 한쪽 구석으로 몰아넣었다.

라울이 형사를 만류했다.

「잠깐만. 내가 여기 있는 아랍 인과 몇 마디 나눌 수 있도록 명령을 좀 내려 주시오. 지금 알아내야 할 것이 있소…… . 어서」

고르주레가 그의 말에 동의하고 자리를 떴다.

라울은 아랍 인 옆에 쪼그리고 앉아 작은 소리로 말했다.

「날 기억하지? 나야, 라울. 볼테르 강변로에서 너한테 지폐 두 장을 주었던 사람이지. 두 장 더 줄까?」

아랍 인이 알아듣기 어려울 만큼 빨리 말했다.

「배신하기는 싫다…… . 하지만……」

「그래. 널 도망 못 가게 막은 건 키다리 폴이다. 하지만 폴은 출구에서 잡힐 텐데 그게 무슨 상관인가?」

아랍 인이 벌컥 화를 내며 성난 목소리로 말했다.

「웃기지 마! 다른 출구가 또 있다. 새로 만든…… 막다른 골목으로 올라가는 계단이 있지」

「빌어먹을!」

라울이 분해하며 말했다.

「고르주레를 믿으면 이렇다니까!」

「그런데 당신은 경찰인가?」

「아니다. 그러나 경우에 따라서는 함께 일하기도 하지. 어떻게 도와주면 될까?」

「지금은 필요 없다. 돈은 도로 뺏길 테니까. 하지만 나를 잡아넣을 증거가 없다. 그러니 내가 풀려나면 국유치 우편으로 돈을 보내라. A. R. B. E. 79국이다」

「그렇다면 날 믿는다는 말인가?」

「다른 도리가 없지」

「네 말이 맞다. 얼마를 원하나?」

「5000프랑」

「이런! 욕심이 많군」

「1프랑이라도 모자라면 안 된다」

「좋다. 네 정보만 정확하다면…… 그리고 금발의 클라라에 관해서 입도 뻥긋하지 않는다면 넌 그 돈을 받을 것이다. 자, 이제 키다리 폴을 찾을 수 있을까?」

「그렇다. 폴에게는 안된 일이지만…… 날 물먹였으니…… 오늘 밤 10시에…… 카지노 블뢰에서 찾을 수 있을 것이다……. 새로 개장하는 곳이다」

「거기에는 혼자 가나?」

「그렇다」

「그곳에 가는 이유는?」

「폴은 항상 그 금발의 영계를 찾고 싶어하지……. 지금은 당신 여잔가……? 오늘은 성대한 연회가 열릴 것이다……. 오늘 볼 사람은 키다리 폴이 아니다」

「그럼 발텍스인가?」

「그렇다. 발텍스다……」

라울은 몇 가지를 더 물어보았으나 아랍 인은 자기가 하고 싶은 말을 다 해 버렸는지 더 이상 길게 말하려고 하지 않았다.

게다가 고르주레가 당황한 모습으로 출구에서 돌아왔다. 라울이 그를 한쪽으로 끌고 가며 힐난했다.

「어서 말해 봐, 응? 도대체 어쩌겠다는 건가? 당신들은 철저하게 알아보지도 않고 언제나 멍청이같이 일을 한단 말이야. 어쨌든 미안해하지는 말게」

「아랍 인이 말을 했나?」

「아니. 상관없어. 내가 자네 실수를 만회해 주겠네. 오늘 밤 10시에 카지노 블뢰 입구에서 만나세. 사람들이 자넬 알아보지 못하도록 사교계 인사로 변장하게」

고르주레는 어리둥절했다.

라울이 다시 말했다.

「아무럼. 사교계 인사들처럼 정장에 오페라 모자를 쓰고 오란 말이네. 자네의 그 처진 볼과 코에 쌀가루도 좀 바르고. 알겠나? 자네 그 처진 볼은 너무 빨개……! 그 술 취한 사람 같은 코는 또 어떤가! 그럼 이따가 보세, 친구……」

라울은 옆 거리에 세워 둔 그의 차를 타고 파리를 가로질러 오퇴유에 있는 자기 집으로 돌아갔다. 그 집은 당시 그의 주된 거처이자 작전 본부였다. 인적이 드문 대로변, 꽤 좁은 정원 안쪽에 자리한 별장은 어떤 건축 양식이나 색깔도 없고 주의를 끌 만한 것도 하나 없는 조그마한 이층집이었다. 집 정면으로는 층마다 방이 하나씩만 나 있었다.

뒤쪽의 방은 정원을 면하고 있었다. 정원에는 사용하지 않는 차고가 있었고 차고로 나가면 다른 길이었다. 바로 이것이 라울의 모든 거처들에 마련되어 있는 제1의 안전 장치였다. 아래층에는 방 두 개로 이루어진 깊숙한 식당이 있었고, 필요한 가구만 간소하게 놓여 있었다. 위층에는 안락하고 호화로운 침실 하나와 욕실이 있었다. 고용인으로는 침실 담당 하인과 나이 든 요리사가 있었는데, 그들은 비어 있는 차고 위층에서 잠을 잤다. 라울은 그곳에서 100미터 떨어진 곳에 차를 세워 두었다.

라울은 8시에 식탁에 앉았다. 쿠르빌이 나와 후작은 6시에 도착했고 아가씨는 오지 않았다고 보고했다. 라울은 불안했다.

「그렇다면 이 여자가 파리 어느 구석에 혼자 무방비 상태로 있단 말이군. 잘못하면 발텍스에게 걸려들 수도 있는데 말이야. 성공할 수 있는 절호의 기회야. 나와 같이 저녁 식사를 하세, 쿠르빌. 그리고 함께 연회장에 가세. 정장을 해야지. 자네가 정장을 하면 아주 멋있단 말이야」

라울이 단장을 하고 나서는 데에는 시간이 오래 걸렸다. 사이사이에 몸을 푸는 운동을 했기 때문이다. 그는 연회에서 일이 벌어질 것이라는 생각이 들었다.

쿠르빌이 차리고 나서자 라울이 감탄했다.

「이야. 자네 꼭 대공(大公) 같구먼」

비서 쿠르빌의 멋들어지게 각진 턱수염이 와이셔츠 앞쪽으로 완벽한 균형을 이루었다. 그는 불룩하게 나온 배 위로 외교관처럼 가슴을 쫙 폈다.

카지노 블뢰

샹젤리제가의 한 유명한 카페 콩세르(caf-concert, 식사나 음료를 들면서 음악과 쇼를 즐길 수 있는 곳 — 옮긴이) 부지에 세워진 카지노 블뢰의 개장식은 사교계의 일대 사건이었다. 초청장 2000매가 발송되었는데, 모두 유명한 사교계 인사들과 예술가들 그리고 사교계를 출입하는 고급 화류계 여자들에게 보내진 것이었다.

입구는 거대한 원주 기둥들로 이루어져 있었다. 기둥에는 현수막과 벽보들이 빽빽이 들어찼고, 그 앞에 늘어선 커다란 가로수들 아래에서는 차가운 푸른 달빛 같은 조명이 빛났다. 사람들은 행사장 요원들의 통제 아래 벌써 연회장 안으로 밀려 들어가고 있었다. 그때 10시 종이 울리면서 라울이 손에 초청장을 들고 나타났다.

그가 쿠르빌에게 지시를 내렸다.

「내게 아는 척하지도 말고 가까이 오지도 말게. 하지만 내 주위를 떠나진 말아야 해……. 그리고 특히 고르주레 주위를 맴돌게. 고르주레는 적이야. 난 그자를 흑사병처럼 경계하고 있어. 한꺼번에 라울과 키다리 폴을 잡을 수 있는 기회가 오면 절대로 놓치지 않을 인간이지. 그러니 그자에게서 눈과 귀를 떼지 말게. 부하들을 데려와 그들에게 뭔가 말을 할거야. 그때는 그 말을 꼭 포착해야 하네. 그자의 말뿐만 아니라 말하지 않는 것까지도 의미를 파악해야 해」

쿠르빌은 점잔을 빼며 고개를 끄덕였다. 그는 적을 도발하듯 멋진 사각 턱수염을 앞으로 쭉 내밀었다.

「알겠습니다」

쿠르빌이 진지하게 말했다.

「하지만 제가 미처 알려드리기도 전에 공격을 받으시면 어떡합니까?」

「내가 빠져나갈 수 있도록 자네의 그 넓은 두 팔과 턱수염으로 날 보호하게」

「그래도 안 되면요?」

「안 될 수가 없어. 자네 턱수염은 너무나 존경스러우니까」

「그렇지만……?」

「그럼 그 자리에서 죽어 버려. 아, 저기 고르주레가 오는군……. 이제 가 보게. 저자가 눈치 채지 못하게 주위를 맴돌아」

고르주레는 라울이 일러 준 대로 사교계 인사 차림을 했지만 너무나 괴상하여 얼른 눈에 띄었다. 번들거리는 정장은 너무 작아서 겨드랑이 밑에서 뜯어지는 소리가 났고 오페라 모자는 상태가 매우 나빠 펴는 것을 포기해야 할 정도였으며 얼굴은 밀가루를 뒤집어쓴 것 같았다. 어깨 위에는 눈에 잘 띄는 색깔의 낡은

트렌치코트를 정성껏 접어 자랑스럽게 걸치고 있었다. 라울이 조심스럽게 그에게 다가갔다.

「이런! 자네 못 알아보겠군. 그야말로 신사야……. 그냥 지나쳐 버리겠어……」

〈날 바보 취급하고 있군.〉

고르주레는 이렇게 생각했을 것이 틀림없다. 화난 표정을 지었기 때문이다.

「자네 부하들은?」

「넷이야」

일곱 명을 데리고 온 고르주레가 말했다.

「자네처럼 변장을 잘했겠지?」

라울은 주위를 둘러보았다. 사교계 인사들로 위장한 경찰로 보이지 않으려고 애써 점잔을 빼고 있는 예닐곱 명의 사내들이 곧 눈에 들어왔다. 그러자 그는 고르주레가 부하들에게 신호를 보내지 못하도록 그의 앞을 가로막고 섰다.

사람들은 여전히 밀려 들어오고 있었다. 라울이 중얼거렸다.

「놈이 저기 있군……」

「어디?」

고르주레가 다급하게 말했다.

「부인 두 명이 서 있는 뒤에, 행사장 직원 옆…… 실크해트를 쓰고 하얀색 비단 목도리를 두른 키 큰 남자」

고르주레가 뒤를 돌아보고는 속삭였다.

「그놈이 아니야…… 키다리 폴이 아니라고……」

「멋진 신사로 변장한 키다리 폴이야」

형사가 좀더 주의 깊게 살폈다.

「그렇군…… 그런 것 같아……. 저 악당 놈!」

「그래, 하지만 풍채는 훌륭하잖아? 저런 모습은 처음 보나?」

「아니…… 아니야……. 본 것 같아……. 도박장에서……. 하지만 의심조차 하지 않았지……. 저놈 진짜 이름이 뭐지?」

「놈이 말해 줄 거야. 마음이 내키면 말이야……. 하지만 쓸데없는 소란은 절대로 피우지 말게……. 너무 서두르지도 말고……. 놈이 여기서 나갈 때 잡아. 그래야 놈이 뭐 하러 왔는지 알 수 있을 테니까」

고르주레는 부하들에게 가서 키다리 폴을 가리키며 얘기를 나눈 뒤 라울에게 다시 돌아왔다. 라울과 고르주레는 아무 말 없이 안으로 들어갔다. 키다리 폴은 왼쪽으로, 두 사람은 오른쪽으로 들어갔다.

커다란 원형 건물 안은 분위기가 점점 고조되고 있었다. 온갖 농도의 푸른 광선 스무 개가 얽혀 돌아가면서 서로 부딪치며 뒤섞이고 있었다. 탁자 주위에는 정해진 자리보다 두 배나 되는 사람들이 몰려들고 있었다. 여기저기에서 노랫소리가 들렸다. 업계에 진출하려는 샴페인 회사에서는 사람들이 내미는 잔마다 샴페인을 채워 주고 있었다.

새로운 광경이 연출됐다. 홀 중앙에 마련된 공간에서 사람들이 춤을 추었고, 춤이 끝날 때마다 맨 안쪽에 마련된 작은 무대에서 카페 콩세르의 레파토리가 하나씩 공연되었다. 춤과 공연은 즉시 신속하게 교체되었다. 모든 것이 분주하고 숨가쁘게 펼쳐졌다. 관객들은 입을 모아 후렴구를 따라 불렀다.

고르주레와 라울은 오른쪽 입석에 서서 프로그램으로 얼굴을 반쯤 가리고 발텍스에게서 눈을 떼지 않고 있었다. 그는 20보쯤 떨어진 곳에서 어깨를 최대한 웅크려 큰 키를 감추고 있었다. 발텍스 뒤에는 고르주레의 부하들이 명령을 기다리며 어슬렁거리고 있었다.

홀 안은 탱고가 끝나고 인도 곡예사들의 묘기가 뒤를 이었다. 왈츠 후에는 희극 공연이 이어졌다. 그리고 줄타기, 노래, 철봉 곡예가 있었고 그 뒤에는 언제나 춤이 이어졌다. 사람들은 소음과 인공적인 즐거움에 취해 소란스러워졌다. 군중과 광대들 사이에는 연호와 함성이 난무했다.

그러자 이번에는 무대 위에 커다란 게시판이 올라왔다. 거기에는 천연색 포스터가 붙어 있었는데, 〈가면의 무희〉라는 글씨와 함께 얼굴을 베일로 가린 무희의 날씬한 몸매가 그려져 있었다. 조명이 밝혀진 20개의 화면에도 동시에 〈가면의 무희〉라는 글씨가 나타났다. 관현악단의 연주가 울려 퍼졌다. 그리고 무대 뒤에서 무희가 튀어나왔다. 그녀는 어깨에서 가슴으로 교차시킨 띠를 걸치고 반짝이는 금박으로 장식한 풍성한 파란색 치마를 입고 있어서 조금만 움직여도 벗은 다리가 드러났다.

그녀는 잠시 움직임을 멈추었다. 그 모습은 가장 우아한 타나그라(그리스의 고도 타나그라 섬에서 발굴된 작은 조상으로 날씬한 미인에 비유한다——옮긴이) 인형과 흡사했다. 매우 섬세한 망사 그물로 된 황금빛 베일이 머리와 얼굴의 일부를 가리고 있었다. 가볍게 굴곡이 진 아름다운 금발이 베일 밖으로 나와 있었다.

「빌어먹을!」

라울이 이 사이로 내뱉었다.

「왜 그래?」

옆에 있던 고르주레가 물었다.

130

「아니야…… 아무것도……」

그러나 라울은 뜨거운 눈빛으로 쳐다보고 있었다. 그 금빛 머리칼과 그녀의 몸매를…….

그녀는 처음에는 매우 천천히 춤을 추었다. 일정한 자세를 유지하면서 눈에 보이지 않는 동작으로 이동했다. 사람들은 지극히 작은 몸의 떨림도 분간하지 못할 정도였다. 그녀는 맨발 끝으로 서서 그렇게 무대를 두 바퀴 돌았다.

「아니야, 키다리 폴의 낯짝을 좀 보시지」

고르주레가 속삭였다.

라울은 당황했다. 무대에 시선을 집중하고 있는 키다리 폴의 얼굴 전체가 금세 미쳐 버릴 것처럼 고통스럽게 일그러져 있었다. 그는 좀더 잘 보기 위해 자세를 더욱 높였다. 눈은 가면의 무희를 필사적으로 뒤쫓았다.

고르주레는 음험하게 소리 내어 웃었다.

「그러니까 놈을 저 지경으로 만든 게 금발이란 말인가? 클라라 생각이 나는 게로군……. 그러지 않는 한…… 그러지 않는 한……」

그는 갑자기 떠오른 생각을 말할까 망설이다가 결국 토막토막 말을 맺었다.

「그러지 않는 한…… 그래 맞아……. 저 여자는 아마 저놈의 계집인 클라라일 거야……. 당신 여자 말이야. 이거 재미있겠는데!」

「당신 미쳤군!」

라울이 퉁명스럽게 대꾸했다.

하지만 그 역시 처음부터 그런 생각이 들었다. 우선 머리칼과 머리칼의 색깔, 그리고 머리카락에 가볍게 굴곡이 진 게 똑같았다. 그리고 발텍스의 흥분, 황금색 가면을 벗겨 내고 진짜 얼굴을 보려고 노력하는 모습이 역력했는데, 그의 그런 모습이 라울에게 실로 충격적이었다. 왜냐하면 발텍스, 그는 알고 있기 때문이었다. 그는 클라라가 무희로서의 재능을 지니고 있다는 사실을 알고 있을 테고, 틀림없이 다른 무대, 다른 고장에서 그녀가 춤추는 것을 본 적이 있다는 얘기였다. 또한 그는 저 소녀 같은 우아함과 환상적이며 꿈 같은 저 모습 역시 잘 알고 있을 것이기 때문이었다.

〈바로 그 여자야…… 바로 그 여자…….〉

라울은 생각했다.

그런데 그것이 가능한 일일까? 데를르몽 후작의 딸인 시골 아가씨가 저런 재능과 직업을 가지고 있다는 것을 어떻게 받아들일 수 있단 말인가? 또 볼니크 성에서 오자마자 자기 집으로 돌아가서 옷을 입고 이곳까지 올 시간적 여유가 있었다고 생각하기도 어려운 일 아닌가?

그러나 그런 의문들이 떠오르는 동시에 또 정반대의 생각들이 고개를 들면서 의문이 수그러드는 것이었다. 그의 복잡한 머릿속에서는 가능한 사실들이 지극히 논리적으로 연결되어 갔다. 아니야, 저 여자는 아마 앙토닌이 아닐 거야. 하지만 무턱대고 그녀일 리가 없다고 부인해야 할까?

무대에서는 그녀의 움직임이 조금씩 빨라졌고 관중들도 점점 달아올랐다. 그녀는 제자리에서 돌다가 정확한 동작으로 우뚝 멈춰 서더니 관현악단의 선율에 맞춰 갑자기 다시 춤을 추기 시작했다. 이어 그녀의 다리가 열기를 뿜기 시작했다. 그것은 커다란 열광을 불러일으켰다. 훌륭하게 빚어진 그녀의 늘씬한 다리는 가장 굴곡이 많은 두 팔보다도 더욱 생동감 있고 유연했으며 민첩했다.

고르주레가 말했다.

「키다리 폴이 슬그머니 무대 뒤쪽으로 갈 것 같군. 마음대로 드나들 수 있나 본데」

실제로 오른쪽과 왼쪽의 입석 끝에 있는 난간을 통해 사람들이 무대 뒤로 들어가고 있었다. 난간 위에 있는 행사장 직원이 그런 조심성 없는 사람들을 제지하고 있었지만 별 소용이 없었다.

「그렇군」

키다리 폴이 하는 수작을 확인한 뒤 라울이 말했다.

「그래, 무대 뒤쪽을 통해 여자에게 접근하려고 시도할 거야. 그렇다면 자네 부하들은 옆길로 통해 있는 분장실 출구에 모여 있다가 비상시에 그리 들어올 태세를 갖추고 있어야겠군」

고르주레도 라울의 생각과 같았다. 그는 자리를 떴다. 3분 후, 형사가 부하들을 집결시키고 있는 동안 라울은 연회장을 빠져나갔다. 밖으로 나온 그가 경찰들보다 앞서 카지노를 돌고 있을 때 쿠르빌이 그에게 다가와 자신의 임무를 보고했다.

「방금 고르주레가 부하들에게 명령하는 것을 들었습니다. 선생님의 덜미를 잡고 가면의 무희를 체포한다는 내용이었습니다」

라울이 염려하고 있던 것이었다. 그는 무희가 앙토닌인지 아닌지 알지 못했다. 그러나 고르주레는 여지없이 그녀라고 확신하고 있었고, 무희가 만약 그녀라면 앙토닌은 경찰과 키다리 폴 사이에서 꼼짝없이 당할 것이었다.

라울은 달리기 시작했다. 그는 겁이 났다. 키다리 폴의 딱딱하게 굳은 표정으로 보아 눈앞에 앙토닌이 있다면 어떤 난폭한 행동도 능히 할 수 있으리라 생각했다.

라울과 쿠르빌은 작은 출입문으로 들어갔다.

「경찰이오」

그들을 막아서는 수위에게 신분증을 내보이며 라울이 말했다. 라울은 안으로 들어갔다.

계단과 복도를 지나 배우들의 분장실이 늘어서 있었다.

그때 한 분장실에서 무희가 나왔다. 그녀는 사람들이 박수를 치는 동안 제2부 공연을 위해 커다란 숄을 가지러 돌아왔던 길이었다. 그녀는 열쇠로 문을 다시 잠그고 무대 뒤쪽으로 몰려든 검은 정장의 남자들 사이를 빠져나왔다. 그녀가 무대로 다시 돌아오자 박수갈채가 터져 나왔다. 라울은 관객들 모두가 일어서서 열렬한 환호성을 지를 것이라고 생각했다.

그런데 그때 갑자기 그는 키다리 폴이 자기 옆에 서서 무희가 지나가는 것을 보고 주먹을 불끈 쥐고 이마에 핏대를 세우며 흥분해 있다는 것을 알아차렸다. 그 순간 라울은 무희가 앙토닌이라는 것을 의심하지 않았고 그 가련한 여자를 위협하는 모든 위험을 절박하게 감지하고 있었다…….

그는 눈으로 고르주레를 찾아보았다. 이 얼간이는 도대체 뭘하고 있는 것일까? 싸움터는 다름 아닌 바로 여기 이 좁은 공간이며 그와 그의 부하들이 반드시 있어야 할 이곳에서 무슨 일이 일어날 것이라는 사실을 여태 깨닫지 못했단 말인가?

그는 더 이상 시간을 끌 것 없이 싸움을 시작하기로 결심했다. 적의 맹목적인 위협이 자기를 향하게 유도하기로 작정한 것이다. 그는 발텍스의 어깨를 가볍게 쳤다. 몸을 돌린 발텍스의 눈에 자신이 그토록 증오하면서도 두려워하는 라울의 비웃는 얼굴이 들어왔다.

「당신…… 당신이……」

그가 증오의 표정을 띠며 중얼거렸다.

「당신 그 여자 때문에 여기 있는 거요……? 여자랑 같이 왔소?」

그는 자제했다. 모여 있는 군중이 보이지 않는 데 있긴 했지만 그들 주위에는 오가는 사람들과 무대를 보려는 사람들, 무대 장치 기사들, 의상을 담당하는 여자들이 있었다. 목소리를 높이면 그들의 주의를 끌 것이었다.

라울은 여전히 같은 어조로 소리를 낮춰 빈정거렸다.

「아무렴, 같이 왔지. 내게 경호 임무까지 맡겼는걸……. 여자 꽁무니를 쫓아다니는 조무래기들이 있는 것 같더군. 그게 나한테는 얼마나 웃기는 일인지 생각해 봐」

「어째서 그게 웃기는 일인가?」

발텍스가 으르렁거렸다.

「내가 무슨 일을 하면 언제나 성공하기 때문이지. 그게 보통이야」

발텍스가 분노로 몸을 떨었다.

「성공했다고?」

「물론!」

「웃기지 마! 내가 죽지 않는 한 넌 성공할 수 없다. 그런데 난 살아 있다. 여기 이렇게!」

「나도 여기 있지. 그리고 아까는 지하 저장고에 있었지」

「엉! 뭐라고?」

「경마 기수, 그게 나였지」

「이런 비겁한!」

「그리고 경찰을 데려온 것도 나였다. 널 소굴에서 잡으려고 말이야」

「실패했지」

발텍스가 웃으려고 애쓰면서 말했다.

「아깐 실패했지. 하지만 오늘 밤엔 이미 끝난 일이지」

발텍스가 라울에게 몸을 바싹 붙이고 눈을 똑바로 쳐다보며 말했다.

「지금 뭐라고 지껄이는 거야?」

「고르주레가 부하들과 함께 여기 있다」

「거짓말!」

「여기에 있다고. 도망치라고 미리 알려 주는 거야. 어서 꺼져. 아직 시간이 있다……」

발텍스는 덫에 걸린 짐승처럼 혼란스런 눈으로 주위를 살폈다. 그는 물론 도망치라는 말을 받아들인 게 분명했고, 라울은 무엇보다도 앙토닌을 구했다는 생각에 기뻐했다. 발텍스가 떠나면 앙토닌을 경찰로부터 보호하는 일만 남을 것이었다.

「자, 어서, 도망쳐……. 이봐, 여기 그대로 있는 건 너무 멍청한 짓이야……. 어서 가」

그러나 때는 이미 늦었다. 무희가 무대 밖으로 껑충 뛰어나오면서 그들에게 모습을 보였다. 그와 동시에 계단 쪽에서는 배우들의 분장실 사이를 달려오고 있는 고르주레와 그의 부하 다섯 명의 모습이 보였다……. 고르주레는 적에게 달려들었다.

발텍스는 사나운 얼굴로 망설였다. 그는 앞으로 걸어오다가 겁을 집어먹은 듯 멈춰 선 무희를 쳐다보았다. 그리고 대여섯 걸음 밖에 떨어지지 않은 고르주레를 쳐다보았다. 어떻게 할 것인가?

라울이 발텍스에게 덤벼들었다. 발텍스는 몸을 피하여 호주머니에 손을 집어넣더니 갑자기 권총을 꺼내 무희를 향해 겨누었다.

소동과 혼란 속에 총성이 울렸다. 라울은 재빨리 팔을 뻗어 올렸다. 총알은 허공을 가르며 무대 장식 사이로 사라졌다. 그러나 무희는 기절하고 말았다.

순식간에 벌어진 그 일은 물론 10초도 걸리지 않았다. 일대 혼란이 일어났고 그러는 사이에 고르주레는 키다리 폴을 덮쳐 허리띠를 붙들고 부하들에게 소리쳤다.

「이리 와, 플라망! 나머지는 라울과 무희를 맡아라!」

그때 어디선가 배가 불룩 나오고 하얀 수염을 기른 키 작은 남자가 나타났다. 그는 다리를 벌리고 서서 화를 내며 경찰들을 제지하고 그들의 거친 행동에 항의했다. 그때 장내의 혼란과 작은 배불뚝이 남자가 끼여든 틈을 이용해 아주 멋진 남자 한 사람이 몸을 굽혀 황금 가면의 무희를 붙잡더니 어깨 위에 둘러메는 것이었다. 라울이었다. 쿠르빌의 강인하고 대담한 보호를 받으며 관중들이 몰려 있어서 지체하는 경찰들보다 한걸음 앞서리라고 확신한 그는 무희를 둘러메고 연회장 쪽으로 내달았다. 그의 생각에 그쪽으로 가면 빠져나갈 수 있을 것 같았다.

그의 생각은 옳았다. 관객들은 무대 뒤에서 일어나는 일에 전혀 놀라지 않고 있었다. 익살스러운 흑인들로 구성된 재즈 악단이 탱고를 울려 댔고 춤이 다시 시작됐다. 사람들은 웃고 노래 불렀다. 그런데 오른쪽 난간을 막아선 검은 정장 차림의 남자들 사이로 라울이 나타나 천장 쪽으로 들어 올린 두 팔에 여자를 둘러메고 내려오자 사람들은 곧바로 그녀가 가면의 무희라는 것을 알아보았다. 그들은 신사 차림의 어떤 곡예사가 이미 각본으로 짜

놓은 희생자를 데리고 연회장 안을 돌아다니며 해내기 어려운 곡예나 장난을 하는 것으로 생각했다. 라울이 앞으로 나아가면 사람들은 길을 열어 주었다. 그가 지나가고 나면 길은 다시 닫혀서 그 사이를 뚫고 지나가려는 사람들에게는 더욱 틈이 없어 불가능해 보였다. 사람들은 의자와 탁자들까지 옮겼다.

그러나 무대 안쪽에서 외치는 소리가 들렸다.

「그놈 잡아라……! 그놈 잡아!」

웃음소리가 더욱 커졌다. 사람들은 점점 더 장난이라고 생각하게 되었다. 흑인 재즈 악단은 악기와 음성을 총동원하여 격렬하게 연주했다. 그의 길을 막아서는 사람은 아무도 없었다. 그는 얼굴에 미소를 지으며 힘들이지 않고 고개를 뒤로 젖힌 채 관객들의 열렬한 박수를 받으면서 계속 앞으로 나아갔다. 그렇게 그는 여러 개의 문이 있는 넓은 연회장의 입구까지 도달했다.

그의 앞에서 문 하나가 열렸다. 그는 밖으로 나갔다. 관객들은 그가 카지노를 한 바퀴 돌아 무대로 다시 돌아올 것이라고 생각했다. 그 뜻밖의 공연을 즐긴 행사장 직원들과 경찰들도 그가 돌아올 것이라는 사실을 믿어 의심치 않았다. 그러나 그는 밖으로 나오자마자 무희를 잠깐 내려놓았다가 다시 어깨에 둘러메고 점점이 빛나는 불빛과 나무 밑으로 길게 늘어진 그림자들을 헤치고 옆길로 달려갔다.

카지노에서 50보쯤 멀어졌을 때 그는 다시 외치는 소리를 들었다.

「저놈 잡아라! 저놈 잡아!」

그는 더 서두르지 않았다. 그의 차가 가까이 있었다. 그의 차는 자동차들이 길게 늘어선 한가운데 있었다. 운전사들은 잠을 자거나 삼삼오오 모여 이야기를 나누고 있었다. 그들은 외치는 소리를 듣긴 했으나 바로 이해하지 못하고 서로 묻거나 자기 의견을 말하기만 했고 아무런 행동도 취하지 않았다.

라울은 여전히 기절해 있는, 아니면 적어도 무기력하게 잠자코 있는 무희를 차 안에 내려놓고 시동을 걸었다. 다행히도 엔진은 곧바로 돌아갔다.

〈운 좋게도 차가 막히지 않는다면 곡예는 성공이다.〉

그는 생각했다.

언제나 행운이 함께하기를 기대해야 한다. 그것이 라울의 원칙 중 하나였다……. 행운의 여신은 이번에도 그의 편이었다. 차는 전혀 막히지 않았고 그가 차에 시동을 걸 때 20보쯤 떨어져 있던 경찰들은 곧 멀어지고 말았다.

라울은 빠른 속도로 차를 몰았지만 신중함을 잃지 않았다. 그의 또 다른 원칙은 행운을 남용해서는 안 된다는 것이었기 때문이다. 그는 콩코르드 광장으로 접어든 다음 센 강을 건너 강물을 따라 달렸다. 경찰이 따라잡지 못할 만큼 되자 그는 속도를 늦추었다. 그가 혼잣말로 중얼거렸다.

「휴우! 이제 됐군」

그리고 정신 없이 행동을 개시한 이후 처음으로 의문을 가졌다.

〈그런데 만약 이 여자가 앙토닌이 아니라면!〉

갑작스런 확신에 떠밀려 끼어들었던 만큼 믿음도 갑작스럽게 사라졌다. 아니, 아니야, 앙토닌일 리가 없어. 깊이 생각해 보지도 않고 선뜻 받아들인 사실에 정반대의 증거는 너무 많은 반면 긍정적인 증거는 하나도 보이지 않았다. 키다리 폴은 머리가 돌아 버려 제정신이 아니기 때문에 그의 감정은 진실과는 거리가 멀었다.

라울은 웃음이 나올 것 같았다. 어떤 경우, 특히 여자에 관련된 알 수 없는 사건으로 혼란스러워질 때면 그는 얼마나 순진한지 모른다! 정말 코흘리개다……. 단, 모험을 좋아하는 코흘리개. 앙토닌이든 다른 여자든 결국 상관없는 일 아닌가! 그가 구해 낸 여자가 여기 있는데. 그것도 여자들 중에 가장 열정적이고 가장 아름다운 여자가. 이 여자가 어떻게 그를 거부하겠는가?

그는 다시 속력을 냈다. 진상을 알고 싶은 뜨거운 욕구가 그를 자극했다. 이 여자는 어째서 얼굴을 조심스럽게 그물 망사로 가렸을까? 이 완벽한 모습에 흉터가 남아 있거나 무슨 끔찍한 병이라도 있는 걸까? 그리고 또 이 여자가 아름답다면 무슨 기이한 이유로, 무엇이 두려워서, 무엇이 불안해서, 무슨 변덕으로, 누굴 사랑하기 때문에 사람들에게 그 아름다움을 선물하기 꺼리는 것일까?

그는 다시 센 강을 건넜고 반대편 강변로로 접어들었다. 오퇴유였다. 시골길이 나왔고 이어 커다란 대로가 나왔다. 그는 차를 멈추었다.

그가 데려온 여자는 꼼짝하지 않고 있었다.

그는 몸을 숙여 그녀에게 말했다.

「일어나서 올라갈 수 있겠소? 내 말 들려요?」

대답이 없었다.

그는 정원의 철창 문을 열고 초인종을 누른 후 무희를 두 팔로 붙잡아 가슴에 안았다. 취할 것 같은 몽롱함이 그를 엄습했다. 너무 가까이에서 그녀를 느끼고 있었다. 그녀의 입이 자기 입에 너무 가까이 있다는 생각, 그리고 그녀의 숨결을 들이마신 까닭이었다.

「아! 당신은 도대체 누군지? 누구냐고?」

욕망과 호기심으로 가슴을 두근거리며 그가 중얼거렸다.

「앙토닌? 모르는 여자?」

하인이 달려나왔다.

「차를 차고에 넣게. 난 괜찮으니」

그는 별채 안으로 들어가 급히 위층으로 올라갔다. 아주 가벼운 짐을 나르는 것 같았다. 그는 침실로 들어가 팔걸이 없는 긴 의자에 데려온 여자를 눕힌 다음 그녀 앞에 무릎을 꿇고 황금빛 베일을 벗겨 냈다.

그의 입에서 기쁨의 탄성이 새어나왔다.

「앙토닌!」

이삼 분이 흘렀다. 그는 그녀에게 각성제를 맡게 하고 시원한 물로 관자놀이와 이마를 적셔 주었다. 그녀가 눈을 가늘게 뜨고 그를 오랫동안 쳐다보았다. 의식이 조금씩 돌아오고 있었다.

「앙토닌! 앙토닌!」

그가 넋이 나간 듯 그녀의 이름을 되풀이했다.

그녀가 눈물을 흘리며 그에게 미소 지었다. 그 미소 속에는 슬픔도 묻어 있었지만 얼마나 깊은 애정이 담겨 있었는지!

그는 그녀의 입술을 찾았다. 그녀는 볼니크 성에서처럼 그를 밀쳐 낼 것인가? 아니면 기꺼이 받아들일 것인가?

그녀는 저항하지 않았다.

두 미소

그들은 침실의 작은 원탁에 하인이 차려 준 아침 식사를 함께
마쳤다. 정원 쪽으로 열린 창문을 통해 물푸레나무 꽃 향기가 올
라왔다. 창문 오른쪽과 왼쪽에 서 있는 마로니에 나무 두 그루 사
이로 거리가 내다보였고 그 위로 파란 하늘이 햇빛으로 빛났다.
라울이 이야기를 하고 있었다.

고르주레와 키다리 폴, 그리고 클라라 모두를 이긴 그의 기쁨
이 요란한 희극으로, 우스꽝스러운 감흥으로, 허풍으로, 억제할
수 없는 수다로 나타나고 있었다. 그의 수다는 기괴하면서도 매
력적이었고 순박하면서도 냉소적이었다.

「더 이야기해 줘요……. 더요……」

그녀는 라울에게서 눈을 떼지 않고 간청했다. 그녀의 눈 속에
는 깊은 우수와 젊은이다운 쾌활함이 섞여 있었다.

그가 이야기를 마치자 그녀가 고집을 부렸다.

「말해요…… 이야기해요……. 내가 이미 알고 있는 것도 다 말해 줘요……. 그러니까 볼니크 성의 잔해 더미에서 고르주레하고 있었던 일이며, 경매 이야기, 그리고 후작과 나눈 이야기, 모두 다시 해 줘요」

「하지만 당신도 거기 있었잖아, 앙토닌!」

「상관없어요! 난 당신이 한 일, 당신이 말한 것이라면 무엇이든 재미있어요. 그런데 이해가 잘 안 되는 것들이 몇 가지 있어요…… 당신이 밤중에 내 방에 올라왔다는 게 정말이에요?」

「그래, 당신 방에 갔었지」

「그런데 감히 내게로 오지는 못했다?」

「사실이야! 당신이 무서웠지. 볼니크 성에서 당신은 끔찍했어」

「그럼 그 전에는 후작 방에 갔단 말이죠?」

「그래, 당신 대부님 방에 갔지. 난 당신이 후작에게 전해 준 당신 어머니의 편지를 읽고 싶었어. 그래서 결국 당신이 후작의 딸이라는 사실을 알게 됐지」

「난」

그녀가 생각에 잠긴 태도로 말했다.

「난 후작의 집, 그러니까 파리의 서재에서 찾아낸 엄마의 사진을 보고 이미 알고 있었어요. 기억해요? 하지만 그건 중요하지 않아요. 당신이 말해 줘요. 다시 말해 봐요……. 설명해 줘요……」

그는 다시 이야기하기 시작했다. 그는 흉내까지 내 가며 자세히 설명했다. 그는 우스꽝스럽고 딱딱한 공증인 오디가와 불안하고 얼이 빠진 듯한 데를르몽 후작을 차례로 흉내 냈다. 그리고 우아하고 유연한 앙토닌의 흉내도 냈다.

그녀가 반박했다.

「아니야, 그건 내가 아니야……. 난 그렇게 생기지 않았어요」

「그저께는 그랬어. 내 집에 왔을 때도 그랬고. 이런 얼굴을 하고 있었어. 그리고 이런 얼굴도……. 잘 봐, 이렇게……」

그녀가 웃었다. 하지만 양보하지는 않았다.

「아니야…… 당신이 제대로 못 봤어요…… 난 이렇게 생겼잖아요」

「물론이야」

그가 큰 소리로 말했다.

「오늘 아침 당신 모습이 어떤지 알고 있어. 빛나는 눈과 눈부신 치아…… 당신은 이제 그날의 시골 처녀도, 성에 있던 아가씨도 아니야. 성에서는 당신을 바라보고 싶지 않아서 머릿속으로 그리기만 했지. 당신은 달라졌어. 하지만 난 절대로 바뀌지 않을 당신의 그 조심스럽게 수줍어하는 태도를 다시 찾았어. 그리고 어젯밤 알아차린 당신의 금발도…… 또 당신의 무희복 안에 있는 그 우아하고 부드러운 몸매도 다시 찾았지」

그녀는 띠 모양의 웃옷과 별들이 점점이 박힌 푸른 치마로 이루어진 무희복을 아직 벗지 않고 있었다. 그런 그녀의 모습이 정말로 사랑스러워 라울은 그녀를 품안에 끌어안았다.

그가 말했다.

「그래, 난 당신인 줄 알았어. 오직 당신만이 이런 매혹적인 모습을 보여 줄 수 있기 때문이지. 하지만 그래도 그 가면 아래 감춰진 당신을 내가 얼마나 찾았는지 몰라! 가면을 벗길 때는 또 얼마나 두려웠는지! 그런데 당신이었어! 당신이었다고! 내일도, 아니 평생 동안, 지금부터 오랜 시간이 흘렀을 때도 그건 여전히 당신일 거야」

가볍게 문을 두드리는 소리가 들렸다.

「들어오게!」

하인이었다. 그는 신문과 편지 몇 통을 가져왔다. 쿠르빌이 미리 열어 보고 분류해 놓은 것들이었다.

「아! 좋아. 카지노 블뢰와 고르주레와 키다리 폴에 대해서 뭐라고 했는지 좀 볼까……. 그리고 에크르비스 술집에 대해서도 틀림없이 있을 거야. 얼마나 다사다난한 하루였는지!」

하인이 나갔다. 라울은 즉시 신문으로 눈을 가져갔다.

「저런! 영광스럽게도 1면에 실렸군……」

사건을 알리는 작은 제목으로 눈길을 가져가자마자 그의 얼굴이 어두워졌다. 유쾌한 기분이 순식간에 사라졌다. 그가 투덜거렸다.

「아! 바보 같은 놈들! 이 고르주레라는 놈 참 어지간히 멍청하군!」

그리고 그는 소리를 낮춰 신문을 읽었다.

「키다리 폴은 몽마르트르의 한 술집에서 있었던 경찰들의 급습을 빠져나간 후 카지노 블뢰 개장식에서 체포되었으나 또 다시 주임 형사 고르주레와 그 부하들의 손을 빠져나갔다」

그녀가 공포에 질려 소리쳤다.

「아! 무서워요!」

「무섭다고?」

그가 말했다.

「어째서? 며칠 안에 다시 잡힐 거야…… 내가 그 일을 맡지……」

사실 키다리 폴의 도망은 그에게 성가실 뿐만 아니라 심히 화나는 일이었다. 처음부터 다시 시작해야 했다. 그 위험한 악당이 다시 도망쳤다는 것은 앙토닌이 또다시 쫓기고 위협받을 것이라는 말이었다. 그 잔인한 적은 앙토닌에게 호의를 베풀지 않고 기회가 닿는 대로 죽일 것이 분명했다.

그는 기사를 읽어 내려갔다. 경찰이 대소탕 작전을 펼친 끝에 아랍 인과 부하 몇 사람을 잡았다는 내용이었다. 그리고 가면의 무희를 살해하려는 시도와 키다리 폴의 적수로 보이는 한 관객이 그녀를 납치했다는 이야기도 씌어져 있었다. 그러나 그 관객이 라울이라는 것을 알게 해 주는 정확한 세부 내용은 하나도 씌어져 있지 않았다.

가면의 무희에 관해서는 아무도 가면 벗은 얼굴을 보지 못했다고 했다. 카지노의 사장은 베를린의 한 소개소를 믿고 그녀를 고용했다는데, 그녀는 지난해 겨울 베를린에서 〈가면을 쓰지 않고〉 춤을 추어 대성공을 거뒀다고 했다.

「그리고 카지노 사장은 인터뷰에서 이렇게 덧붙였다. 〈2주 전에 그 여자가 전화를 했습니다. 어디서 걸었는지는 모르지만 지정한 날에 어김없이 오겠다고 했습니다. 그런데 개인적인 사정이 있어 베일을 쓰고 나오겠다고 하더군요. 저는 그렇게 하면 더 이목을 끌 것이라 생각해서 수락했습니다. 그리고 당일 저녁에 물어보려고 했지요. 하지만 그 여자는 8시가 되어서야 도착했습니다. 옷은 다 입은 것 같았는데 분장실에 틀어박혀 나오지 않더군요.〉」

라울이 물었다.

「이게 전부 사실인가?」

「예」

클라라가 말했다.

「당신 언제부터 춤을 췄어?」

「춤은 늘 췄어요. 아무에게도 보여 주지 않고 그냥 재미로 췄죠. 어머니가 돌아가신 후에는 왕년의 무희에게 지도를 받았어요. 그리고 여행을 다녔죠」

「그동안 어떻게 살아온 거야, 클라라?」

「묻지 마세요. 난 혼자였고 늘 남자들이 따라다녔어요……. 나 자신을 지킬 줄도 몰랐죠」

「키다리 폴은 어디서 알게 된 거야?」

「발텍스 말이죠? 베를린에서요. 난 그를 사랑하지 않았지만 그는 날 보살펴 주었어요. 그래서 그 사람을 경계하지 않았지요……. 어느 날 밤, 그가 자물쇠를 부수고 내 방으로 갑자기 들이닥쳤어요. 그는 매우 힘이 센 사람이었죠」

「비겁한 놈……! 그런 일이 계속되었나?」

「몇 달 동안. 그 뒤 파리에서 그는 어떤 사건에 연루되었어요. 그가 있던 방이 포위되었죠. 난 그 사람과 같이 있었는데 그가 키다리 폴이라는 사실을 그때 알게 됐어요. 공포에 질린 난 그가 싸우는 동안에 도망쳤어요」

「그래서 시골에 숨어 있었군?」

그녀가 잠시 망설이다가 대답했다.

「예. 다시 기운을 차리고 일을 하고 싶었지만 그럴 수 없었어요. 돈도 없었죠. 그래서 카지노에 출연하겠다고 연락했어요」

「하지만…… 후작을 찾은 이유는 뭐지?」

「그 비참한 삶을 벗어나고 싶었어요. 마지막이라고 생각했죠. 그래서 보호를 요청하러 간 거예요」

「그래서 볼니크 성으로 가게 된 거고?」

「그래요. 그리고 어젯밤, 파리에 혼자 있다가 문득 생각이 나서 무대로 달려간 거죠……. 춤추는 즐거움…… 그리고 계약을 위반하지 않고 싶은 마음…… 게다가 1주일간의 계약이었죠. 그 이상 바라지도 않았어요……. 난 너무나 두려웠어요……! 당신도 알지 모르지만 내가 두려웠던 건……」

「그만」

그가 말했다.

「내가 거기 있었고 당신도 지금 여기 이렇게 있으니까 됐어」

그녀가 그의 품안을 파고들었다. 그가 나지막이 말했다.

「당신은 정말 못 말리는 아가씨야! 어디로 튈지 모르겠어……! 불가사의하고 말이야……!」

그들은 집에서 꼼짝하지 않았다. 그날도 그 다음날도, 또 그 다음날도. 그들은 사건을 다룬 기사들을 모두 읽었다. 그러나 기사 속 정보들은 대개 제멋대로 꾸며 낸 엉터리였다. 이번에도 경찰은 아무 성과도 내지 못했기 때문이다. 사실과 일치하는 유일한 가정은 가면의 무희가 옛날 키다리 폴에 대하여 말할 때 같이 언급되던 금발의 클라라일 것이라는 사실이었다. 발텍스라는 이름에 관해서는 거론되지도 않았다. 고르주레와 그의 부하들은 자기들이 상대하는 사람의 진짜 정체를 알아내지도 못하고 있었다. 아랍 인에게서는 아무 정보도 얻어 내지 못했다.

그러나 라울과 그의 애인 클라라 사이에는 날이 갈수록 애정과 정열이 더해만 갔다. 라울은 클라라가 묻는 질문이라면 무엇이든 답해 주면서 그녀의 지칠 줄 모르는 호기심을 충족시켜 주려고 노력했다. 그런데 그와는 반대로 클라라는 갈수록 알 수 없는 수수께끼 속으로 들어앉고 있었다. 그녀는 그곳이 마치 좋아하는 은신처라도 되는 양 수수께끼 속으로 피신하는 것 같았다. 자신에 관한 모든 것, 그녀의 과거, 어머니, 현재의 관심사, 은밀한 영혼, 후작에 관한 생각, 후작 곁에서 그녀가 하는 역할 등에 관하여 그녀는 침묵했다. 그것은 완강하고 끈질기며 고통스러운 침묵이었다……. 그렇지 않으면 대답을 피하거나, 또는 털어놓는다 해도 되도록 짧게 끝냈다.

「아니, 그러지 말아요, 라울. 제발 부탁이니 내게 아무것도 묻지 말아요. 내 인생이나 내가 가진 생각은 조금도 재미가 없어요……. 지금 있는 그대로 날 사랑해 줘요」

「하지만 클라라, 난 당신이 어떤 사람인지 몰라」

「그럼 지금 당신 눈에 비치는 그대로 사랑해 줘요」

그녀가 이런 말을 하던 날, 라울은 거울 앞으로 그녀를 데리고 가서 장난스럽게 말했다.

「오늘 당신은 아름다운 머리칼과 한없이 맑은 두 눈과 내 넋을 앗아 가는 미소로 내 눈에 비치고 있지……. 그리고 날 불안하게 하는 그 표정, 이렇게 말한다고 날 원망하진 않겠지? 그 표정 속에서 난 당신 생각을 보고 있는 것 같아……. 당신의 생기 넘치는 얼굴과는 어긋나는 생각을 말이야……. 그리고 내일은 다르게 보일 테지. 똑같은 머리칼, 똑같은 눈, 하지만 미소와 표정은 다를 거야. 그 표정에서는 모든 것이 순진하고 아주 건강한 것처럼 보이겠지. 당신은 그렇게 시시각각으로 바뀐단 말이야. 어떤 때는 시골 처녀가 됐다가…… 또 어떤 때는 산전수전 다 겪은 여인네가 됐다가 말이야」

「맞아요」

그녀가 말했다.

「내 안에는 두 여자가 있어요……」

「그래……」

라울이 건성으로 대답했다.

「두 여자가 서로 싸우고 있어……. 때때로 둘은 서로 어울리지가 않지……. 두 여자는 미소가 달라. 당신의 두 모습이 다른 건 바로 미소 때문이야……. 어떤 때는 입 가장자리가 살짝 올라가는 천진하고 젊은 미소를 짓고…… 어떤 때는 쓰디쓴 미소를 지어서 꼭 환멸을 느긴 사람 같아」

「라울, 당신은 어느 미소가 더 좋아요?」

「어젯밤부터는 두 번째 미소가 더 좋아……. 지극히 신비롭고 어두운 미소 말이야……」

그녀가 아무 말 없이 입을 다물자 라울이 명랑하게 그녀를 불렀다.

「앙토닌……? 앙토닌, 아님 두 미소의 여자?」

그들은 열린 창문으로 걸어갔다. 그리고 그녀가 그에게 말했다.

「라울, 당신에게 부탁할 게 있어요」

「말만 해. 무엇이든 들어주지」

「그래요, 이제 앙토닌이라고 부르지 말아요」

그가 놀랐다.

「앙토닌이라고 하지 말라고? 왜?」

「그건 과거 시골 처녀였을 때 이름이에요……. 순박하고 선량하기만 했던 시절이죠. 난 그 이름을 버리고 클라라라고 새로 이름을 지었어요…… 금발의 클라라……」

「그래서?」

「날 클라라라고 불러요……. 과거의 나로 다시 돌아갈 때까지
는 말이에요」

그가 웃음을 터뜨렸다.

「과거의 당신이라고? 이거야 원 돌아 버리겠군, 클라라! 만약
에 당신이 계속 시골 처녀로 남아 있었다면 당신은 여기 있지도
않을 거야! 날 사랑하지도 않을 테고!」

「당신을 사랑하지 않다니, 라울!」

「그럼 이번엔 내가 묻지. 당신은 내가 어떤 사람인지 알고 있
어?」

「당신은 당신이에요」

그녀가 열렬하게 외쳤다.

「그렇다고 확신해? 난 내가 아니야. 이젠 내 스스로도 알아보
지 못할 만큼 많은 사람 행세를 했고 많은 일들을 했지. 내 사랑
하는 클라라, 당신이 그렇게 불러 주길 원하니 클라라라고 하지.
내 앞에서는 절대 부끄러워하지 마. 당신이 과거에 어떤 일을 했
다 해도 난 당신보다 더한 일들을 했으니까. 알겠어?」

「라울……」

「그래 정말이야……. 나 같은 모험가의 삶은…… 항상 아름답
지만은 않아. 당신 아르센 뤼팽에 대해서 들어 본 적 있어?」

그녀가 몸을 떨었다.

「뭐라고요? 그게 무슨 말이에요?」

「아니…… 아무것도 아니야……. 그냥 비교를 해 봤을 뿐이
야……. 하지만 당신이 옳아……. 우리가 서로를 탓해 봤자 무슨
소용이 있겠어? 클라라와 앙토닌, 당신들은 똑같이 부드럽고 똑
같이 순수해. 그리고 내가 더욱 사랑하는 건 클라라 바로 당신이

야. 그리고 설령 내가 나쁜 사람이라 해도 그것 때문에 정직한 남자가 되지 못하거나 사랑할 줄 아는 남자가 되지 못하진 않아. 어쩌면 늘 사랑에 충실하지는 못할지 모르지만 매력적이고 친절하며 많은 장점이 있지……」

라울은 웃으며 그녀에게 키스를 퍼부었다. 그리고 키스를 할 때마다 이렇게 되뇌었다.

「클라라…… 달콤한 클라라…… 슬픈 클라라…… 수수께끼 같은 클라라……」

그녀가 고개를 끄덕이며 말했다.

「그래요, 당신은 날 사랑해요…… 하지만 방금 당신이 말했듯이 당신은 바람둥이예요…… 아, 당신 때문에 얼마나 괴로워해야 할까!」

「하지만 당신은 얼마나 행복해질까!」

그가 유쾌하게 말했다.

「그런데 난 당신이 생각하는 만큼 바람둥이가 아니야. 내가 당신을 두고 바람피운 적 있어?」

이번엔 그녀가 웃음을 터뜨렸다.

대중과 신문들은 일주일 동안 카지노 블뢰의 사건을 가지고 떠들어 댔다. 그 후 수사가 진척되지 않고 모든 가설들이 연달아 무너지자 더 이상 거론하지 않게 되었다. 게다가 고르주레는 모든 인터뷰를 거절했다. 기자들은 아무런 단서도 찾아내지 못했다.

한시름을 놓은 클라라는 오후가 끝나갈 무렵 외출하여 구역 내에 있는 가게에서 장을 보거나 숲을 거닐었다. 라울도 역시 그 시간을 이용하여 사람들을 만나러 나갔지만 남의 이목을 끌지 않기 위해 그녀와 함께 가지는 않았다.

그는 가끔씩 볼테르 강변로에 들러 63번지를 주시했다. 키다리 폴이 그쪽을 어슬렁거리지나 않는지, 경찰이 그곳에 무슨 함정을 꾸며 놓지는 않았는지 주의 깊게 살폈다.

그는 수상한 점을 전혀 발견하지 못했다. 그 후로는 쿠르빌에 게 강둑 난간을 따라 자리 잡은 헌책 장수들의 진열대에서 책을 보는 척하며 은밀히 지켜보도록 지시했다. 그런데 클라라를 데려 온 지 열닷새째 되던 날, 라울이 볼테르 강변로에 다시 들렀을 때 꽤 멀리서 클라라가 보였다. 그녀는 63번지에서 나와 택시를 타고 반대 방향으로 멀어졌다.

라울은 클라라를 쫓아가지 않았다. 그는 손짓으로 쿠르빌을 불러 수위 아줌마에게 가서 알아보도록 시켰다. 쿠르빌은 몇 분이 지난 후 돌아와 라울에게 내용을 보고했다. 후작은 아직 여행에 서 돌아오지 않았지만 금발 아가씨는 벌써 두 번이나 똑같은 시 각에 그곳에 들렀으며, 후작의 집 앞에서 초인종을 눌렀지만 집 에는 하인들이 없었기 때문에 돌아간 것이라고 전했다.

라울은 생각했다.

〈이상하군. 내겐 아무 말도 하지 않았는데. 그곳에서 뭘 하려 는 거지?〉

그는 오퇴유의 집으로 돌아갔다.

15분 후에는 클라라가 아주 발랄하고 생기 넘치는 모습으로 돌 아왔다.

라울이 그녀에게 물었다.

「숲으로 산책 나갔다 오는 거야?」

「예」

그녀가 말했다.

「맑은 공기로 몸이 한결 나아졌어요. 걷기에도 참 좋았어요」

「파리에 가지 않았어?」

「아니요. 어째서 묻는 거죠?」

「파리에서 당신을 봤기 때문이야」

그녀가 아무렇지도 않게 말했다.

「날 봤다니……, 상상이겠죠!」

「실물이었어」

「그럴 리 없어요!」

「내 명예를 걸고 말하지……. 난 눈이 좋아서 절대로 잘못 보지 않아」

그녀가 그를 쳐다보았다. 그는 진지하게 말하고 있었다. 목소리에 힐난하는 어조를 띠면서 엄숙하기까지 했다.

「어디에서 날 봤어요, 라울?」

「당신이 볼테르 강변로에 있는 집에서 나와 차를 타고 가는 걸 봤어」

그녀가 어색한 미소를 지었다.

「정말 그렇다고 확신해요?」

「물론. 수위 아줌마에게 물었더니 당신이 벌써 세 번째 왔다고 하더군」

그녀는 얼굴이 새빨개지며 어쩔 줄 몰라했다. 그가 다시 말했다.

「그 집에 가는 건 지극히 자연스러운 일이야. 하지만 어째서 내게 그걸 감추려고 하는 거지?」

그녀가 대답을 하지 못하자 그는 그녀 곁에 앉아 부드럽게 손을 잡으며 말했다.

「당신은 여전히 수수께끼야, 클라라. 당신 정말 잘못 생각하고 있는 거야! 그렇게 하면 우리 두 사람이 어떻게 될지 당신이 알았으면 좋겠어. 그처럼 끈질긴 불신 때문에!」

「오! 난 당신을 불신하지 않아요, 라울!」

「그래, 하지만 당신이 불신하는 것처럼 행동하면 그 사이에 위험은 자꾸만 커지게 돼. 그러니 이번에는 꼭 좀 말해 줘, 사랑하는 클라라. 언젠가는 당신이 밝히고 싶어하지 않는 그 비밀을 내가 알게 되리라는 걸 모르겠어? 그때 가서도 늦지 않았다고 누가 장담할 수 있지? 말해 봐, 클라라」

그녀는 그의 말을 따를 듯했다. 그녀의 얼굴에서 한순간 긴장이 사라졌고 그녀의 눈은 슬픔과 혼란의 빛을 띠었다. 그녀는 시작하려는 말을 미리 겁내는 듯했다. 그러나 그녀는 결국 말할 용기를 내지 못했고 눈물을 흘리며 두 손으로 얼굴을 감쌌다.

「용서해요」

그녀가 울먹이며 말했다.

「내가 말을 하든 하지 않든 그런 건 중요하지 않다고 생각해 줘요……. 말을 한다고 해서 지금이나 나중이나 변하는 건 하나도 없어요……. 당신에겐 무의미하고 아주 사소한 일이에요……. 하지만 내게는 너무나 중대한 거예요……! 당신도 알다시피 여자들은 어린애 같아요……. 혼자서 별의별 생각들을 만들어 내잖아요……! 어쩌면 내가 잘못 생각하고 있을지도 몰라요……. 하지만 말은 못하겠어요……. 미안해요」

라울이 초조한 몸짓을 하며 말했다.

「좋아. 하지만 한 가지 확실하게 말해 둘 것은 그곳에 다시는 가지 말라는 거야. 그렇지 않으면 당신은 언젠가는 키다리 폴이나 경찰과 마주치게 될 거야. 그렇게 되고 싶어?」

이 말을 듣자마자 그녀가 걱정스럽게 말했다.

「그럼 당신도 가지 마요. 나와 똑같은 위험에 빠질 테니까」

그가 약속했다. 클라라도 그 집에 가지 않는 것은 물론 보름이 지나기 전까지는 집 밖에도 나가지 않겠다고 약속했다.

매복

볼테르 강변로에 있는 후작의 집이 감시받고 있다는 라울의 생각은 틀리지 않았다. 그러나 규칙적이고 계속적인 감시를 받는 것은 아니었다. 만약 감시가 제대로 이루어졌다면 곧바로 라울이 두려워하는 충돌이 일어났을 것이다. 고르주레는 경찰의 입장에서 볼 때 잘못하고 있었다. 그는 강변로에 잠깐씩 들르기만 했고, 감시조를 배치하긴 했지만 그의 명령을 태만하게 수행하고 있는 그들을 방치하고 있었다. 그래서 금발의 예쁜 아가씨가 다녀간 것도, 쿠르빌이 조심성 없이 돌아다니고 있는 것도 모르고 지나쳤다. 게다가 고르주레는 수위 아줌마에게 따돌림을 당한 상태였다. 그녀는 쿠르빌을 통해 라울의 돈을 받고 발텍스가 부하를 통해 전해 준 돈을 받았던 것이다. 따라서 그녀는 고르주레에게 모호하고 앞뒤가 맞지 않는 정보들만 주었다.

발텍스의 감시는 그보다는 더 신중했다. 사나흘 전부터 반백의

긴 머리칼에 허리가 구부러진 삼류 화가 행색인 사람이 챙 넓은 중절모자를 쓰고 화구 상자와 화폭 받침대, 접는 의자를 들고 와 오전 10시부터 데를르몽 저택에서 50미터쯤 떨어진 건너편 보도에 자리를 잡고 화폭 위에 물감을 두텁게 발랐다. 그는 센 강변의 풍경과 루브르 궁의 모습을 그리는 척했다. 키다리 폴이었다. 발텍스였다. 경찰들은 그의 차림새가 너무 엉뚱하고 그가 그리는 그림이 유독 호기심을 끄는 것이어서 그 삼류 화가를 수상하다고 생각하지 않았다.

그러나 키다리 폴은 5시 30분쯤이면 자리를 떴기 때문에 그보다 늦게 온 금발의 예쁜 아가씨를 보지 못했다.

그가 뭔가 알게 된 것은 라울이 그곳에 온 바로 이튿날이었다. 그가 손목시계를 들여다본 뒤 마지막 붓질을 하고 있을 때 그의 옆에서 속삭이는 소리가 들렸다.

「움직이지 마요. 접니다, 소스텐요」

그림을 구경하는 사람 서너 명이 그들 주위에 몰려서 있었다. 그들이 한 사람씩 자리를 뜨자 또 다른 사람들이 멈춰 섰다.

낚시꾼 차림의 뚱뚱한 소스텐이 전문가가 관심을 가지는 척하며 그림 쪽으로 몸을 굽히고 발텍스에게만 들릴 정도로 속삭였다.

「석간 신문 읽으셨습니까?」

「아니」

「아랍 인이 다시 심문을 받았답니다. 두목이 옳았어요. 바로 그놈이 두목을 배신하고 카지노 블뢰를 가르쳐 줬습니다. 하지만 그 이상은 말하지 않겠다며 계속해서 두목 반대편에 서는 걸 거부했답니다. 발텍스라는 이름도, 라울이라는 이름도 가르쳐 주지 않았고, 그 여자에 대해서도 한마디도 하지 않았답니다. 그러니까 그 점은 안심해도 됩니다」

소스텐이 다시 일어나서 다른 각도로 그림을 살피더니 센 강을 힐끔거렸다. 그리고 다시 몸을 숙였다. 그는 코안경을 손에 들고 그림에 가까이 가져갔다가 좀 떼어 보았다가 하며 다양한 거리를 두고 그림을 살핀 뒤 계속해서 말했다.

「후작은 스위스에서 모레 돌아옵니다. 그 여자가 어제 와서 수위 아줌마에게 그렇게 얘기했답니다. 하인들에게 일러두라고요. 그러니까 그 여자와 후작은 서로 연락을 하고 있다는 얘기죠. 그 여자는 지금 어디에 묵고 있을까요? 그걸 알아낼 수가 없습니다. 쿠르빌은 사람을 시켜 가구 몇 개를 더 옮기게 했는데 그렇게 시킨 사람은 분명히 그놈입니다. 그 증거도 갖고 있어요. 그러니까 그놈은 라울과 함께 일하면서 이 근처를 어슬렁거린답니다. 수위 아줌마가 제게 해 준 말입니다」

삼류 화가는 그의 말에 귀를 기울이면서 크기를 재는 것처럼 허공으로 붓을 들어올렸다. 그 몸짓을 소스텐은 신호로 여긴 것이 분명했다. 그가 붓으로 가리킨 쪽을 슬쩍 쳐다보았기 때문이다. 강둑 난간에 늘어선 헌책 장수들의 한 좌판에서 허름한 옷차림으로 책을 읽고 있는 노인이 보였다. 노인이 뒤로 돌아서자 사각으로 다듬은 멋진 흰 수염이 보였다. 착각하고 싶어도 착각할 수 없는 모습이었다.

소스텐이 중얼거렸다.

「봤습니다. 쿠르빌이에요. 저놈을 따라붙어야겠습니다. 오늘 저녁에 어제 만났던 술집에서 뵙겠습니다」

그는 그 자리를 떠나 쿠르빌에게 조금씩 다가갔다. 쿠르빌은 몇 번 자리를 옮겨다녔다. 틀림없이 미행하는 사람을 따돌리려는 심산이었다. 그러나 그는 사람들의 얼굴을 살펴보지는 않고 전혀 다른 생각을 하고 있었기 때문에 키다리 폴도 그 부하도 보지 못했다. 그는 낚시꾼 차림을 한 그 뚱뚱한 남자를 뒤에 매단 채 오퇴유로 향했다.

키다리 폴은 한 시간을 기다렸다. 그날 저녁에 클라라는 오지 않았다. 그러나 고르주레가 멀리서 나타나자 그는 황급히 화구를 챙겨 달아났다.

저녁에 그의 일당들은 몽파르나스의 프티비스트로에서 만났다. 만나는 장소가 에크르비스 술집에서 그곳으로 바뀐 것이다.

소스텐이 그들과 합류했다.

「알아냈습니다」

그가 말했다.

「오퇴유의 마로크가 27번지에 있는 작은 별장입니다. 쿠르빌이 정원 철책 문에서 초인종을 눌렀습니다. 문이 저절로 열리더군요. 7시 45분에는 그 여자가 돌아오는 것을 보았습니다. 쿠르빌과 똑같이 했어요. 초인종을 누르니까 문이 열렸습니다」

「그놈은 봤나?」

「아니요. 하지만 틀림없이 거기 있을 겁니다」

키다리 폴은 생각에 잠기더니 이렇게 결론지었다.

「어쨌든…… 행동하기 전에……, 내가 직접 진상을 알아보고 싶다……. 내일 아침 10시에 차를 가져와. 네게 신을 두고 맹세하는데 그게 사실이라면 클라라는 피할 수가 없을 것이다. 아! 나쁜 년!」

다음날 아침, 키다리 폴이 묵고 있는 호텔 문 앞에 택시 한 대가 섰다. 그가 차에 올라탔다. 운전석에는 붉은 얼굴에 배가 나오

160

고 머리에는 밀짚모자를 쓴 부하 소스텐이 앉아 있었다.

「가자!」

운전사는 능숙했다. 그들은 신속하게 오퇴유에 접어들어 마로크가에 이르렀다. 어린 나무들이 심어져 있는 마로크가는 옛날 정원들과 최근에 분양된 택지 사이로 난 넓은 길이었다. 라울의 집은 그런 사유지들 중 한 곳에 있는 오래된 집이었다.

자동차는 좀더 가서 멈추었다. 키다리 폴은 택시 안에 숨어 뒷좌석 유리창을 통해 밖을 내다보았다. 30보쯤 떨어진 곳에 집의 철책 문과 활짝 열려 있는 2층 창문이 보였다. 소스텐은 운전석에 앉아 신문을 읽고 있었다.

그들은 가끔씩 몇 마디를 나누었다. 키다리 폴이 화를 냈다.

「빌어먹을! 이 집에는 아무도 살지 않는 모양이군. 한 시간이 됐는데도 누구 하나 얼씬하지도 않잖아」

「그렇겠죠!」

뚱뚱한 사내가 빈정거렸다.

「연인들은 급하게 일어날 필요가 없지 않습니까⋯⋯」

20분이 더 흘렀다. 그리고 11시 30분 종이 울렸다.

「이 창녀 같은 년!」

키다리 폴이 분한 듯 중얼거렸다.

「유리창에 얼굴이 보여. 그놈도! 비겁한 놈!」

창가에 라울과 클라라가 나타났다. 그들은 작은 발코니 난간에 팔꿈치를 괴고 있었다. 그들이 서로 몸을 맞대고 행복하게 미소짓는 얼굴과 클라라의 눈부시게 아름다운 금발이 보였다.

「이 자리를 뜨자!」

키다리 폴이 증오로 얼굴을 일그러뜨리며 명령했다.

「충분히 봤어…… 화냥년……! 죽여 버리겠어!」

그들은 자동차에 시동을 걸고 오퇴유의 사람들이 많이 사는 구역을 향해 출발했다.

「멈춰!」

키다리 폴이 소리쳤다.

「날 따라와」

그가 보도로 뛰어내렸다. 그들은 손님이 거의 없는 카페로 들어갔다.

「베르무트(포도주에 쓰고 자극적인 식물의 향을 첨가한 술――옮긴이) 두 잔……. 그리고 쓸 것 좀 주시오!」

그가 주문했다.

그는 아랫입술을 꽉 물고 사나운 얼굴을 한 채 오랫동안 생각에 잠겼다. 그런 다음 낮은 목소리로 빠르게 자기 생각을 말했다.

「그래…… 맞아…… 그거야…… 그년을 함정에 빠뜨려야겠어……. 됐어…… 그놈을 사랑하니까 함정에 빠질 거야……. 그렇게 되면 내가 가지는 거지……. 내 말을 따를 거야……. 그렇지 않으면 안됐지만 어쩔 수 없지!」

잠시 침묵하고 있던 그가 물었다.

「애석하게도 내게 그놈 필체가 없어…… 넌 갖고 있나?」

「아니요. 하지만…… 쿠르빌의 편지는 한 통 있습니다. 중이층 사무실에서 슬쩍했죠」

키다리 폴의 얼굴이 밝아졌다.

「줘 봐」

그는 필체를 자세히 살폈다. 그는 단어들을 베끼고 대문자를 모방하는 데 골몰했다. 그런 뒤 종이 한 장에 몇 줄을 서둘러 끼

162

적이더니 쿠르빌이라고 서명했다.

봉투 겉면에도 똑같은 필체로 주소를 적었다.

　마드무아젤 클라라,　마로크가 27번지

「몇 번지라고? 27번지…… 됐어……. 지금부터 내가 하는 말을 잘 듣고 모조리 기억해 두도록. 너 혼자 가도록 해. 그래, 내가 있으면 바보 같은 짓을 할 것 같다. 일단 점심을 먹어. 그리고 그 곳으로 다시 가서 망을 봐. 정상적이라면 라울과 클라라는 각각 따로 외출할 거야. 라울이 먼저 나가지. 클라라는 산책을 하러 나 갈 테니까. 라울이 나간 뒤 한 시간이나 한 시간 반쯤 있다가 차 를 몰고 그 집으로 가서 초인종을 눌러. 문을 열어 주겠지. 그럼 다급한 척하면서 여자에게 이 편지를 전해 달라고 하란 말이야. 읽어 봐」

소스텐은 편지를 읽고 고개를 끄덕였다.

「장소를 잘못 골랐습니다. 볼테르 강변로라니요! 터무니없어 요! 여자가 가지 않을 겁니다」

「갈 거야. 의심하지 않을 테니까. 내가 여자를 함정에 빠뜨리 기 위해 그곳을 선택하리라고 생각이나 할 것 같은가?」

「좋습니다. 하지만 고르주레는요? 고르주레가 여자를 볼 수도 있을 텐데……. 그리고 두목도 마찬가지고요……」

「네 말이 맞다. 자, 이 기송(氣送) 속달 편지(파리에서는 속달 우편을 보낼 때 기송관을 통해 보내는 방법이 있음—옮긴이)를 갖 고 우체국으로 가라」

그는 이렇게 썼다.

키다리 폴과 그 일당이 매일 몽파르나스의 프티비스트로에서 만나 아페리티프를 마신다는 사실을 경찰에 알림.

그리고 그가 설명했다.

「고르주레는 그곳으로 갈 것이다. 놈은 즉시 조사를 할 것이고 이 정보가 맞다는 걸 알게 될 거야. 그리고 우리를 기다릴 것이다. 우리는 그곳을 버리고 이후로는 다른 곳으로 가면 된다. 동료들에게 미리 알리도록 해」

「그럼 라울이 집에서 나오지 않거나 너무 늦게 나오면 어떻게 할까요?」

「그럼 할 수 없지. 그 편지를 내일 전달할 수밖에」

그들은 서로 헤어졌다. 소스텐은 점심 식사를 마치고 그곳으로 다시 돌아가 망을 보았다.

라울과 그의 애인은 집 앞에 있는 정원 한쪽에서 네 시간도 넘게 머물렀다. 날이 무더워서 그들은 늙은 딱총나무 그늘 아래에 앉아 평화롭게 이야기를 나누고 있었다.

집에서 나갈 시간이 되자 라울이 그녀를 살펴보며 말했다.

「예쁜 금발 아가씨가 오늘은 우울하군. 불길한 생각이 들어? 무슨 예감이라도?」

「당신을 만난 후로 이제 예감 같은 것은 믿고 싶지 않아요. 그래도 우리가 헤어질 땐 슬퍼요」

「겨우 몇 시간인데 그래」

「그것도 너무 길어요. 그리고 당신이 하는 일은…… 온통 베일에 싸여 있잖아요……」

「당신에게 그걸 얘기해 주길 바라? 그래서 내가 하는 일을 모

두 알게 해 줄까? 그럴 수는 있지만 좋지 않은 이야기를 들어야
할 텐데」

잠시 후 그녀가 대답했다.

「아니에요. 모르는 게 낫겠어요」

「잘 생각했어!」

그가 웃으며 말했다.

「나 역시도 내가 하는 일을 몰랐으면 좋겠어. 하지만 내겐 그
못된 명석함이란 게 있어서 눈을 감아도 환히 보인단 말이야. 그
럼 이따가 봐, 클라라. 나가지 않겠다고 약속한 것 잊지 말고」

「당신도 강변로 쪽으로는 얼씬도 하지 않겠다고 약속한 것 잊
지 마세요」

클라라가 좀더 작은 소리로 덧붙였다.

「사실 날 끊임없이 괴롭히는 것은 그거예요……. 당신이 위험
에 빠질지도 모른다는……」

「난 절대 위험에 빠지지 않아」

「아니에요. 집 밖에서 활동하는 당신을 상상할 때면 당신에게
덤벼드는 악당들과 당신을 붙잡으려는 경찰들에 둘러싸여 있는
당신 모습이 보여요……」

라울은 이렇게 말을 마쳤다.

「날 물어뜯으려고 하는 개들, 기를 쓰고 내 머리 위로 떨어지
려는 기왓장들, 날 태워 버리고 싶어하는 불길들도 있지!」

「맞아요! 그거예요!」

이번에는 그녀가 유쾌하게 말했다.

그녀는 그에게 정열적으로 입을 맞췄다. 그리고 철책 문까지
그를 배웅했다.

「서둘러요, 나의 라울! 중요한 건 딱 한 가지, 당신이 내 곁에 있다는 것이에요」

그녀는 정원에 앉아 책을 읽거나 자수 작품에 흥미를 가져 보려 했다. 그리고 일단 집 안으로 들어간 뒤에는 쉬거나 자고 싶었다. 그러나 마음이 불안해서 무슨 일을 하고 싶은 의욕이 전혀 생기지 않았다.

그녀는 가끔씩 작은 거울에 비친 자신의 모습을 바라보았다. 그녀는 너무나 많이 변했다! 쇠약해진 징후가 너무 많이 보였다. 눈 주위로 검은 무리가 번져 있었다. 입은 부르텄고, 미소는 슬프기 그지없었다.

그녀는 생각했다.

〈상관없어. 라울은 지금 이 모습 그대로를 사랑하니까.〉

시간이 흘렀다.

5시 30분을 알리는 종이 울렸다.

자동차가 멈추는 소리에 그녀는 창문으로 달려갔다. 자동차 한 대가 철책 문 앞에 멈춰 있었다. 뚱뚱한 운전사가 차에서 내려 초인종을 눌렀다.

그녀는 내실 하인이 정원을 가로질러 갔다가 편지 한 통을 들고 봉투를 살피며 돌아오는 것을 보았다.

2층으로 올라온 그가 문을 두드리고 편지를 건넸다.

마드무아젤 클라라, 마로크가 27번지

그녀는 봉투를 열고 편지를 읽었다. 목구멍에서 목멘 비명이 올라왔다. 그녀가 말을 더듬었다.

「가야겠어…… 내가 가야 해」

내실 하인이 그녀를 살폈다.

「마님, 주인님께서 당부하신 말씀은……」

이번에는 하인이 다급하게 편지를 읽었다.

아가씨, 주인님께서 층계참에서 부상을 당하셨습니다. 지금 중이층에 있는 주인님 사무실에 누워 계십니다. 아무 이상은 없습니다. 하지만 주인님이 아가씨를 찾고 계십니다. 존경을 담아 쿠르빌 올림.

감쪽같이 모방한 필체였다. 따라서 쿠르빌의 필체를 잘 알고 있는 내실 하인도 클라라를 만류할 생각을 하지 못했다. 게다가 그런 상황에서 그녀를 만류하는 게 가능했을까?

클라라는 옷을 입고 정원을 가로질러 뛰어갔다. 그녀는 양순한 얼굴을 하고 있는 소스텐을 보고는 뭔가를 묻더니 대답을 기다리지도 않고 차에 올라탔다.

대결

클라라는 거기에 계략과 함정이 있을지도 모른다는 생각을 단 한순간도 하지 않았다. 라울이 부상을 당했다. 어쩌면 죽었을지도 모른다. 그런 무서운 사실 외에는 아무것도 생각하지 않았다. 설령 그녀가 좀더 깊이 생각했다 하더라도 혼란한 머릿속에선 일어날 수 있는 여러 불행한 정황들만을 검토했을 것이다. 라울이 볼테르 강변로 63번지에 간다, 고르주레나 키다리 폴과 마주친다, 충돌이 일어나고 싸움을 벌인다, 부상당한 라울이 중이층으로 옮겨진다. 그녀는 비극적인 결말과 재앙만을 생각했다. 그리고 상처가 그녀의 눈앞에 선명하게 떠올랐다. 피를 콸콸 쏟아 내는 끔찍한 상처가.

그러나 부상당했으리라는 가정은 가장 낙관적인 것이었다. 그녀는 라울이 상처만 입었을 것이라고 생각하지 않았다. 죽음의 환상이 떠나지 않았다. 만약 싸움의 결말이 심각한 것이 아니었다면 쿠르빌이 서둘러 편지를 보내면서 그런 식으로 쓰지는 않았을 것 같았다. 그래, 라울이 죽은 거야. 그것이 여러 정황들을 거치면서 오래전부터 준비되어 온 사건이라는 생각이 갑자기 들면서 그녀는 라울의 죽음에 일말의 의심도 품을 수 없었다. 라울이 그녀와 가까워지면서부터 그 죽음은 운명적으로 피할 수 없는 것이었다. 클라라가 사랑한 남자, 그리고 클라라를 사랑한 남자는 죽어야 할 운명인지도 몰랐다.

그녀는 또한 그녀가 죽은 라울 곁에 간다면 자기에게 어떤 일이 닥칠 것인지도 전혀 생각하지 않았다. 라울과 고르주레, 또는 라울과 키다리 폴 사이에 충돌이 일어났다면 경찰이 볼테르 강변로에 있는 중이층을 점령하고 있을 것이 확실했다. 따라서 경찰은 지금까지 그토록 찾아 헤맸던 먹이인 금발의 클라라를 보자마자 즉시 낚아챌 것이었다. 그녀는 그런 경우조차 생각하지 않았다. 아니, 그런 것은 조금도 중요하지 않은 것 같았다. 라울이 살아 있지 않다면 체포되어 교도소에 간다 해도 그것이 무슨 대수란 말인가?

그러나 그녀에게는 더 이상 자신을 끊임없이 괴롭히는 생각들을 이어갈 힘이 없었다. 그 생각들은 그녀의 내부 깊은 곳에서 앞뒤가 맞지 않는 문장으로, 아니 그보다는 짧은 영상으로 변하여 뒤죽박죽으로 이어지고 있었다. 거기에 그녀의 눈에 비치는 풍경들이 섞였다. 센 강변, 집들, 거리, 보도, 걸어가는 사람들, 그 모든 것들이 너무도 느리게 지나가는 것 같아서 그녀는 가끔씩 운전사에게 소리를 질렀다.

「빨리요! 서둘러 주세요! 앞으로 가고 있질 않잖아요……」

소스텐은 다정하고 착해 보이는 얼굴로 그녀를 돌아보았다. 그 얼굴은 마치 이렇게 말하고 있는 것 같았다.

〈안심하십시오, 아가씨. 다 왔습니다.〉

마침내 그들은 목적지에 도착했다.

그녀는 인도로 뛰어내렸다.

소스텐은 그녀가 주는 돈을 거절했다. 그녀는 되는 대로 차 뒷좌석에 지폐를 던지고 1층 현관으로 달려갔다. 수위 아줌마는 안뜰에 있었기 때문에 보이지 않았다. 그녀는 재빨리 계단을 올라갔다. 그러나 사방이 너무 조용하고 아무도 나오는 사람이 없는 것이 이상했다.

층계참에도 아무도 없었다. 고요했다.

이상한 일이기는 했지만 그 무엇도 그녀의 돌진을 막지는 못했다. 그녀는 불길한 운명을 향해 맹렬하게 내달렸다. 그녀의 맹렬함 속에는 자기 손으로 그 운명을 끝장내고 싶은 희망과 자기도 라울과 함께 죽어야겠다는 무의식적인 욕망이 들어 있었다.

문이 반쯤 열려 있었다.

그리고 일이 벌어졌다. 클라라는 무슨 일인지 얼른 깨닫지 못했다. 손 하나가 그녀의 얼굴에 닿더니 입을 찾아 공 모양으로 말아 놓은 스카프로 재갈을 물렸다. 다른 한 손은 그녀의 어깨를 잡아 난폭하게 밀어붙였다. 그녀는 중심을 잃고 비틀거리다가 안방에 내동댕이쳐졌다. 그녀는 마룻바닥에 얼굴을 부딪히며 길게 쓰러져 버리고 말았다.

그러자 돌연 침착해진 발텍스가 조용히 바깥쪽 안전 빗장을 잠그고 거실 문을 닫았다. 그리고 쓰러진 여자에게 몸을 약간 굽혔다.

그녀는 정신을 잃지 않았다. 재빨리 정신을 차린 그녀는 이내 그것이 함정이라는 것을 알았다. 그녀는 눈을 뜨고 공포에 사로잡혀 발텍스를 쳐다보았다.

발텍스는 무기력하게 붙잡혀 절망에 빠진 그녀 앞에서 웃음을 터뜨렸다. 그녀가 한번도 들어 본 적이 없는 웃음이었다. 그 웃음에는 끔찍한 잔혹함이 서려 있어서 그의 동정에 호소한다는 것은 미친 짓일 터였다.

그는 그녀를 일으켜 세워 등받이 없는 긴 의자에 앉혔다. 커다란 안락의자와 함께 남아 있는 유일한 의자였다. 그리고 붙어 있는 두 방의 문을 열며 발텍스가 말했다.

「방들은 모두 비어 있다. 이 집은 단단히 잠겨 있고. 널 구하러 올 사람은 아무도 없다, 클라라. 아무도. 네 애인도, 그놈보다 더한 세상 그 누구도 말이야. 경찰에게 그놈 뒤를 쫓게 했거든. 그러니까 넌 끝났어. 이제 너한테 남은 일이 무엇인지 알겠지」

그가 되풀이했다.

「이제 너한테 남은 일이 무엇인지 알겠냐고, 응? 널 기다리고 있는 것을 알아?」

그는 창문 커튼을 걷었다. 자동차가 보였다. 소스텐이 보도에 서서 망을 보고 있었다. 발텍스가 다시 빈정거렸다.

「사방에서 우릴 지키고 있다. 그것도 철통같이. 한 시간 동안은 편하게 있을 수 있지. 한 시간이면 많은 일이 벌어진다! 하지만 난 한 가지만 하면 돼. 일이 끝나면 물론 우리는 함께 떠나는 거야. 우리 차가 밑에 있다……. 기차를 탈 수 있을 거야……. 아주 즐거운 여행이 될 거야……. 알겠어?」

발텍스가 앞으로 한 발자국을 옮겼다.

클라라는 머리에서 발끝까지 떨고 있었다. 그녀는 떨리는 손을 움직이지 않게 진정시키려고 눈길을 떨어뜨려 손을 쳐다보았다. 그러나 손은 사시나무 떨 듯 계속 떨리기만 했다. 다리도 떨렸다. 몸 전체가 떨렸다. 그녀는 열기와 오한을 동시에 느끼고 있었다.

「무서운가?」

그가 말했다.

그녀는 더듬거렸다.

「죽는 건 무섭지 않아요」

「아니, 죽는 것 말고 곧 벌어질 일 말이야」

그녀는 고개를 저었다.

「아무 일도 일어나지 않을 거예요」

「아니야. 아주 중요한 것이 있어. 내가 집착하는 유일한 일이지. 우리 사이에 어떤 일이 있었는지 너도 기억하고 있어. 처음에…… 그리고 이후로는 우리가 함께 사는 동안 내내 했던 일. 넌 날 사랑하지 않았어……. 날 증오했다고도 말할 수 있지. 하지만 넌 너무나 약했어……. 싸우다 지쳐서 기진맥진해 버렸지……. 이만 하면…… 기억 나나?」

그가 다가섰다. 그녀는 긴 의자 위에서 뒤로 물러났다. 그녀는 그를 밀쳐 내기 위해 팔에 힘을 주었다. 그가 재미있다는 듯 말했다.

「준비를 하시는군……. 옛날처럼 말이야……. 그러면 더 좋지……. 날 받아 달라고 하진 않겠어……. 오히려 그 반대지……. 난 네게 입을 맞출 때 강제로 하는 것이 훨씬 좋거든……. 자존심 같은 건 오래전에 버렸지……」

그의 얼굴이 증오와 탐욕 때문에 잔인하고 추악하게 변했다. 그가 손가락에 힘을 주며 그녀의 가녀린 목을 붙잡아 조르기 위해 다가오자 그녀는 고통스럽게 헐떡이며 목에 경련을 일으켰다……

클라라는 일어나서 긴 의자 위로 올라섰다. 그러고는 의자에서 뛰어내려 안락의자 뒤로 몸을 피했다. 반쯤 열린 탁자 서랍 안에 치우지 않은 권총이 한 자루 보였다. 그녀는 권총을 재빨리 붙잡으려 했지만 그럴 만한 여유가 없었다. 그녀는 방 안으로 도망쳤다. 그러나 달려가다가 넘어질 뻔했고 결국 그 무서운 손에 잡히고 말았다. 그러고는 곧 숨통이 조이면서 온몸에 힘이 빠졌다.

그녀는 무릎을 꿇었다. 그리고 긴 의자에 부딪히며 옆으로 고꾸라졌다. 그녀의 허리가 휘어졌다. 그녀는 자신이 의식을 잃어가고 있다는 걸 느꼈다……

그런데 무섭게 조이던 손이 약간 느슨해졌다. 현관 초인종이 울렸다. 울림이 방 안에 가볍게 메아리쳤다. 키다리 폴은 현관 쪽으로 고개를 돌리고 귀를 기울였다. 더 이상 아무 소리도 나지 않았다. 빗장은 그대로 있었다. 두려워할 것이 뭐가 있단 말인가?

그가 다시 클라라의 목을 조르려 하다가 놀란 신음소리를 냈다. 두 창문 사이에서 빛이 솟아 나와 움직이는 것이 눈에 띄었기 때문이다. 그는 놀라서 입을 다물지 못했다. 현실에서는 있을 수 없는, 어떤 설명으로도 납득할 수 없는 기적 같은 일이 일어나고 있었다.

「그놈……! 그놈이야……!」

당황한 그가 중얼거렸다.

환각인가? 악몽인가? 그는 영화관의 화면처럼 밝게 빛나는 화면에서 라울의 빛나는 얼굴을 똑똑히 보았다. 그림 속의 얼굴이 아니라 움직이는 눈과 상냥하고 쾌활한 미소를 지닌 살아 있는 얼굴이었다. 화면 속 남자는 이렇게 말하고 있는 것 같았다.

〈그래, 나야. 날 기다리고 있지 않았나, 응? 날 만나니 반가운가? 내가 조금 늦은 것 같아. 하지만 그건 곧 만회할 수 있을걸세. 이렇게 내가 왔지 않은가.〉

실제로 열쇠 구멍으로 열쇠를 밀어 넣는 소리가 들렸다. 그리고 바깥의 안전 빗장을 푸는 소리, 문을 미는 소리…… 발텍스는 일어나서 겁에 질린 채 문쪽을 바라보고 있었다. 클라라는 긴장이 풀린 얼굴로 귀를 기울이고 있었다.

문이 열렸다. 침입자나 공격자가 난폭하게 여는 게 아니라 자기 집에 돌아오는 사람이 평온한 동작으로 여는 모습이었다. 그는 집에 돌아와서 흡족한 것 같았다. 모든 것이 제자리에 잘 정돈되어 있고, 좋은 친구들이 자기에 대해 다정한 이야기를 나누고 있는 중이었기 때문이다.

그는 거북함이나 경계심도 없이 발텍스 곁으로 가서 밝은 화면을 닫은 뒤 말했다.

「꼭 단두대에라도 올라갈 사람처럼 그러고 있지 마. 네 운명이 결국 단두대에 올라갈지는 모르지만 지금은 그럴 위험이 하나도 없으니까 말이야」

그리고 클라라에게 말했다.

「라울의 말을 안 들으면 어떻게 되는지 이제 알았겠지, 아가씨. 틀림없이 이 남자가 당신에게 편지를 보냈겠지? 그걸 좀 보여 줘 봐」

그녀가 구겨진 종이 한 장을 그에게 내밀자 그는 그것을 받아 훑어보았다.

「내 잘못이야」

그가 말했다.

「이런 함정을 미리 말해 주었어야 하는데. 상투적인 수법인데도 사랑에 빠진 여자는 으레 머리부터 들이민단 말이야. 하지만 아가씨, 이제 두려워할 필요가 없어. 자, 우리 웃어 볼까. 이 작자가 얼마나 소심한지 당신도 잘 알잖아! 순한 양이지…… 어리석은 양……. 키다리 폴은 지난번에 우리가 만난 것을 기억하고 있으니 또다시 싸움을 하려고 하진 않을 거야. 그렇지, 발텍스? 이제 우린 누가 센지 알잖아, 안 그래? 그런데도 아직 멍청하단 말이야. 아니, 이것 봐! 네 운전사를 강둑에 세워 두었나? 그런데 그놈 주둥이가 좀 특별하게 생겼거든……! 오늘 아침에 마로크가에 주차해 있던 놈이라는 걸 금방 알겠더라니까. 다음에는 내게 조언을 구하도록 해」

발텍스는 당황하지 않으려고 애썼다. 그는 주먹을 쥐고 눈살을 찌푸렸다. 그는 라울의 비아냥거림이 신경에 거슬렸지만 라울은 더욱 신이 나서 떠들었다.

「아니, 정말로 한번 반항해 봐, 이 친구야! 오늘은 단두대와 상관없다고 내가 말했잖아. 그러니 단두대에 적응할 시간이 충분히 있단 말이야. 오늘은 아주 간단한 절차로 손과 발만 묶어 보도록 하지. 그것도 부드럽게, 인격을 존중해 가면서 말이야. 그 일이 끝나면 내가 경찰청에 전화를 해 주지. 고르주레가 와서 데려갈 거야. 보라고, 아주 쉬운 일이잖아……」

라울의 말 한마디가 끝날 때마다 발텍스의 분노는 커져 갔다. 라울과 클라라 사이가 눈에 띄게 깊어 보이는 것도 울화가 치밀 일이었다. 클라라는 더 이상 겁을 내고 있지 않았다. 그녀는 미소까지 지으며 애인과 함께 발텍스를 조롱하고 있었다.

발텍스는 여자 앞에서 웃음거리가 되어 모욕을 당하고 있다는 생각이 들자 정신이 번쩍 들었다. 이번에는 발텍스가 공세를 취했다. 그는 정확하게 공격했다. 그것은 자신이 위험한 무기를 가지고 있음을 알고 그것을 사용하겠다는 결심을 굳힌 사람의 분노였다.

그는 안락의자에 앉아 발로 바닥을 툭툭 치며 한 음절씩 또박또박 끊어서 말했다.

「그러니까 네가 바라는 게 결국 그거란 말이지……. 날 경찰에 넘기겠다? 몽마르트르의 술집에서, 그리고 카지노 블뢰에서 이미 시도한 일 아닌가. 그런데 이제 또 내가 가는 길에 우연히 끼어들었으니까 그렇게 해 보고 싶다는 말인가? 좋아. 난 네가 성공하리라고 생각하지 않는다. 하지만 그렇다 해도 네가 성공하게 되면 어떤 결과를 낳을 것인지 똑똑히 알아 두어야 할 것이다. 특히 저 여자가 알아 두어야 하지」

그는 긴 의자에서 여전히 꼼짝하지 않고 있는 클라라 쪽으로 몸을 돌렸다. 그녀는 전보다는 더 평온했지만 여전히 불안하고 긴장한 상태였다.

「해 보시지. 네 놈 얘기를 좀 해 봐」

라울이 말했다.

「어쩌면 네 놈 얘기일지도 모르지」

발텍스가 말했다.

「하지만 저 여자의 비중이 더 크지. 믿어도 좋다. 저봐, 저 여자가 내 얘기를 얼마나 열심히 듣고 있는지 좀 보라고. 난 농담 같은 건 절대로 하지 않는다는 걸 저 여자는 알고 있지. 그리고 이야기하는 데 시간을 낭비하지 않는다는 것도. 몇 마디밖에 안 되지만 중요한 얘기지」

그는 클라라 쪽으로 몸을 기울이고 그녀의 눈을 똑바로 쳐다보았다.

「후작이 너와 무슨 관계인지 알고 있나?」

「후작?」

그녀가 물었다.

「그래, 언젠가 내게 말했지. 후작이 네 어머니와 아는 사이라고 말이야」

「그래요, 아는 사이였어요」

「난 그때 네가 진실에 몇 가지 의혹을 가지고 있지만 아무 증거가 없다는 걸 눈치 챘지」

「무슨 증거?」

「딴 소리 하지 마. 네가 밤에 데를르몽 후작의 집으로 찾으러 왔던 것, 그게 내가 지금 말하는 증거야. 그런데 비밀 서랍은 내가 너보다 조금 앞에 뒤져 봤지. 그 서랍 안에서 넌 네 어머니의 사진을 제대로 찾아냈어. 의심의 여지가 없는 헌사도 적혀 있었지. 네 어머니는 후작의 수많은 애인들 가운데 하나였다. 그리고 넌 장 데를르몽의 딸이고」

그녀는 그의 말을 반박하지 않고 다음 말을 기다렸다. 그가 말을 계속했다.

「지금 말하지만 그건 중요하지 않은 일이야. 내가 그 일을 돌려서 말하는 건 오직 그 진실은 제대로 밝히기 위해서다. 장 데를르몽은 네 아버지다. 후작에 대한 네 감정이 어떤지는 모르지만 그 사실은 네 행동에 영향을 줄 것이 분명해. 장 데를르몽은 네 아버지다. 그런데……」

발텍스는 말투와 태도에 더욱 힘을 주었다. 엄숙함까지도 배어 있었다.

「그런데 볼니크 성에서 있었던 비극적인 사건에서 네 아버지가 어떤 일을 했는지 정확하게 알고 있나? 그 사건에 대해서는 들은 적이 있겠지? 네 애인한테서 (발텍스는 이 말을 하면서 분노로 얼굴이 심하게 일그러졌다!) 들었겠지만 내 숙모였던 엘리자베트 오르냉이라는 부인이 살해되고 보석도 도난당한 것을 알고 있을 거야. 그런데 그 사건에서 네 아버지가 한 일이 무엇인지 알고 있나?」

라울이 어깨를 으쓱했다.

「멍청한 질문이군. 데를르몽 후작은 단지 손님이었을 뿐이야. 그때 성에 있었지. 그게 전부야」

「그건 경찰의 해석이지. 사실은 그게 아니다」

「네가 말하는 그 사실이 뭐지?」

「엘리자베트 오르냉을 죽이고 보석을 훔친 사람은 데를르몽 후작이다」

발텍스는 이 말을 하면서 주먹을 내려치고 자리에서 벌떡 일어났다. 라울이 웃음을 터뜨리는 것으로 대답을 대신했다.

「아! 이 발텍스란 놈 정말 괴짜로군! 익살꾼이야, 정말 익살꾼이야……!」

화가 난 클라라가 더듬더듬 말했다.

「거짓말이에요……! 거짓말을 하고 있어요! 어떻게 그런 말을……」

발텍스는 화를 돋우는 어조로 더욱 격렬하게 같은 말을 반복했다. 그러나 다시 냉정을 되찾고 자리에 앉아 그의 논리를 전개해 나갔다.

「난 그 당시에 스무 살이었고 엘리자베트 오르냉의 남자 관계에 대해서는 아무것도 모르고 있었다. 10년 후에 우리 집에서 우연히 발견한 편지로 그 관계를 알게 되었고, 난 왜 후작이 법정에서 그 사실에 대해서 한마디도 하지 않았는지 의문이 들었지. 그래서 혼자서 다시 조사해 보기로 마음먹었다. 난 성벽을 넘어 들어갔다. 그런데 어느 날 아침, 잔해 더미가 있는 곳을 조심스럽게 돌아다니며 수색하던 내가 누구를 봤는지 아나? 장 데를르몽이야. 베일에 싸인 성의 주인 장 데를르몽 말이야! 그때부터 난 그 당시 신문을 찾아 읽기 시작했다. 오베르뉴 지방의 신문과 파리의 신문을 말이야. 난 볼니크 성에 열 번이나 다시 가서 사방을 뒤지고 마을 사람들에게 묻고 후작의 사생활을 슬그머니 엿보고 후작이 없는 틈을 타서 몰래 들어가 서랍을 뒤지고 편지들을 모조리 읽어 봤다. 그 모든 일을 하면서 난 검찰청에서는 착안하지 못한 생각으로 일관했다. 지극히 중대한 진실을 숨긴 사람의 행적과 행동들을 모두 밝혀 내야 했으니까」

「그래서 새로운 사실을 발견했나? 참 약삭빠른 놈이군!」

「새로운 사실을 알아냈지」

발텍스가 서두르지 않고 말했다.

「기대 이상이었다. 난 새로운 사실들 사이에 몇 가지 작은 일들을 연결해 보았지. 그 작은 일들이란 장 데를르몽이 한 행동의 진짜 의미를 논리적으로 설명해 주는 것들이지」

「어디 지껄여 봐」

「장 데를르몽은 드주벨 부인을 시켜 엘리자베트 오르냉을 초대하게 했다. 엘리자베트 오르냉이 잔해 더미에서 노래를 부르도록 만든 사람도, 가장 보기 좋은 효과를 낼 수 있는 곳이 잔해 더미라고 알려 준 사람도, 그리고 정원을 가로질러 계단 밑까지 엘리자베트 오르냉을 데려다 준 사람도 장 데를르몽이었다」

「모든 사람들이 지켜보고 있었지」

「아니다, 줄곧 지켜보진 않았다. 두 사람이 첫 번째 층계참을 돌아갔을 때와 그들을 가리고 있던 소관목을 헤치고 길 끝에 엘리자베트 혼자서 다시 나타났을 때 사이에는 약 1분간의 간격이 있었다. 그 작은 계단을 올라가는 데 필요한 시간보다는 약간 긴 시간이었지. 그 사이에 무슨 일이 일어났을까? 충분하진 못하지만 어쨌든 당시에 진술한 하인들의 증언 몇 가지를 토대로 이렇게 가정해 보면 그 답을 찾기가 쉽지. 즉 그때 엘리자베트가 다시 나타났을 때, 그리고 잔해 더미 위에 섰을 때는 이미 목걸이를 하고 있지 않았다는 사실이다」

라울은 다시 어깨를 으쓱했다.

「그럼 후작은 엘리자베트 오르냉의 저항도 없이 목걸이를 훔쳤다는 말인가?」

「그게 아니라 후작에게 맡겨 두었던 것이다. 그 보석이 노래하려는 곳의 분위기와 어울리지 않는다고 생각했기 때문이지. 그런 신중함은 엘리자베트 오르냉의 성격과 딱 맞아떨어지는 거야」

「그럼 성으로 돌아온 후작이 목걸이를 돌려주지 않으려고 엘리자베트를 죽였단 말이군! 멀리서 성령의 힘을 이용해서 그녀를 죽였단 말인가!」

「아니다. 사람을 시켜 죽였다」

라울이 화를 냈다.

「하지만 루비와 사파이어 모조품으로 만든 무대용 목걸이를 자기 것으로 만들기 위해 사랑하는 여자를 죽이진 않아」

「물론이다. 하지만 그 보석이 진품이라면, 또 수백만 프랑의 값이 나간다면 그렇게 마음을 먹을 수도 있지」

「이것 봐! 엘리자베트가 직접 그 보석이 가짜라고 했단 말이야」

「그럴 수밖에 없었지」

「어째서?」

「엘리자베트는 유부녀였거든⋯⋯. 그리고 그 보석은 애인이었던 어떤 미국인한테서 받은 거였다. 그래서 그걸 시기할지도 모르는 남편과 동료들에게는 비밀로 했던 거지. 그 점에 대해선 문서로 된 모든 증거가 내게 있다. 뿐만 아니라 그 보석들의 비할 수 없는 아름다움에 대한 증거도 있다」

라울은 난처함을 느끼며 입을 다물었다. 그리고 두 손으로 얼굴을 가리고 있는 클라라를 살폈다. 그가 물었다.

「그럼 살인은 누가 저질렀단 말인가?」

「아무도 신경 쓰지 않았던 사람, 성에 있다는 것조차 아는 사람이 없었던 사람⋯⋯, 불쌍한 양치기 녀석 가시우, 미치진 않았지만 머리가 좀 모자라기 때문에 바보라고들 하지. 데를르몽은 드주벨 부부의 성에 머무를 때면 가시우를 자주 만나러 갔고, 옷가지들과 담배, 그리고 돈까지도 주었다고 한다. 이유가 뭘까? 어떤 목적으로? 그래서 이번엔 내가 가시우를 자주 만났지⋯⋯. 난 그에게서 단편적인 고백들을 들을 수 있었다. 노래하는 여자⋯⋯ 노래를 부르다 쓰러진 여자의 이야기를 하려고 하더군⋯⋯. 앞뒤가 맞지 않는 미완성의 고백이었지. 그런데 어느 날, 난 그가 조잡한 물매를 돌리는 것을 보고 깜짝 놀랐다. 가시우는 자기 머리 위로 날아가는 새를 겨냥하고 있었다. 물매를 떠난 조약돌은 새를 죽였다. 난 그걸 보고 알았다. 그리고 확신했지」

침묵이 흘렀다. 이윽고 라울이 말했다.

「그래서?」

「그래서? 진실이 드러나지 않았나. 잘 훈련된 가시우가 후작에게 매수되어 그날 잔해 더미가 있는 곳 어느 벽 위에 올라앉아 있다가 물매로 엘리자베트 오르냉을 쏘아 치명적인 상처를 입혀 죽인 것이다. 그리고 그는 바로 도망쳤고」

「가설일 뿐이지!」

「확실하다」

「증거가 있나?」

「있다. 그것도 부인할 수 없는 증거가」

「그걸 가지고 어쩔 텐가……?」

라울이 멍한 목소리로 물었다.

「그걸 가지고? 만약 내가 사법 당국에 붙잡히면 후작을 엘리자베트 오르냉의 살인범으로 고발할 것이다. 내가 갖고 있는 모든 서류들을 넘겨주고, 그 당시에 데를르몽이 곤궁했다는 사실, 그때부터 벌써 빼앗긴 유산을 탐정 사무소를 통해 찾고 있었다는 사실, 그리고 그 이후 15년 동안 오직 훔친 보석 덕분에 생활을 유지할 수 있었다는 것 등을 명백하게 진술할 것이다. 뿐만 아니라 난 엘리자베트 오르냉의 조카로서 그 보석의 반환을 요구할 것이고, 그것이 불가능하다면 최소한 보석의 값어치에 해당하는 손해 배상을 청구할 것이다」

「한 푼도 받지 못할 것이다」

「그럴 수도 있지. 하지만 데를르몽은 명예가 땅에 떨어지고 교도소에 가게 되겠지. 그걸 두려워한 나머지 데를르몽은 내가 자기에 대해서 무엇을 어떻게 알고 있는지 모르는데도 한 번도 거절하지 않고 내가 달라는 대로 돈을 주었다」

살인

　라울은 생각에 잠겨 방 안을 성큼성큼 걸어다녔다. 클라라는 여전히 꼼짝하지 않고 얼굴을 가린 채 골똘히 생각에 잠겨 있었다. 발텍스는 거만한 태도로 서서 팔짱을 끼고 있었다.

　라울이 발텍스 앞에서 걸음을 멈췄다.

「결국 넌 협박꾼일 뿐이야」

「처음엔 엘리자베트 숙모의 복수를 하려고 했다. 그런데 지금은 내가 모아 놓은 자료가 날 지켜 주고 있지. 난 그걸 이용할 뿐이다. 날 가게 내버려둬라」

　라울은 그에게서 눈을 떼지 않았다.

「그 다음엔?」

　라울이 물었다.

「그 다음에?」

　발텍스는 자기가 이긴 게임이라고 생각했다. 협박이 먹혀 들어

가서 완전한 승리를 거둘 수 있을 것이라고 생각했다. 클라라의 태도를 보고 그런 생각이 든 것이다. 발텍스가 말했다.

「그 다음엔 내 여자를 내게 보내라. 한 시간 안에 내가 있는 곳으로 와야 한다. 주소는 여자에게 내가 줄 것이다」

「네 여자라니?」

「이 여자다」

발텍스가 클라라를 가리키며 말했다.

라울의 얼굴이 하얗게 변했다. 라울이 또박또박 분명하게 말했다.

「그러니까 여전히 요구를 하시겠다……? 기대를 하시겠다?」

「기대하는 게 아니다」

발텍스가 활기 있게 말했다.

「원하는 것이다. 난 내 여자를 요구하는 거다. 전엔 내가 저 여자의 애인이었다……. 그런데 네가 훔쳐 갔지」

그는 말을 마치지 못했다. 라울의 표정이 너무나 무섭게 변했기 때문이다. 발텍스는 권총 집이 있는 쪽으로 손을 가져갈 준비를 했다.

그들은 서로 눈빛으로 맞섰다. 증오에 찬 연적이었다. 그러다가 갑자기 라울이 제자리에서 펄쩍 뛰더니 발텍스의 발목을 구둣발로 두 번 걷어찬 다음 두 팔을 사정 없이 낚아채는 것이었다.

발텍스는 고통으로 몸을 굽히는가 싶더니 저항할 힘도 없이 타격을 받아 나뒹굴었다.

「라울! 라울!」

클라라가 그에게 달려오며 외쳤다.

「안 돼요, 제발…… 싸우지 말아요……」

너무나 화가 난 라울은 발텍스를 사정없이 두들겨 팼다. 놈을 응징하겠다는 것 말고는 다른 이유가 없었다. 발텍스의 설명이나 위협 따위는 더 이상 아무것도 아니었다. 클라라의 옛날 애인이었다고 지껄여 대며 아직도 과거를 내세워 자기에게 싸움을 걸어오는 남자를 굴복시키고 있는 것이었다. 라울은 그 과거를 주먹질과 발길질로 없애 버리려는 것 같았다.

「안 돼, 안 돼요, 라울. 부탁이에요」

클라라가 울먹이며 말했다.

「안 돼요, 내버려둬요. 경찰에 넘기지 말고 그냥 보내 줘요. 부탁이에요……. 아버지 때문이에요…… 안 돼요, 보내 줘요」

라울이 발텍스를 때리며 대답했다.

「걱정 마, 클라라. 후작에게 해가 되는 말은 절대 못할 거야. 그런데 그 이야기가 전부 진실인지도 알 수 없잖아? 그리고 진실이라 해도 이놈은 말하지 못할 거야……. 그런 일에는 흥미가 없는 놈이거든」

「아니에요……」

클라라가 흐느끼며 말했다.

「아니에요…… 복수할 거예요」

「상관없어! 이놈은 사람도 아니야……. 후환을 없애 버려야 해……. 그렇지 않으면 또 언젠가 당신을 공격할 놈이야……」

그녀는 물러서지 않았다. 그녀는 라울이 발텍스를 때리지 못하게 말렸다. 그리고 장 데를르몽이 그런 밀고에 노출되게 할 수는 없다고 말했다.

라울은 결국 발텍스를 놓아주었다. 그의 화가 누그러졌다.

라울이 말했다.

「좋아. 보내 주지! 들었나, 발텍스, 꺼져. 하지만 클라라나 후작을 다시 한번 건드리려고 하면 그땐 죽을 줄 알아. 어서 꺼져」

발텍스는 몇 초 동안 움직이지 않고 그대로 있었다. 그가 정신을 잃을 정도로 라울이 너무 심하게 때린 것일까? 그는 팔꿈치로 몸을 받치고 일어나려다가 다시 쓰러졌다. 그는 또다시 있는 힘을 다해 안락의자가 있는 곳까지 기어가 일어서려고 했지만 균형을 잃고 비틀거리다가 무릎을 꿇으며 털썩 주저앉았다. 그러나 그것은 모두 속임수였을 뿐이다. 사실 그의 목적은 작은 원탁에 가까이 가려는 것이었다. 그는 갑자기 서랍 속에 손을 넣어 권총을 잡았다. 권총 손잡이가 열린 서랍 사이로 보였던 것이다. 그는 쉰 목소리로 고함을 지르며 라울을 향해 돌아서서 권총 든 손을 들어올렸다.

그 동작을 너무 갑작스럽고 신속하게 하느라 발텍스는 미처 총을 발사하지 못했다. 그때 누군가가 그의 동작을 앞질렀다. 클라라였다. 그녀는 두 남자 사이로 뛰어들어 품안에서 칼을 꺼내더니 발텍스의 가슴에 깊숙이 찔러 넣었다. 발텍스는 공격을 피할 생각조차 하지 못했고 라울이 끼어들 사이도 없었다.

발텍스는 처음에는 아무것도 느끼지 못한 것 같았다. 아무 고통도 없는 듯이 보였다. 그러나 평소에는 누르스름했던 그의 얼굴이 점점 창백해지더니 완전히 하얗게 변해 갔다. 이어 그의 커다란 몸이 늘어지더니 터무니없이 거대해 보이는 것이었다. 그리고 그는 한꺼번에 무너져 내렸다. 상체와 팔을 긴 의자 위에 늘어뜨리고 깊은 한숨을 토하더니 이내 딸꾹질을 몇 번 했다. 그러고는 침묵, 움직이지 않았다.

클라라는 손에 피 묻은 칼을 들고 험상궂은 눈으로 뿌리째 뽑히는 발텍스의 몰락을 지켜보고 있었다. 발텍스가 쓰러지자 라울은 클라라를 부축해야 했다. 그녀는 겁에 질려 기진맥진한 나머지 말을 더듬었다.

「내가 죽였어……. 내가 살인을 했어요……. 당신은 이제 날 사랑하지 않을 거예요……. 아! 너무나 끔찍해요!」

그가 속삭였다.

「아니, 그렇지 않아. 난 앞으로도 당신을 사랑할 거야……. 지금도 당신을 사랑해……. 그런데 왜 그랬어?」

「그가 당신을 쏘려고 했어요……. 권총으로……」

「하지만 사랑하는 클라라……. 권총에는 총알이 없었어……. 내가 일부러 그 자리에 두었던 거야……. 그건 놈을 유혹하려는 함정이었어. 놈이 자기 총을 사용하지 않게 하려고 말이야……」

라울은 발텍스의 몸이 보이지 않도록 클라라의 등을 돌려 안락의자에 앉혔다. 그리고 그는 발텍스에게 몸을 숙이고 자세히 살폈다. 그는 심장 소리를 들어 본 후 입 속으로 중얼거렸다.

「아직 뛰고 있군……. 하지만 최후의 맥박이야」

그 뒤로는 오직 그녀만을 생각했다. 어떻게 해서든 클라라가 그곳을 빠져나가게 해야 했다. 라울은 다급하게 말했다.

「어서 가, 클라라……. 여기 있으면 안 돼……. 사람들이 올 거야……」

그녀가 펄쩍 뛰었다.

「날더러 가라고요?…… 당신 혼자 남겨 두고?」

「생각해 봐……! 당신이 여기에서 사람들에게 발견되면?」

「그럼 당신은?」

「난 이놈을 내버려둘 수가 없어」

188

그는 망설였다. 발텍스가 의식을 잃었다는 건 알고 있었지만 그 자리를 떠나기로 결심할 수는 없었다. 그는 당황한 채 결정을 내리지 못하고 있었다.

그녀는 고집을 꺾지 않았다.

「난 가지 않을 거예요……. 칼로 찌른 사람은 나예요……. 여기 남아서 체포되어야 할 사람은 나란 말이에요」

라울은 그 말에 마음이 흔들렸다.

「안 돼! 절대로! 당신이 체포된다고? 그럴 수는 없어……. 그건 안 돼……. 이놈은 비겁한 놈이었어. 그래, 놈에겐 안된 일이지만…… 당신과 같이 가겠어……. 당신을 여기에 남겨둘 순 없어……」

라울은 창문으로 달려가 커튼을 걷었다. 그러고는 뒷걸음질을 쳤다.

「고르주레야!」

「뭐라고요? 고르주레……? 여기로 오고 있어요?」

그녀가 질겁하며 말했다.

「아니…… 집을 감시하고 있어. 부하 둘을 데리고…… 빠져나갈 수 없겠어」

방 안에는 몇 초 동안 혼란이 일었다. 라울은 발텍스의 몸 위에 식탁보를 던져 놓았다. 클라라는 자기가 어떤 행동을 하는지, 그리고 무슨 말을 하는지 알지 못한 채 방 안을 서성이고 있었다. 식탁보에 덮인 빈사 상태의 발텍스가 경련을 일으켰다.

「우린 끝났어…… 우린 끝장이야……」

클라라가 중얼거렸다.

「왜 그런 말을 하는 거야?」

라울이 그녀의 말을 반박했다. 지나치게 흥분한 상태는 금세 진정되었고 자제력도 바로 되찾았다.

그는 깊은 생각에 잠겨 있다가 손목시계를 보았다. 그리고 시내로 통하는 전화를 들고 거친 목소리로 말했다.

「여보세요! 여보세요! 아가씨, 내 소리가 안 들려요? 번호를 연결해 달라는 게 아니오! 여보세요! 주임을 바꿔 주시오……. 여보세요! 주임인가요? 아! 카롤린, 당신이야? 내가 운이 좋군! 안녕, 카롤린…… 그래…… 이리 전화를 좀 해 줘. 5분 동안 벨이 계속 울리게 말이야…… 방 안에 부상자가 있어……. 그래서 수위 아줌마가 전화 벨 소리를 듣고 올라오게 해야 하거든. 알았지? 아니야, 카롤린, 걱정하지 마……. 아무 일 없어……. 그냥 작은 사고인데 별 거 아니야. 잘 있어!」

그가 수화기를 내려놓았다. 전화 벨이 울리기 시작했다. 그는 클라라의 손을 잡고 말했다.

「이제 가지. 2분 안에 수위 아줌마가 이리로 와서 필요한 조치를 할 거야. 틀림없이 이 앞에 있는 고르주레를 찾으러 가겠지. 분명히 잘 아는 사이일 테니까. 자, 우린 건물 위로 빠져나가자고」

그의 목소리가 너무나 침착했고 그의 권유도 거역하지 못할 만큼 강했기 때문에 그녀는 반대할 생각도 하지 못했다.

그는 칼을 챙긴 다음 지문을 채취하지 못하도록 전화기를 깨끗이 닦았다. 그리고 발텍스의 몸에서 식탁보를 벗겨 내고 화면 장치를 부숴 버렸다. 그들은 문을 활짝 열어 놓고 그 자리를 떴다.

날카로운 전화 벨 소리가 집요하게 울리는 동안 그들은 4층까지 올라갔다. 장 데를르몽의 집 위층에 있는 하인들의 거처였다.

라울은 즉시 문을 부수려고 마음먹었다. 그런데 자물쇠가 잠겨 있지도 않았고 빗장도 걸려 있지 않아서 굳이 그럴 필요가 없었다.

그들이 안으로 들어가 막 문을 닫으려 할 때 층계에서 커다란 비명 소리가 들렸다. 전화 벨 소리를 듣고 온 수위 아줌마가 지르는 소리였다. 그녀는 중이층의 활짝 열린 문을 통해 어지럽혀진 거실과 긴 의자 위에 누워 숨이 넘어 가고 있는 발텍스의 몸을 보았던 것이다.

「모든 일이 잘되어 가고 있어」

평상심을 되찾은 라울이 침착하게 빈정대며 말했다.

「이제 일을 처리하는 건 수위 아줌마의 몫이야. 그녀에게 책임이 있지. 이제 우리 손을 떠난 문제야」

4층은 하인들이 거처하는 방들과 지붕 밑 다락방들로 이루어져 있었다. 그때는 일과 시간이었기 때문에 하인들의 방은 자연히 비어 있었고 다락방에는 쓰지 않는 낡은 가구들과 큰 가방들이 들어차 있었다. 다락방은 모두 맹꽁이 자물쇠로 잠겨 있었다. 라울은 그 자물쇠들 가운데 하나를 비틀었다. 다락방은 지붕 창을 통해 빛이 들어오고 있었다. 그는 지붕 창에 손쉽게 접근했다.

클라라는 아무 말 없이 슬픈 얼굴로 그가 지시하는 말을 기계적으로 따르고 있었다. 두세 번 이런 말을 되뇌었을 뿐이다.

「내가 죽였어…… 내가 죽였어……. 당신은 날 사랑하지 않을 거예요……」

살인을 했다는 사실과 그 사실이 라울의 사랑에 미치게 될 영향만이 그녀의 생각을 온통 지배하고 있는 것을 알 수 있었다. 자신의 안전에 대한 걱정이나 고르주레 형사가 쫓아올 수도 있다는 생각, 또는 그들이 지붕 위로 도망간다면 어떻게 될 것인가 하는 문제 따위는 조금도 안중에 없었다.

「자, 이제 됐어」

라울이 말했다. 라울은 그녀와는 정반대로 자신이 시도하는 일을 성사시킬 수 있는 기회를 최대한으로 끌어내는 데에만 몰두하고 있었다. 그는 매사에 그랬다.

「모든 일이 우리에게 유리하게 돌아가고 있어! 이웃집 6층이 지금 우리가 있는 집 지붕과 같은 높이야. 당신도 그렇다는 걸 인정하겠지……?」

그녀가 아무 대답도 없이 라울의 말을 인정하지 않자 라울은 화제를 바꿔 자신의 만족감을 나타냈다.

「그 무도한 발텍스란 놈만 해도 그래. 놈이 너무 서툴렀기 때문에 우리 반격이 정당화되고 필요하게 된 거야. 그러니까 그건 두말할 나위 없는 정당방위였어. 놈이 우릴 공격했으니까…… 우리로서는 그 비겁한 공격을 막아야 했지. 우리 상황은 아주 좋아」

상황이 아무리 좋다 해도 우선은 피해 있어야 했다. 라울은 열심히, 그리고 성실하게 조치했다. 그는 클라라를 도와 옥상의 작은 정원을 건너갔다. 정원은 비어 있는 방과 접해 있었다. 그들은 확실히 운이 좋았다. 라울과 클라라가 들어간 집에는 사람이 살고 있지 않았기 때문이다. 가구 몇 점만이 흩어져 있는 것으로 보아 아직 이사가 끝나지 않은 것 같았다. 그들은 친절하게도 길을 안내해 주는 복도를 따라 현관으로 갔다. 계단이 있었다……. 그들은 한 층을 내려갔다. 그리고 또 한 층. 그리고 중이층의 층계참에 이르렀을 때 라울이 작은 소리로 말했다.

「클라라, 우리 잠깐 이야기를 좀 하지. 파리에 있는 모든 집에는 수위들이 있어. 이 집의 수위가 우리가 지나가는 것을 볼지 그건 모르겠어. 어쨌든 우리가 함께 나가지 않는 것이 좋을 것 같아. 당신이 먼저 가. 집을 나가면 바로 강변로와 교차하는 거리가 나올 거야. 그럼 왼쪽으로 가. 그러니까 센 강을 등지는 셈이지. 오른쪽으로 세 번째 거리에 보면 5번지에 뒤포부르에뒤자퐁이라는 작은 호텔이 있어. 그 호텔 로비로 들어가. 난 2분 후에 당신과 합류할 테니까」

라울은 클라라의 목을 껴안고 약간 뒤로 젖힌 다음 입을 맞추었다.

「자, 사랑하는 클라라, 힘내…… 그렇게 슬픈 표정 하지 말고. 내 목숨을 구했다는 것을 생각해. 그렇고말고, 당신이 내 목숨을 구했어. 권총에는 총알이 가득 장전되어 있었으니까」

그는 자연스럽게 거짓말을 했다. 그러나 어떻게 해도 클라라를 강박 관념에서 헤어나게 할 수는 없었다. 그녀는 고개를 떨구고 가련한 모습으로 멀어져 갔다.

라울은 몸을 숙여 그녀가 왼쪽으로 나가는 것을 보았다.

그는 100까지 세었다. 그리고 좀더 신중을 기하기 위해 다시 또 100까지 세었다. 그런 다음 머리에 모자를 푹 눌러쓰고 눈에는 외눈안경을 걸치고 밖으로 나갔다.

그는 세 번째 거리가 나올 때까지 사람들이 많이 다니는 좁은 길을 거슬러 올라갔다. 세 번째 거리 왼편에 뒤포부르에뒤자퐁 호텔 간판이 보였다. 겉모습은 초라했지만 위쪽으로 유리창을 낸 로비에는 매우 세련된 취향의 가구들이 갖추어져 있었다.

클라라가 보이지 않았다. 로비에는 아무도 없었다.

매우 불안해진 라울은 밖으로 다시 나와 거리를 살펴보았다. 그리고 그들이 빠져나온 건물로 바삐 뛰어갔다가 호텔로 다시 돌아왔다.

아무도 없었다.

그가 중얼거렸다.

「도저히 알 수 없군……! 기다려야지…… 기다려 보자……」

그는 기다렸다. 30분…… 한 시간이 흘렀다……. 그는 사이사이에 호텔 길과 맞닿아 있는 옆길들도 재빨리 살펴보곤 했다.

아무도 없었다.

결국 그는 호텔을 나섰다. 순간적으로 다른 생각이 들었기 때문이다. 클라라가 오퇴유의 집에 가 있을지도 모른다는 생각이었다. 너무나 괴로운 심정이었기 때문에 약속 장소를 잘못 알았거나 잊어버렸을 것이다. 집에서 목이 빠지게 라울을 기다리고 있을지도 모르는 일이었다.

라울은 택시에 뛰어올라 긴박한 상황에서는 으레 그랬듯이 직접 핸들을 잡았다.

그는 정원에서 하인을 만났고 계단에서는 쿠르빌을 만났다.

「클라라는?」

「아시다시피 안 계십니다」

그 말을 들은 라울은 답답한 가슴을 누를 길이 없었다. 어디로 가 봐야 한단 말인가? 무엇을 어떻게 해야 한단 말인가? 그는 아무것도 할 수 없다는 생각에 더욱 고통스러웠다. 그러다 보니 그의 머릿속에서는 무서운 생각이 자꾸만 커지고 있었다. 생각을 하면 할수록 가련한 클라라는 불안을 견디다 못해 결단을 내리고야 만 것 같았다. 살인자가 되어 버린 그녀는 사랑하는 라울이 자신을 무서운 사람으로 생각하리라고 확신했을 것이다. 그렇다면 그녀는 자살 충동에 사로잡힌 것이 확실하지 않을까? 그래서 어디론가 가 버린 것이 아닐까? 그녀의 모든 행동을 두고 보아도 그녀는 더 이상 의욕도 없었고 라울을 감히 쳐다보지도 못하지 않았던가?

라울은 어둠 속을 헤매고 있는 클라라를 상상했다. 그녀가 센 강을 따라 걷고 있다. 어수선한 불빛으로 반짝이는 검은 강물이 그녀를 유혹한다. 그녀가 조금씩 강물 속으로 들어간다. 그리고 완전히 잠긴다.

라울은 밤새도록 끔찍한 악몽에 시달렸다. 라울이 평소 자기 제어에 아무리 능하다 할지라도 어둠 속에서 분명한 모습을 띠고 떠오르는 상념들을 벗어날 수는 없었다. 그는 발텍스의 함정을 눈치 채지 못한 데 대한, 어렵게 일을 풀어간 데 대한, 불쌍한 클라라를 혼자 두고 나간 데 대한 후회로 몹시 괴로워했다.

그는 아침이 되어서야 잠이 들었다. 8시에 그는 마치 무엇엔가 홀린 듯 깜짝 놀라며 침대 밖으로 뛰쳐나왔다.

그는 벨을 눌렀다.

「소식 있나……? 아가씨 말이야」

그가 물었다.

「없습니다」

하인이 대답했다.

「그럴 리가?」

「쿠르빌 씨가 말씀드릴 것입니다」

쿠르빌이 들어왔다.

「그래…… 돌아오지 않았나?」

「예」

「소식도 없고?」

「예」

「거짓말……! 거짓말이야!」

그가 비서를 붙잡고 소리쳤다.

「자네는 거짓말을 하고 있어……! 그래, 자네 당황하고 있는 것 같군. 무슨 일인가? 말하란 말이야, 빌어먹을. 내가 진실을 두려워하고 있다고 생각하나?」

쿠르빌이 호주머니에서 신문을 꺼냈다. 신문을 펼친 라울은 곧바로 욕설을 내뱉었다.

신문 1면 상단에는 커다란 글씨로 다음과 같이 써 있었다.

키다리 폴 살해되다. 폴의 옛 애인인 금발의 클라라가 고르주레 주임 형사에 의해 현장에서 체포되었다. 경찰은 클라라와 그녀의 새 애인인 라울을 유력한 용의자로 보고 있다. 공범인 라울은 카지노 블뢰 개장식에서 클라라를 납치한 바 있으며 현재 종적을 감춘 상태이다.

조 조 트

이번에는 행운의 여신이 고르주레 주임 형사의 편이었다. 키다리 폴이 쓴 기송(氣送) 속달 편지가 파리 경찰청에 도착했을 때 고르주레는 자리에 없었다. 그때는 문제의 금발 여자가 가끔 볼테르 강변로에 들른다는 시간이었기 때문에 그는 그곳을 매일같이 순시하던 차였다. 그런데 바로 그때 고르주레는 수위 아줌마가 중이층 창문을 통해 자기를 부르는 소리를 들었다.

고르주레는 라울이 살았던 중이층에 질풍처럼 세차게 들이닥쳤다. 그러나 그는 갑자기 멈춰 섰다. 숨이 넘어가고 있는 키다리 폴을 보고 놀랐기 때문이 아니었다. 그는 두 창문을 향해 돌려져 있는 안락의자를 보았기 때문이다. 그 안락의자 때문에 라울의 놀림감이 된 적이 있지 않았던가.

「정지!」

그가 따라오던 두 부하에게 명령했다.

그리고 권총을 손에 쥐고 천천히, 조심스럽게 안락의자로 다가 갔다. 적이 조금이라도 움직일라치면 총을 발사할 터였다.

고르주레의 부하들은 놀란 눈으로 그를 쳐다보고 있었다. 자신 이 잘못 알았음을 확인한 고르주레는 자신에게 만족한 듯 자신의 신중한 태도를 뽐내며 부하들에게 말했다.

「바로 이렇게 철저하게 대비해야만 사고가 일어나지 않는 법 이다」

한시름을 던 그는 다 죽어 가는 키다리 폴에게 주의를 돌리고 찬찬히 살펴보았다.

「아직 심장이 뛰고 있다……. 하지만 거의 가망이 없어……. 즉시 의사를 불러와……. 옆집에 의사가 살고 있다」

그는 오르페브르 강변로에 있는 경찰청에 전화를 걸어 키다리 폴의 살인 사건과 폴이 최후를 맞이하고 있는 상황을 알렸다. 그 리고 부상자를 이송할 수는 없을 것 같다고 덧붙이면서 지시를 내려 달라고 요청했다. 어쨌든 구급차는 필요했다. 그는 경찰서 장에게도 알리도록 지시하고 수위 아줌마를 심문하기 시작했다. 그녀의 대답과 용의자의 인상착의에 대한 설명을 들은 그는 금발 의 클라라와 그녀의 애인인 라울이 그 살인 사건의 범인일 것이 라는 심증을 굳혔다.

생각이 거기에 미치자 고르주레는 극도로 흥분했다. 의사가 들 어오자 그는 두서 없는 말들을 늘어놓았다.

「너무 늦었소……. 죽었어요……. 그래도 시도는 해 보시오……. 사법 당국으로서도 키다리 폴이 살아 있어야 좋은 거요. 내게 도…… 아주 중대한 일이오……. 그건 당신에게도 마찬가지일 거 요, 박사」

그런데 그때 그를 엄청난 혼란으로 몰아넣을 일이 벌어졌다. 그의 심복인 플라망이 숨을 헐떡이며 달려온 것이다.

「클라라요! 제가 그 여자를 잡았습니다」

「엉? 지금 무슨 말을 하고 있나?」

「금발의 클라라요! 그 여자를 잡았단 말입니다」

「그럴 수가……!」

「강변로에서 배회하고 있는 것을 잡았습니다」

「지금 어디 있나?」

「수위실에 가둬 놓았습니다」

고르주레는 계단을 구르듯 내려가 클라라를 붙들고 부리나케 다시 계단을 올라왔다. 그는 그녀를 잡아끌어 키다리 폴이 숨을 거둔 긴 의자 앞으로 거칠게 밀어붙였다.

「이 화냥년, 네 년이 한 짓거리가 뭔지 좀 보시지……」

클라라는 겁에 질려 뒷걸음질을 쳤다. 고르주레는 그녀의 무릎을 꿇리고 부하들에게 지시했다.

「몸을 수색해! 분명히 칼을 가지고 있을 거다……. 그래! 네 년이 이번엔 꼼짝없이 걸려들었지. 네 공범도 역시 그렇고. 안 그래? 라울 말이야……. 이렇게 살인을 저지르고도 경찰을 우습게 알았단 말이지……!」

클라라의 몸에서 칼이 나오지 않자 고르주레는 더욱 화를 냈다. 겁에 질린 가엾은 클라라는 고르주레에게 기를 쓰고 저항했다. 그러다 그녀는 결국 신경 발작을 일으키며 정신을 잃고 말았다. 원한과 분노에 사로잡힌 고르주레는 인정사정 없었다. 그는 그녀를 두 팔로 안아 올리며 말했다.

「플라망, 넌 여기 있어. 구급차가 있어야겠다……. 10분 안에 구급차를 보내 줄 테니까······. 아! 서장님께서 오셨군요······」

고르주레가 방금 방 안으로 들어온 사람에게 말했다.

「저는 고르주레 형사입니다····· 제 동료가 서장님께 자세히 보고드릴 것입니다. 지금은 이 사건의 공범이자 주모자인 라울이라는 작자를 체포하는 것이 문제입니다. 저는 살인범인 이 여자를 데리고 가겠습니다」

구급차는 처음부터 밖에서 대기하고 있었다. 다른 형사 세 사람이 택시에서 내렸다. 고르주레는 그들을 플라망에게 보낸 다음 클라라를 구급차 침대에 뉘어 사법 경찰국으로 보냈다. 여전히 의식을 잃은 클라라는 의자 두 개와 야전 침대가 있는 작은 방으로 옮겨졌다.

그날 일과가 끝날 무렵, 고르주레는 클라라를 심문할 수 있는 때를 기다리느라 족히 두 시간은 허비했다. 그동안 그는 그녀를 철저하게 심문할 수 있을 거라는 생각에 미리 즐거워했다. 그는 저녁 식사를 간단히 끝낸 후 심문을 시작하려 했다. 그러나 클라라를 담당한 간호사는 그녀가 아직 심문에 응할 수 있는 상태가 아니라며 고르주레의 심문을 허락하지 않았다.

그는 볼테르 강변로로 다시 가 봤지만 아무것도 알아내지 못했다. 어디에 있는지 알 수 없는 장 데를르몽은 이틀 후 오전 중에나 돌아올 것이었다.

고르주레는 결국 밤 9시가 되어서야 클라라가 누워 있는 침대로 접근이 허용되었다. 그러나 그의 희망은 꺾이고 말았다. 클라라가 진술을 거부했던 것이다. 고르주레는 그녀에게 질문을 하면서 집요하게 물고 늘어지기도 했다. 그리고 그 자신이 얼마나 극적인 일을 겪어야 했는지 이야기해 주기도 했고, 이것저것 증거를 들이대 보기도 했으며, 라울을 격렬하게 비난하며 이제 곧 체포하게 될 것이라고 장담하기도 했지만 아무 소용이 없었다. 어떻게 해도 그녀의 닫힌 입을 열 수는 없었다. 그녀는 울지도 않았다. 그녀의 얼굴에는 아무런 감정의 동요도 보이지 않았다.

이튿날 아침에도, 그리고 오후까지도 상황은 마찬가지였다. 그녀는 단 한마디도 하지 않았다. 검찰청에서는 예심판사 한 사람을 지명하여 다음날 그녀를 심문하도록 조치했다. 그런 뒤늦은 조치를 전해 들은 클라라는 고르주레에게 처음으로 입을 열었다. 그녀는 결백하며, 키다리 폴은 알지도 못하고, 이번 사건에 대해서도 아는 바가 전혀 없으며, 판사 앞에 출두하기 전에 풀려날 것이라는 말이었다.

그녀의 말은 무슨 일이든 해결할 수 있는 라울이 자기를 반드시 구출해 줄 것이라고 믿는다는 의미일까? 심한 불안감을 느낀 고르주레는 감시를 더욱 강화했다. 그리고 경찰관 두 명이 보초를 서는 동안 자기 집으로 저녁 식사를 하러 갔다. 10시에 다시 돌아와 클라라를 마지막으로 다그쳐 볼 생각이었다. 그러면 기진맥진한 클라라는 저항할 힘도 없으리라는 계산이었다.

고르주레 주임 형사는 파리 근교 생앙투안의 오래된 건물 안에 있는 방 세 개짜리 아파트에 살고 있었다. 깔끔하게 정돈된 그의 집은 우아한 취미를 가진 부인의 손길이 느껴졌다. 고르주레는 10년 전에 결혼한 유부남이었다.

연애 결혼이었지만 워낙 괴팍한 고르주레의 성격을 생각하면 일찌감치 끝장날 수도 있을 것이었다. 그러나 육감적이고 매력적인 다갈색 머리의 고르주레 부인은 남편에게 절대적인 권위를 행사하며 그를 꼼짝 못하게 했다. 그녀는 훌륭한 살림꾼이었지만 경박한 여자였고 남자들에게 교태를 부렸으며 향락을 좋아하고 사람들 말로는 고르주레의 체면도 거의 생각하지 않는다고들 했다. 그녀는 그 지역의 무도장을 자주 드나들었지만 남편이 그 점에 관해서 조금이라도 간섭하는 것을 허용하지 않았다. 그 밖의 것에 관해서는 고르주레가 큰소리를 칠 수 있었지만 그때마다 그는 아내에게 말문이 막혔다.

그날 저녁, 고르주레가 저녁 식사를 하기 위해 서둘러 돌아왔을 때 그의 아내는 아직 집에 돌아오지 않은 상태였다. 흔치 않은 일이었기 때문에 그런 일이 있을 때면 심한 다툼이 일어나곤 했다. 고르주레는 그 같은 과실을 용납하지 않았다.

화가 난 고르주레는 연출할 장면과 아내에게 퍼부어 댈 비난을 중얼거리며 열린 문 앞에 버티고 섰다.

9시에도 아내는 돌아오지 않았다. 화가 치밀어 오른 형사는 일하는 아이에게 물어 아내가 야회복을 입고 외출했다는 것을 알았다.

「그러니까 지금 무도장에 있단 말이지?」

「예, 생앙투안가에 있는 무도장이요」

그는 끓어오르는 질투심 때문에 숨을 헐떡이며 다시 기다렸다. 오후에 순서가 끝나면 더 이상 춤을 추지 않는데도 고르주레 부인이 돌아오지 않는다면 납득할 수 있는 일일까?

9시 30분이 되자 클라라를 심문해야 한다는 생각에 초조해진 고르주레는 생앙투안가에 있는 무도장에 직접 가 보겠다고 결심했다. 그가 무도장에 도착했을 때 사람들은 춤을 추고 있지 않았다. 가벼운 술과 음료를 마시는 사람들이 자리을 채우고 있었다. 고르주레의 질문을 받은 무도장 지배인은 고르주레 부인이 여러 남자들과 같이 있는 것을 보았다고 금세 기억해 냈다. 그리고 그녀가 무도장을 나가기 전에 마지막으로 칵테일을 마시던 자리까지 가리키는 것이었다.

「그러니까…… 바로 저분과 같이 있었습니다……」

고르주레는 그가 가리킨 방향으로 눈을 돌리다가 소스라치게 놀랐다. 그 사람의 뒷모습과 몸매가 눈에 익었기 때문이다. 의심할 여지없이 고르주레는 그 사람을 알고 있었다.

고르주레는 부하들을 데리러 가려고 했다. 그런 도발적 행동에는 그것이 유일한 해결책이었다. 그의 의식이 명령하는 유일한 해결책도 그것이었다. 그런데 그의 내부에서 의무감을 누르고 솟아오르는 무엇이 있었다. 그것이 고르주레 같은 훌륭한 경찰관이 악당이나 살인범을 대했을 때 으레 취하는 완력 사용의 충동을 제지했다. 그것은 다름 아닌 고르주레 부인에게 무슨 일이 있었는지 알고 싶은 간절한 마음이었다. 고르주레는 화난 태도로 단호하게 그의 곁으로 다가갔다. 그러나 그의 표정은 영락없이 두들겨 맞은 강아지 꼴이었다!

그는 그 사람의 멱살을 붙잡지 않으려고, 욕설을 퍼부어 대지 않으려고 안간힘을 쓰며 그의 옆에서 기다렸다. 그러나 라울이 아무런 감정을 보이지 않자 결국 으르렁거리고 말았다.

「치사한 놈!」

「무례한 놈!」

「치사하기 짝이 없는 놈!」

고르주레가 계속 퍼부어 댔다.

「무례하기 짝이 없는 놈!」

라울이 응수했다.

그리고 한동안 침묵이 흘렀다. 그 침묵은 종업원이 음료를 주문받으러 왔을 때 깨졌다.

「크림 커피 두 잔」

라울이 주문했다.

그들 앞에 커피 두 잔이 날라져 왔다. 라울이 잔을 들어 고르주레의 잔에 가볍게 부딪히고는 한 모금을 마셨다.

고르주레는 자신을 억제하려 안간힘을 쓰는데도 라울에게 달려들어 멱살을 붙잡거나 아니면 그의 코밑에 총구를 들이댈 생각만 하고 있었다. 그런 행동이 그의 직업상 걸맞는 것이었고 그것을 조금도 싫어하지 않았지만 실제 행동으로 옮기는 것은 물리적으로 불가능했다.

그 가증스러운 라울 앞에만 서면 고르주레는 몸이 얼어붙는 것을 느꼈다. 그는 볼니크 성의 잔해 더미에서, 리용 역 대합실에서, 카지노 블뢰의 무대 뒤에서 라울과 마주했던 일을 떠올렸다. 그때마다 마치 죄수나 정신병자들의 구속복이라도 입은 것처럼 라울을 공격할 엄두도 내지 못하고 무력감에 빠지고 말았던 것이다.

라울이 우정 어린 신뢰의 말투로 말했다.

「저녁 식사를 아주 잘하셨지……. 특히 과일을…… 과일을 아주 좋아하시더군」

「누가?」

고르주레는 그것이 클라라에 관한 이야기인 줄 알고 라울에게 물었다.

「누구냐고? 이름은 몰라」

「누구 이름 말인가?」

「고르주레 부인의 이름이지」

고르주레는 현기증이 나는지 숨이 넘어가는 목소리로 중얼거렸다.

「그럼 그게 바로 너란 말이냐……? 조조트(〈귀여운 여자〉라는 뜻. 여기서는 고르주레가 아내를 부르는 애칭으로 사용됨 — 옮긴이)를 납치한……, 이 치욕적인 일을 꾸민 자란 말인가!」

「조조트……? 그것 참 관능적인 이름이군! 둘 사이에만 부르는 이름을 지어 주셨나? 조조트라…… 잘 어울려……. 아! 그 이름은 정말 예쁜 모습을 떠올리게 하는군! 고르주레의 조조트! 조조트의 고르주레트!(〈고르주레트〉는 〈부인복의 깃장식〉이라는 뜻인데, 그런 의미에 덧붙여 고르주레라는 이름을 작고 귀여운 어감으로 만든 말장난 — 옮긴이) 그녀에겐 정말 최상인 것 같군. 조조트라니!」

「내 아내는 어디 있나?」

고르주레가 튀어나올 듯한 눈을 하며 다그쳤다.

「어떻게 아내를 납치했지? 이 치사한 자식!」

「난 납치하지 않았어」

라울이 침착하게 대답했다.

「칵테일 한 잔을 대접했지. 그리고 또 한 잔을 대접한 다음 육감적인 탱고를 함께 추었어. 약간 머리가 어지러워진 자네 아내에게 내가 차를 타고 뱅센 숲을 한 바퀴 돌면 어떻겠냐고 했더니 좋다고 하더군……. 그 다음엔 내 친구의 독신자 아파트로 가서 석 잔째 칵테일을 마시자고 했지. 그곳은 사람들의 눈에 띄지 않는 조용한 곳이거든……」

고르주레는 숨이 막혔다.

「그래서……? 그래서 어떻게 됐나?」

「어떻게 됐냐고? 아무 일도 없었어. 자네는 도대체 무슨 일이

일어났길 바라나? 조조트는 내게 신성불가침의 여자야. 나하고
잘 아는 고르주레의 부인에게 손을 대다니! 어떻게 조조트의 고
르주레트(깃 장식)를 들어 올릴 수 있겠는가! 자네 부인에게 음탕
한 눈길을 던지다니! 천만에, 안 될 말이지!」

　고르주레는 다시 한번 적에게 내몰리고 있는 끔찍한 상황이라
는 것을 깨달았다. 라울을 붙잡아 사법 당국에 넘긴다면 고르주
레는 분명 웃음거리가 될 판이었다. 라울을 체포한 뒤에 조조트
를 찾을 수 있다는 보장이 하나도 없다는 사실을 고려하지 않더
라도 고르주레는 불리한 입장이었다. 그는 라울에게 몸을 바짝
붙이고 그 혐오스러운 얼굴을 바라보며 말했다.

　「그렇게 해서 노리는 것이 뭔가? 무슨 목적이 있을 거 아냐……」

　「그야 당연하지!」

　「그게 뭔가?」

　「금발의 클라라는 언제 만나나?」

　「조금 후에」

　「또 심문하려고?」

　「그래」

　「그만두게」

　「어째서?」

　「경찰의 심문이 얼마나 끔찍하게 이루어지는지 잘 알기 때문이
지. 그건 야만적인 짓이야. 옛날 고문의 잔재지. 오로지 예심판사
만이 심문할 권한이 있는 걸로 알고 있어. 자넨 클라라를 가만히
놔두게」

　「그게 자네가 원하는 전부인가?」

　「아니지」

「그럼 또 뭔가?」

「신문을 보니 키다리 폴이 좀 나아졌다고 하더군. 사실인가?」

「그래」

「자넨 그가 살아나길 바라나?」

「그래」

「클라라가 그 사실을 알고 있나?」

「아직 모르지」

「그럼 클라라는 키다리 폴이 죽었다고 믿고 있나?」

「그래」

「어째서 클라라에게 그 사실을 숨기는 거지?」

고르주레의 눈빛이 사나워졌다.

「그야 물론 그 사실이 클라라에게는 민감한 문제이기 때문이지. 그리고 키다리 폴이 죽었다고 알고 있어야 입을 열 것 아닌가」

「비겁한 놈!」

라울이 작은 소리로 말했다.

그리고 이어 이렇게 주문했다.

「클라라를 다시 만나되 심문하진 말고 이 말만 하게. 키다리 폴은 죽지 않았으며 생명엔 지장이 없을 거라고. 그 이상은 한마디도 하지 말아야 하네」

「그 뒤엔?」

「그 뒤에? 여기로 다시 와서 날 만나야지. 그리고 자네 아내의 머리 위에 손을 얹고 클라라에게 그 말을 전했음을 내게 맹세하도록 하게. 그러면 조조트는 한 시간 후에 집으로 다시 돌아갈 거야」

「내가 거절한다면?」

라울은 한 음절씩 힘을 주며 대답했다.

「거절한다면 난 다시 조조트를 만나러 가겠지」

고르주레는 그 말이 무엇을 의미하는지 이해하고 분노의 몸짓을 하며 주먹을 불끈 쥐었다. 그는 곰곰이 생각한 끝에 심각한 어조로 말했다.

「자넨 너무 무리한 것을 요구하고 있어. 진실을 밝히기 위해 그 어느 것도 소홀히하지 않는 것이 내 의무지. 내가 클라라를 봐 준다면 그것은 배임죄에 해당하는 것이야」

「선택은 자네 몫이야. 클라라인가…… 아니면 조조트인가」

「그런 선택은 온당치 않아」

「내게는 온당해」

「하지만……」

「선택을 할 것인가 말 것인가」

고르주레는 굽히지 않았다.

「어째서 클라라에게 그 말을 전해 주길 바라는가?」

라울은 그 질문에 대답하지 말았어야 했다. 그러나 그는 감정을 이기지 못하고 몸을 떨면서 말했다.

「난 클라라가 절망할까 두려워. 어떻게 될지 아무도 모르는 일 아닌가? 클라라로서는 사람을 죽였다는 생각이……」

「그러니까 자네는 클라라를 진정으로 사랑한단 말이군?」

「물론이지! 그렇지 않다면……」

라울이 말을 멈추었다. 고르주레의 눈이 순간 번뜩였기 때문이다. 고르주레가 말을 맺었다.

「좋아. 여기 그대로 있게. 20분 안에 돌아와서 경위를 말해 주지. 그럼 자넨……」

「조조트를 놓아주지」
「맹세할 수 있나?」
「맹세하지」
고르주레는 자리에서 일어나 종업원을 불렀다.
「종업원, 크림 커피 두 잔이 얼만가?」
그는 돈을 지불하고 총총히 멀어져 갔다.

번민

금발의 클라라가 체포된 것을 안 이후로 생앙투안의 무도장에서 고르주레를 만나기까지 흘러간 하루가 라울에게는 끝없이 고통스러운 시간의 연속이었다.

꾸물거릴 시간이 없었다. 하지만 방향을 어떻게 잡아야 할지 막막했다. 그는 치밀어 오르는 분노를 참지 않았다. 그렇지 않으면 크게 낙담하여 정신적 위기에 빠지고 말았을 것이다. 그런 태도는 그의 성격과는 정반대였지만 처음부터 머릿속을 떠나지 않았던 자살에 대한 걱정 때문이었다.

키다리 폴의 부하들, 그중에서도 특히 뚱보 운전사가 오퇴유에 있는 그의 집을 경찰에 알렸을지도 모른다는 생각에 라울은 생루이 섬(파리 지역 센 강의 여러 섬들 중 하나—옮긴이)에 사는 친구의 집으로 본거지를 옮겼다. 그 친구는 라울이 언제든 이용할 수 있도록 자기 집 절반을 늘 비워 두었다. 그렇게 해서 라울은 파리 경찰청과 아주 가까운 거리에 있게 되었다. 경찰청에는 물론 라울의 정보원과 동지들이 있었다. 클라라가 사법 경찰국에 있다는 사실을 알게 된 것도 그들 덕분이었다.

그러나 희망은 거의 없었다. 클라라를 빼낸다? 그것은 거의 불가능하기도 했지만 어쨌든 오랜 준비 기간이 필요한 일이었다. 그러나 낮 12시경에 신문을 사서 낱낱이 살펴보는 일을 맡은 쿠르빌이 ─ 경솔하게도 오퇴유의 집까지 적을 데리고 왔다는 질책을 라울로부터 받은 그는 얼마나 열심히 임무를 수행했는지 모른다 ─ 가장 최근의 소식을 실은 일간지 《라 푀유 뒤 주르》를 가지고 왔다. 기사는 다음과 같았다.

오늘 아침에 알려진 것과는 달리 키다리 폴은 사망한 것이 아니었다! 현재 상태가 위독한지 어떤지 여부와는 상관없이 본래 체력이 강한 키다리 폴이 치명적인 상처를 극복하고 목숨을 건질 가능성이 있다.

라울은 즉시 소리쳤다.

「이 사실을 즉시 클라라에게 알려야 해! 클라라에게는 최악의 재앙이자 정신적 불안의 원인이 되고 있는 점이야. 무엇보다도 먼저 그 점을 안심시켜야 해. 필요하다면 아주 좋은 소식을 만들어 내서라도 말이야……」

오후 3시에 라울은 오래전부터 알고 지내온 사법 경찰국 서기보와 비밀리에 만나 그의 협조를 구했다. 서기보는 여직원을 통해 클라라를 만나게 해줄 수 있는 담당자에게 돈을 전해 주겠노라고 약속했다.

라울은 또한 고르주레와 그의 가정사에 관하여 필요한 정보들을 입수했다.

사법 경찰국에 근무하는 그의 정보원에게서 그 이상의 특별한 정보를 얻지 못한 라울은 6시에 생앙투안 구역의 무도장으로 갔다. 그는 고르주레 부인의 인상착의를 이미 파악하고 있었기 때문에 그녀를 곧 알아보았다. 라울은 고르주레 부인을 유혹하기 시작했다. 물론 이름은 밝히지 않았다.

한 시간 뒤, 고르주레 부인의 환심을 산 라울은 생루이 섬에 있는 친구의 집에 자신을 철석같이 믿고 있는 그녀를 데려다 놓았다. 그리고 9시 30분에는 함정에 걸려든 고르주레를 생앙투안의 무도장에서 만난 것이다.

그러니까 그때는 모든 일이 라울의 뜻대로 성사되는 것 같았다. 그러나 고르주레와 그런 이야기를 나누고 난 후에는 뭔가 꺼림칙한 느낌을 지울 수가 없었다. 처음의 승리가 결국에는 그의 통제를 벗어나 제멋대로 진행되는 결말 속으로 녹아 없어져 버리는 것만 같았다. 그는 고르주레를 꼼짝 못하게 손아귀 안에 넣었다가 그를 믿고 놓아주었다. 그것도 고르주레가 무슨 일을 하고 무슨 일을 하지 않을 것인지 검증할 방법도 없이 말이다. 클라라에게 말을 전해 준다고 어떻게 확신할 수 있겠는가? 고르주레의 말을 믿고? 하지만 그 말은 강요된 것이며 그에게 요구한 행동은 그의 직업상 의무에 배치되는 것이라고 고르주레가 생각한다면?

라울은 고르주레가 어쩔 수 없이 자기 옆에 앉아서 굴욕적인 흥정을 할 때 어떤 심정이었을지 아주 잘 알고 있었다. 그러나 일단 밖으로 나간 그가 다시 정신을 차리고 전혀 다른 생각을 품지 않으리라고 어떻게 장담할 수 있겠는가? 경찰의 의무는 범인을 체포하는 것이다. 고르주레가 그때는 라울을 체포할 수단이 없었지만 20분 사이에 전열을 가다듬어 그 수단들을 갖추지 않을까?

라울은 생각했다.

〈그래, 분명해. 놈은 부하들을 데리러 간 거야. 나쁜 자식! 넌 오늘 밤이 괴로울 거다.〉

라울은 종업원을 불렀다.

「종업원, 쓸 것 좀 주시오」

그는 종업원이 가져다 준 종이에 더 이상 망설이지 않고 적었다.

　　계산은 끝났다. 나는 조조트를 만나러 간다.

봉투에는 〈고르주레 형사에게〉라고 적었다.

그는 봉투를 주인에게 맡긴 다음 100미터 떨어진 곳에 주차해 둔 차 안에 앉아 무도장 입구를 지켜보았다.

라울의 생각은 틀리지 않았다. 고르주레는 부하들을 데리고 제 시간에 나타났다. 그는 무도장을 포위하도록 부하들을 배치한 다음 플라망을 데리고 안으로 들어갔다.

「무승부로군」

라울이 자리를 뜨면서 말했다.

「이 늦은 시각에 클라라를 고문할 수는 없을 테니 그 정도는 내가 이긴 셈이군」

그는 생루이 섬에 들러 조조트가 노발대발해서 한동안 소란을 피우며 울다가 결국 체념하고 조용히 잠들었다는 것을 알았다.

경찰청에서는 클라라와 접촉이 어떻게 되었는지 아무 소식이 없었다.

라울이 친구에게 말했다.

「만일의 경우를 생각해서 내일 정오까지는 조조트를 붙잡아 두어야겠어. 이건 순전히 고르주레를 괴롭히기 위한 것이니까 말이야. 내일 조조트를 데리러 오겠네. 어떤 건물에서 나왔는지 조조트가 알 수 없도록 자동차 커튼을 쳐둘 것이네. 오늘 밤 내게 알려 줄 것이 있으면 아무리 사소한 것이라도 오퇴유로 전화해 주게. 거기에서 찬찬히 생각을 해 봐야겠어」

라울의 동료들은 모두 현장에 있고 쿠르빌과 하인들은 차고 위의 처소로 돌아갔기 때문에 집에는 아무도 없었다. 라울은 침실 소파에 앉아 한 시간 동안 잠을 잤다. 그에게는 휴식을 취하며 머리를 맑게 하는 데 충분한 시간이었다.

그는 악몽을 꾸다가 잠에서 깨어났다. 꿈속에서 클라라의 모습이 다시 보였다. 그녀는 센 강을 따라 걷다가 강물에 이끌리듯 물 위로 몸을 기울이고 있었다.

그는 발로 바닥을 차며 일어나 방 안을 서성거리기 시작했다.

「그만! 이제 그만! 약해져선 안 돼. 냉철하게 판단해야 해. 자! 지금 상황이 어떤가? 고르주레와는 물론 무승부가 됐다. 내가 일을 너무 급하게 서둘렀고 승부수도 잘 준비하지 못했기 때문이야. 사랑에 눈이 멀어 감정을 제어하지 못하면 언제나 바보 같은 짓을 하는 법이지. 이제 그런 것들은 다 잊어버리자. 무슨 일을 할 것인지 침착하게 계획을 세워 보자」

그러나 아무리 논리적이고 고무적인 말을 해도 그의 마음은 진정되지 않았다. 당연한 일이었다. 라울은 클라라가 풀려나도록 일을 꾸밀 것이며, 클라라가 자신의 경솔한 행동에 대한 대가를 비싸게 치르지 않고도 언젠가는 그녀가 있어야 할 자리, 즉 그의 곁으로 다시 돌아올 것이라는 사실을 잘 알고 있었다. 하지만 미래가 뭐 그리 중요하단 말인가? 당장 현재의 위기를 벗어나야 했다.

그런데 그 위기는 끔찍한 밤을 보내는 동안 매 순간 끊임없이 계속될 것이었다. 사건이 판사의 손으로 넘어가는 순간에 이르러서야 그런 상황은 끝날 것이다. 그러면 클라라는 키다리 폴이 살아 있다는 사실을 알게 될 테니 그 순간이 그녀에게는 구원일 것이다. 그러나 그때까지 그녀에게 힘이 남아 있을까……?

라울은 머릿속을 떠나지 않는 생각 때문에 몹시 괴로웠다. 그가 온갖 노력을 다 기울였던 것은 여직원을 통해서든 고르주레를 통해서든 폴이 살아 있다는 사실을 클라라에게 알려 주기 위해서였다. 그런데 그 일에 실패한 그가 이성을 잃고 머리로 벽을 받으며 미칠 듯한 심정이 되는 것은 뻔한 일이 아니겠는가? 클라라는 모든 것을 견디어 낼 것이다. 교도소, 법정 공방, 선고……, 그러나 자기 손에 한 남자가 죽었다는 생각, 그것은 견디지 못할 것이다…….

라울은 비틀거리며 쓰러지는 한 남자 앞에서 그녀가 겁에 질려 소스라치게 놀라던 모습을 떠올렸다.

「내가 죽였어! 내가 살인을 했어요……! 당신은 이제 날 사랑하지 않을 거예요」

그리고 그는 가엾은 클라라의 도피가 다름 아닌 죽음으로의 도피, 이 세상에서 사라져 버리고 싶은 격렬한 욕망으로의 도피였다고 생각했다. 그런데 그녀가 체포되어 감금되었다는 것은 그녀가 범죄를 저질렀다는 말이고, 결국 그 저주받을 살인자들 가운데 한 사람으로 취급되었다는 말이 아닌가?

라울은 그런 생각으로 괴로워했다. 밤이 깊어갈수록 그는 사태가 곧 마무리될 것이며 그에 따라 클라라도 죽을 것이라는 견디기 힘든 확신 속으로 자꾸만 빠져 들어갔다. 그는 가장 기상천외하고 끔찍한 자살 방법들을 머릿속에 그려 보았다. 방법 하나를 떠올릴 때마다 끔찍한 광경이 보이고 신음소리와 비명소리가 들려왔다. 그 뒤에는 똑같이 고통스러운 상상과 장면과 소리가 또 다른 형태로 밀려드는 것이었다.

곧이어 단순하고도 당연한 현실을 깨닫게 되고 수수께끼가 정확한 해답과 함께 한꺼번에 풀려 버렸을 때 라울은 그것을 미처 짐작하지 못한 것에 아연해질 수밖에 없었다.(그렇게 나타난 비밀은 실로 매일같이 평범하고 습관적으로 반복되는 것들의 모습으로 그의 눈앞에 각인되어 있었을 것이라고 그는 생각했다. 상황에 밀려서 깨닫기 전에 그가 소유하고 있는 인간적 진실의 요소들, 인간적이기 때문에 지각할 수 있고 만질 수 있는 그 요소들로 그는 처음부터 사실을 알아차렸어야 했다. 등잔 밑이 어두운 법이다.)

그러나 그 순간이 도래했을 때 그는 칠흑 같은 어둠 속에 있다고 생각했다. 그는 고통 때문에 아무것도 보지 못했고 희망의 빛이 조금도 없는 현재 안에 묶여 있었다. 가장 깊은 절망의 밑바닥까지 내려갔을 때도 다시 일어나서 능숙하게 일을 해결하던 그가 아무 노력도 하지 않고 끝나지 않을 시간만 하릴없이 무한정 흘려보내고 있었다.

2시…… 2시 반…….

라울은 열린 창문을 통해 최초의 새벽빛이 나무들 위로 밝아오기를 기다리고 있었다. 그는 클라라가 만약 죽지 않았다면 대낮에는 자살할 용기가 없을 것이라고 어린애처럼 생각했다. 자살이란 어둠과 침묵의 행위이니까.

216

근처 성당의 시계종이 3시를 울렸다.

그는 손목시계를 들여다보며 문자판 위로 시간이 흘러가는 것을 눈으로 좇고 있었다.

3시 5분…… 3시 10분…….

그러다 그가 갑자기 소스라치게 놀랐다.

누군가 거리의 철책 문 앞에서 초인종을 눌렀다. 친구일까? 누군가 그에게 소식을 전해 주러 왔을까?

그처럼 야심한 시각에 평소 같았으면 문을 열어 주는 단추를 누르기 전에 누군지 확인해 봤을 것이다. 그러나 그는 방 안에서 그냥 문을 열어 주었다.

그는 문을 열고 들어와 정원을 건너오고 있는 사람이 누구인지 어둠 때문에 알아볼 수 없었다. 계단을 천천히 올라오는 발소리가 희미하게 들렸다.

그는 불안감에 휩싸여 방문으로 다가갈 엄두가 나지 않았다. 어쩌면 불행한 사태가 겹쳐 일어날지도 모르는 미지의 사건으로 달음질치는 것일 테니까.

어떤 힘없는 손이 문을 열었다.

클라라였다…….

두 미소의 비밀이 밝혀지다

　라울의 삶, 그러니까 아르센 뤼팽의 삶은 분명 극도로 놀라운 일들과 극적이거나 우스운 사건들, 설명할 수 없는 충격, 현실과 논리를 벗어난 돌발 사태로 가득 찬 삶이었다. 그러나 아르센 뤼팽이 훗날 고백했듯이 금발의 클라라가 돌연 나타난 일이 아마 그의 삶을 통틀어 가장 놀라운 일이었을 것이다.

　클라라의 출현은 있을 수 없는 하나의 사건이었다. 창백한 그녀는 피로에 지쳐 슬픈 모습이었으며 눈은 열기에 들떴다. 옷은 더럽고 구겨졌으며 옷깃은 찢어졌다. 그렇다. 그녀는 살아 있었다. 그러나 자유로운 몸은 아닐 터였다. 절대로 자유로울 수는 없었다! 경찰은 아무 이유도 없이 잡은 먹이를 놓아주지 않는다. 하물며 이른바 현행범으로 체포한 확실한 범인을 놓아주다니, 있을 수 없는 일이었다. 더구나 여자가, 그것도 클라라처럼 고르주레의 책임 하에 감시를 받던 여자가 파리 경찰청에서 탈출한 예도 일찍이 없었다. 그렇다면 도대체 어찌된 일이란 말인가?

두 사람은 말문이 막힌 채 서로 바라만 보고 있었다. 라울은 넋을 잃고 멍하니 바라보면서도 머릿속으로는 어찌된 영문일까 생각하고 있었고, 클라라는 비참하고 수치스러운 심정으로 머뭇거리며 이렇게 말하고 있는 것 같았다. 〈날 원해요? 사람을 죽인 여자를 곁에 둘 수 있겠어요?…… 당신 품에 안길까요……? 아님 나가 버릴까요……?〉

마침내 그녀가 불안으로 온몸을 떨면서 작은 소리로 말했다.

「죽을 용기가 없었어요……. 죽고 싶었어요……. 몇 번이나 물에 뛰어들려고 했는데…… 용기가 나질 않았어요……」

라울은 꼼짝도 하지 않고 넋을 잃은 채 그녀를 바라보고 있었다. 그녀의 말소리도 희미하게 들릴 뿐이었다. 그는 생각하고 또 생각하며 사태를 이해하려 노력했다. 문제는 너무도 명확하게 드러나 있었다. 그의 눈앞에 있는 클라라가 파리 경찰청의 감방에도 있는 것이다. 그 양립할 수 없는 사실 외에는 아무것도, 정말 아무것도 문제될 것이 없었다. 라울은 그 좁은 원 안에 틀어박혀 빠져나오려 하지 않았다.

아르센 뤼팽 같은 사람은 어떤 진실이 일정한 한계를 뛰어넘어 드러날 때는 가만히 있지 못한다. 그 진실이 지극히 단순하기 때문에 여태까지 모습을 감추고 있었다 하더라도 이제는 정말 끝장을 내야 할 때가 온 것이다.

나무들 위로 새벽빛이 밝아 오고 있었다. 그 빛은 방 안의 전깃불과 섞였다. 클라라의 얼굴에도 새벽빛이 비쳤다. 그녀가 다시 말했다.

「죽을 용기가 없었어요……. 전 죽었어야 했는데, 그렇죠? 날 용서해 줘요……. 용기가 나질 않았어요……」

라울은 다시 오랫동안 그 절망과 고통에 떠는 모습을 바라보았다. 그는 그녀를 찬찬히 바라보면서 점점 평온한 표정이 되더니 결국엔 미소까지 띠는 것이었다. 그러더니 갑자기 아무 설명도 없이 엉뚱하게도 웃음을 터뜨렸다. 그것은 현재의 비장한 상황에 압도된 짧은 웃음이나 억눌린 웃음이 아니었다. 그것은 그야말로 포복절도하는 웃음이었으며 영원히 끝나지 않을 것만 같은 웃음이었다.

게다가 상황에 걸맞지 않은 그 웃음에 춤까지 추는 것이었다. 그것은 어린애같이 솔직한 성격을 보여 주고 있었다. 그런 즐거움은 이렇게 말하고 있는 것 같았다.

〈내가 웃는 것은 당신이 그런 운명에 처한 것을 보고 웃지 않을 수 없기 때문이야.〉

사형 선고를 받은 것처럼 낙담해 있던 클라라는 그 엉뚱한 즐거움에 어안이 벙벙해진 것 같았다. 라울은 그녀에게 달려들어 두 팔로 그녀를 번쩍 들어올리더니 마네킹처럼 빙글빙글 돌리다가 그녀에게 정열적으로 입을 맞추었다. 그리고 자기 품에 꼭 껴안고 마침내는 침대 위에 그녀를 눕히고는 이렇게 말했다.

「사랑하는 클라라, 이제는 울어도 돼. 당신이 실컷 울고 나서 죽어야 할 이유가 하나도 없다는 사실을 수긍하게 되면 그때 이야기하자고」

그러나 그녀는 다시 벌떡 일어나더니 그의 양 어깨를 붙들고 말했다.

「그럼 날 용서한다는 건가요? 날 용서해요?」

「당신을 용서할 일이 전혀 없어. 당신이 잘못을 빌어야 할 일도 없고」

「아니에요. 살인을 했잖아요」

「당신은 살인을 하지 않았어」

「그게 무슨 말이에요?」

「사람이 죽었다고 믿었을 뿐이지」

「사람이 죽었어요」

「그렇지 않아」

「오! 라울, 무슨 소릴 하는 거예요? 내가 발텍스를 찌르지 않았나요?」

「발텍스를 찔렀지. 하지만 그런 녀석들은 목숨이 질긴 법이야. 당신, 신문도 안 봤단 말이야?」

「예. 보고 싶지 않았어요……. 내 이름을 보는 것이 두려워서……」

「물론 당신 이름이 정확하게 실렸지. 하지만 발텍스가 죽어서 그랬던 건 아니야」

「어떻게 그럴 수가 있죠?」

「그날 저녁에 고르주레가 내게 알려 주었어. 발텍스가 목숨을 건졌다고」

그녀는 그제서야 붙들고 있던 손을 놓고 라울이 말했던 대로 하염없이 눈물을 쏟아 내기 시작했다. 그 눈물 속에 그녀의 절망도 모두 씻겨 내려갔다. 그녀는 침대 위에 누워 어린아이처럼 소리 내어 흐느꼈다.

라울은 그녀가 울도록 내버려두고 생각에 잠겼다. 실타래처럼 얽힌 수수께끼를 조금씩 풀어 내다가 갑자기 그의 머릿속이 환하게 밝아졌다. 그러나 아직 얼마나 많은 의문점들이 어둠에 묻혀 있는가!

그는 오랫동안 방 안을 서성거렸다. 그는 층을 잘못 찾아 그의 집에 들어왔던 시골 처녀의 첫 인상을 다시 한번 떠올려 보았다. 그 어린아이 같은 모습은 얼마나 매력적이었던가! 그 표정과 약간 열린 입 모양에 배어 있던 천진난만함이란! 그 상큼하고 순박한 시골 처녀는 지금 그의 눈앞에서 가혹한 운명에 맞서 몸부림치고 있는 이 여자와 얼마나 다른 모습인가! 시골 처녀의 모습과 라울 앞에 있는 여자의 모습은 더 이상 한 사람의 모습으로 보이지 않고 각기 다른 모습으로 보였다. 두 미소가 따로 떨어졌다. 시골 처녀의 미소와 금발의 클라라의 미소였다. 가엾은 클라라! 물론 더욱 매력적이고 더욱 육감적이지만 순수함과는 너무나 거리가 멀었다!

라울은 조금 전에 앉았던 침대 끝에 다시 걸터앉아 그녀의 이마를 부드럽게 어루만졌다.

「너무 지친 거 아니야? 내게 대답해 줄 수 있겠어?」

「예」

「우선 한 가지만 물을게. 다른 질문들도 다 이 질문에 들어 있지. 내가 방금 무슨 생각을 했는지 알고 있지?」

「예」

「자, 클라라, 그걸 알고 있다니까 하는 말인데 어째서 내게 말하지 않았어? 그렇게 교묘하게 피해 가면서 내가 잘못 생각하게 내버려둔 이유가 뭐지?」

「당신을 사랑했기 때문이에요」

「날 사랑했기 때문에?」

그는 마치 그 말의 의미를 모르겠다는 듯이 되풀이했다.

라울은 그녀가 깊이 고통스러워하리라 짐작하고 그녀의 고통을 덜어 주기 위해 농담을 건넸다.

「내 사랑스러운 아가씨, 그 모든 것들이 아주 복잡해. 누군가 당신이 말하는 걸 듣는다면 당신이 좀…… 좀……」

「좀 미쳤다고 생각할 거라고요? 당신은 내가 미치지 않았고 내가 말하는 것은 모두 진실이라는 것을 알고 있잖아요. 인정하세요……. 어서요……」

그는 어깨를 으쓱하고는 상냥하게 말했다.

「이야기해 줘, 사랑하는 클라라. 당신이 이야기를 처음부터 죽하고 나면 날 믿지 않은 것이 얼마나 잘못한 일인지 알게 될 거야. 지금 이렇게 곤란한 처지가 된 것도, 또 우리가 겪고 있는 사건도 모두 당신이 침묵했기 때문이야」

그녀는 아무리 참으려 해도 흘러내리는 눈물을 침대 시트로 닦아 낸 뒤 낮은 목소리로 그의 말에 대답했다.

「거짓말하지 않겠어요, 라울. 내 어린 시절을 있었던 그대로 당신에게 이야기해 볼게요……. 행복하지 못했던 여자 아이의 어린 시절이에요. 내 어머니의 이름은 아르망드 모랭이었어요. 날 무척 사랑했지요……. 다만 살기가 힘들었을 뿐이에요……. 어머니는 날 돌볼 시간이 많지 않았어요. 우리는 언제나 오가는 사람들로 붐비던 파리의 한 아파트에 살았어요……. 명령만 하는 아저씨도 있었고…… 선물을 많이 가지고 오는 아저씨도 있었어요……. 그리고 음식과 샴페인을 가지고 오는 아저씨도 있었고…… 언제나 다른 모습으로 오던 아저씨도 있었어요. 그런데 그렇게 집을 드나들던 아저씨들 중에는 내게 친절하게 잘해 주는 아저씨들도 있었고 기분 나쁜 아저씨들도 있었어요……. 그래서

난 거실로 나가 있기도 하고…… 하인들과 함께 주방에 있기도
했어요……. 그리고 우리는 몇 번이나 이사를 했어요. 이사할 때
마다 집은 점점 작아져서 마침내는 단칸방에 살게 되었죠」

그녀는 잠시 말을 멈춘 후 더욱 작은 목소리로 이야기를 계속
했다.

「가엾은 어머니는 병이 드셨어요. 갑자기 늙어 버리시더군요.
난 어머니를 간호했어요……. 살림도 꾸려 나갔죠……. 그리고
학교도 더 이상 갈 수 없었기 때문에 교과서를 혼자 읽기도 했어
요. 어머니는 내가 일하는 모습을 애처롭게 바라보셨어요. 어느
날 어머니는 반쯤 정신이 나가서 내게 이렇게 말씀하셨어요. 난
그 말을 한마디도 잊지 않고 있어요.

〈클라라, 네 출생에 관해서 모두 알아야 할 것이다. 네 아버지
이름도 알아야 하고…… 난 아주 젊었을 때 파리에 있었다. 그 당
시엔 아주 얌전했지. 난 어느 집에서 일당을 받는 재봉사로 일하
고 있었는데 거기에서 한 남자를 만났다. 그 사람은 날 사랑해서
내게 유혹의 손길을 뻗쳤다. 난 아주 불행한 여자였어. 그 사람에
게는 다른 여자들이 많이 있었기 때문이지……. 그 남자는 네가
태어나기 몇 달 전에 날 떠났다. 그리고 일이 년 동안은 돈을 보내
주더구나……. 그 뒤에 그 사람은 여행을 떠나 버렸다……. 난 그
사람을 다시 만나려고 노력한 적이 없었다. 그 사람도 더 이상은
내 소식을 듣지 못했지. 그는 후작이었다……. 아주 부유한……
네게 그 사람 이름을 말해 주마…….〉

같은 날, 가엾은 어머니는 비몽사몽간에 내게 다시 이야기를
해 주셨어요. 내 아버지에 관한 이야기였죠.

〈그 사람은 날 알기 조금 전에 어느 아가씨와 사랑을 하고 있

224

었다. 그 아가씨는 시골에서 가정교사를 하고 있었는데, 난 그 사람이 아가씨를 버렸다는 걸 우연히 알게 됐다. 그 사람은 아가씨가 임신했다는 사실을 모르고 있었지. 그리고 몇 년 전에 도빌에서 리지외까지 여행하던 중에 열두 살짜리 여자 아이를 우연히 만났는데 그 아이는 클라라 너로 착각할 만큼 닮은 모습이었다. 그래서 그 아이에 대해서 알아보았는데 이름이 앙토닌이었다. 앙토닌 고티에……〉

이상이 내 과거에 대해서 어머니를 통해 알게 된 전부예요. 어머니는 내게 아버지의 이름을 가르쳐 주지 못하고 돌아가셨어요. 그때 난 열일곱 살이었어요. 어머니가 남기신 서류들에서 난 딱 한 가지 정보만 발견할 수 있었어요. 커다란 루이 16세의 책상 사진이었는데 어머니의 필체로 비밀 서랍이 있다는 것과 그 서랍을 열 수 있는 방법이 적혀 있었어요. 그때는 거기에 별로 주의를 기울이지 않았어요. 당신에게 말했듯이 난 일을 해야 했어요. 그래서 춤을 추게 되었죠……. 그리고 18개월 전에 발텍스를 만났고요」

클라라는 말을 멈추었다. 그녀는 지쳐 보였지만 이야기를 계속하고 싶어했다.

「자기 감정을 잘 드러내지 않는 발텍스는 자기 개인사에 관해서 넌지시라도 얘기한 적이 없었어요. 그런데 어느 날 내가 볼테르 강변로에서 발텍스를 기다렸는데, 그때 발텍스가 데를르몽 후작에 대해서 이야기를 해 주었어요. 후작과 오랫동안 알고 지내왔다고 말이에요. 발텍스는 후작의 집에서 나와 고가구들에 대해 찬사를 많이 늘어놓았어요. 그중에서도 특히 루이 16세의 책상이 무척 아름답다고 했어요. 후작…… 책상…… 조금 막연하긴 했지만 난 그 책상에 대해서 발텍스에게 물어보았죠. 혹시나 하는 마음이 점점 뚜렷해졌어요. 그리고 그 책상이 내가 가지고 있는 사진 속의 가구라는 느낌이 강하게 들었어요. 또 후작이 어머니를 사랑한 남자일 가능성이 크다는 생각도 들었지요. 후작에 관해서 내가 알아낼 수 있었던 모든 사실들은 그런 내 느낌들을 더욱 확신하게 했어요.

그런데 사실 그때 내게는 아무 계획도 없었어요. 그저 호기심과 진실을 알고 싶다는 지극히 자연스러운 욕망에 따랐을 뿐이에요. 그런데 언젠가 발텍스가 야릇한 미소를 지으면서 내게 이렇게 얘기했어요. 〈자, 이것 봐, 이 열쇠 말이야……. 이게 바로 데를르몽 후작의 집 열쇠야……. 후작이 열쇠 구멍에 꽂아 놓은 채 잊어버렸더군……. 후작에게 돌려줘야 할 거야…….〉난 나도 모르는 사이에 그 열쇠를 훔쳤어요. 그리고 한 달 후에 발텍스가 경찰에게 포위되었고 난 도망쳐서 파리에 숨어 있었어요」

라울이 말했다.

「그런데 왜 그때 바로 데를르몽 후작을 만나지 않았지?」

「후작이 내 아버지라고 확신하고 있었다면 후작에게 도움을 청했을 거예요. 하지만 아버지라는 확신을 갖기 위해서는 먼저 후작의 집에 몰래 들어가 책상을 살펴보고 비밀 서랍을 뒤져 봐야 했어요. 그래서 난 강변로로 자주 가서 근처를 배회했어요. 후작이 집에서 나오는 것을 보았지만 감히 다가갈 용기가 나지 않았어요. 난 후작의 습관을 알고 있었어요……. 쿠르빌의 모습도 알고 있었고, 라울 당신도, 그리고 하인들도 모두 알고 있었어요……. 그리고 주머니에는 열쇠를 갖고 있었지요……. 하지만 결심을 하지 못했어요. 그런 행동을 하는 게 내 성격과는 너무 거리가 멀었죠. 그런데 어느 날 오후 늦게 난 사건들 자체에 이끌렸어요. 그 사건들은 다음날 밤에 우리를 서로 가까워지게 만들어 주었어요……」

그녀는 마지막으로 말을 멈추었다. 이야기는 수수께끼 가운데 가장 알 수 없는 부분에 이르고 있었다.

「4시 반이었어요. 강변로의 건너편 보도에서 사람들이 알아보지 못하도록 옷을 입고 베일로 머리를 가린 채 몰래 살펴보던 나는 발텍스가 후작의 집에서 나오는 것을 보았어요. 그가 떠나는 걸 본 나는 집으로 다가가고 있었는데 택시 한 대가 섰어요. 어떤 젊은 여자가 여행 가방을 들고 내리더군요. 아가씨인 것 같았는데 나처럼 금발이었고 전체적인 모습이 나와 닮은꼴이었어요. 얼굴 윤곽도 나와 같았고 머리카락 색깔도, 표정도 나와 똑같았어요. 정말이지 너무 흡사해서 한 가족 같았어요. 처음 본 사람은 놀라지 않을 수 없을 거예요. 나는 어머니가 옛날에 리지외로 가는 길에 만났다는 여자 아이가 곧바로 생각났어요. 내가 그날 본 바로 그 아가씨가 그 여자 아이가 아니었을까요? 마치 자매처럼, 아니 이복 자매처럼 나랑 꼭 닮은 아가씨가 데를르몽 후작 집을 찾아왔다는 사실은 데를르몽 후작이 내 아버지이기도 하다는 것을 증명해 주는 게 아니겠어요? 나는 그날 저녁에 데를르몽 후작이 외출하여 돌아오지 않았다는 사실을 알고 별로 망설이지 않고 계단을 올라갔어요. 그리고 루이 16세의 책상을 확인했고 비밀 서랍을 열고 엄마 사진을 찾아냈지요. 난 확신했어요」

라울이 물었다.

「좋아. 하지만 무엇 때문에 당신 이름을 앙토닌이라고 했지?」

「당신 때문에」

「나 때문에?」

「그래요…… 5분 후에 당신이 날 앙토닌이라고 불렀을 때…… 당신을 통해서 앙토닌이 당신을 만났다는 것을 알게 됐어요. 당신은 내가 당신을 만난 것으로 생각하고 있었어요. 당신은 앙토닌과 나를 혼동하고 있었던 거죠」

「그런데 어째서 내가 잘못 알고 있다고 말해 주지 않은 거야, 클라라? 모든 문제는 거기에 있어」

「그래요, 문제는 거기에 있어요. 하지만 생각해 보세요. 난 밤중에 남의 집에 몰래 숨어들었어요. 당신은 날 놀라게 했죠. 내가 당신 실수를 이용해서 그런 행동을 다른 여자가 한 것이라고 생각하게 내버려두는 게 당연한 일 아니에요? 난 당신을 다시 만나게 되리라고 생각하지 않았어요」

「하지만 당신은 날 다시 만났고, 그때 바로 말해 줄 수도 있었을 텐데. 어째서 클라라와 앙토닌이 다른 사람이라는 걸 말해 주지 않은 거야?」

그녀는 얼굴을 붉혔다.

「맞아요. 하지만 당신을 다시 만났을 때, 그러니까 카지노 블뢰 개장식이 있던 날 저녁에 당신은 내 목숨을 구해 주었어요. 발텍스와 경찰을 따돌리고 날 빼냈죠. 그리고 난 당신을 사랑하게 되었어요……」

「그렇다 해도 말을 못할 이유는 없을 텐데」

「아니, 바로 그 이유였어요」

「어째서?」

「질투가 났죠」

「질투?」

「네. 그것도 그 즉시. 난 당신이 사랑하는 사람은 내가 아니라 앙토닌이라는 걸 곧바로 느꼈어요. 그리고 내가 어떻게 하든, 당신은 나를 생각할 때조차도 역시 앙토닌을 생각했어요. 시골 처녀라고 하셨죠……. 당신은 바로 그 모습에 집착했어요. 내 행동과 눈빛에서도 그 모습을 찾았죠. 당신은 나처럼 조금은 야성적이고 격렬하며 변덕스럽고 정열적인 여자가 아니라 순박한 다른 여자를 사랑했지요. 그래서…… 그래서 두 여자를 착각하게 내버려두었어요. 당신이 육체적으로 욕망하는 여자와 처음 본 순간부터 당신이 반했던 여자를요. 자, 라울, 생각해 보세요. 볼니크 성에서 앙토닌의 침실에 숨어들던 밤을 말이에요……. 당신은 앙토닌의 침대에 감히 접근하지 못했어요. 그 시골 처녀를 존중해 주었던 거죠……. 그런데 이튿날 카지노 블뢰 개장식에서 돌아온 당신은 날 본능적으로 품에 안았어요. 하지만 당신에게 앙토닌과 클라라는 같은 여자였죠」

그는 말문이 막혔다. 그는 생각하는 태도로 말했다.

「그래도 너무 이상해. 내가 당신들 두 사람을 혼동하다니!」

「이상하다고요? 그건 그렇지 않아요」

클라라가 말했다.

「당신은 사실 앙토닌을 한 번밖에 보지 않았어요. 중이층에서 말이에요. 그리고 저녁에는 전혀 다른 상황에서 나, 클라라를 보았죠! 그 후로 당신은 앙토닌을 볼니크 성에서 만났을 뿐인데 그땐 앙토닌을 쳐다보지도 못했어요. 그게 전부예요. 그 후로는 오직 나만 보았죠. 그런데 어떻게 나와 앙토닌을 구분할 수 있었겠어요? 난 엄청나게 신경을 썼어요! 그래서 당신이 앙토닌을 만난 상황에 대해 모두 당신에게 물어보았죠. 마치 그 장소에 내가 있었던 것처럼, 그리고 내가 그런 말을 하고 그런 사실을 알고 있었던 것처럼 얘기할 수 있어야 했거든요. 그리고 앙토닌이 파리에 도착하던 날 입었던 옷처럼 입으려고 얼마나 애를 썼는지 아세요!」

라울이 천천히 말했다.

「그래…… 정말 단순한 일이군」

그는 1분 정도 생각에 잠겼다. 그동안에 있었던 모든 일들이 눈앞에 펼쳐졌다. 그가 말했다.

「누구라도 속았겠어……. 그래, 그날 고르주레도 역에서 앙토닌을 클라라로 착각했지. 그리고 그저께도 앙토닌을 당신인 줄 알고 체포했어」

클라라가 몸을 떨었다.

「그게 무슨 말이죠? 앙토닌이 체포되다니?」

「아니, 모르고 있었단 말이야?」

그가 말했다.

「하긴 당신은 그저께부터 무슨 일이 일어나고 있는지 전혀 모르지. 그래, 우리가 빠져나간 후 30분쯤 지났을 때 앙토닌이 강변로에 왔어. 후작의 집에 가려고 했던 거겠지. 플라망이 앙토닌을 잡아서 고르주레에게 넘겼고, 고르주레는 사법 경찰국으로 데리고 가서 앙토닌을 심문하며 괴롭히고 있어. 고르주레는 앙토닌을 클라라로 알고 있잖아?」

클라라는 침대에서 일어나 무릎을 꿇었다. 그녀의 뺨에 조금씩 돌아오기 시작하던 혈색이 다시 없어졌다. 그녀는 창백한 얼굴로 몸을 떨며 더듬더듬 말했다.

「체포되었다고? 나 대신에? 나 대신 갇혀 있단 말이죠?」

「그래서……?」

라울이 유쾌하게 말했다.

「앙토닌 때문에 당신이 환자가 되는 건 아니겠지?」

그녀는 일어서서 열에 들뜬 듯한 몸짓으로 옷을 매만지고 모자를 다시 썼다.

라울이 말했다.

「뭐 하는 거야……? 어딜 가려고?」

「거기에」

「거기?」

「그래요, 앙토닌이 있는 곳에요. 발텍스를 찌른 건 앙토닌이 아니라 나예요……. 금발의 클라라는 그녀가 아니라 나란 말이에요. 그런데 나 대신 앙토닌이 고통을 받고 재판을 받도록 놔둘 수 있겠어요……?」

「당신 대신 형을 받는다? 당신 대신 교수대에 오른다고?」

라울은 다시 유쾌한 태도를 취했다. 그는 웃으면서 클라라에게 옷과 모자를 벗도록 권유했다. 그리고 그녀에게 말했다.

「당신 정말 재미있어! 그러니까 당신은 앙토닌이 그곳에 계속 잡혀 있을 거라고 생각한단 말이지? 하지만 생각해 봐, 이 순진한 아가씨야. 앙토닌은 자신을 잘 방어할 수 있을 거야. 오해를 설명하고, 자기 알리바이를 증명하고, 후작의 증언을 요청할 거라고…… 고르주레가 아무리 멍청하다 해도 진상을 알 수밖에 없을 거란 말이야」

「그래도 가겠어요」

그녀가 고집을 피웠다.

「좋아, 가자고. 내가 같이 가지. 가서는 이렇게 말하는 거야.

우아한 몸짓을 잊어선 안 되지. 〈고르주레 씨, 우리가 왔어요. 그 아가씨를 대신하려고 말이에요.〉 그러면 고르주레가 대답하는 거야. 안 봐도 뻔하지? 〈아가씨는 풀어 주었소. 우리가 잘못 생각했소. 하지만 당신 두 사람이 이렇게 왔으니 어서들 들어오시오.〉」

그녀는 그제서야 고집을 꺾었다. 라울은 그녀를 다시 눕힌 다음 품에 안고 조용히 다독였다. 그렇게 얼마간 다독이자 그녀에게 잠이 몰려왔다. 그러나 그녀는 생각하려고 애쓰면서 다시 말하는 것이었다.

「앙토닌은 어째서 자기를 변호하지 않았을까? 어째서 곧바로 해명하지 않았지……? 무슨 이유가 있는 거야……」

클라라는 잠이 들었다. 라울에게도 졸음이 몰려왔다. 그러다가 한 번 깨어났을 때 그는 생각했다. 밖에서는 일상의 소음들이 다시 시작되고 있었다.

〈그래, 앙토닌은 왜 자신을 변호하지 않는 걸까? 그녀로선 모든 걸 사실대로 밝히는 게 아주 쉬운 일이었을 것 같은데. 이제는 다른 앙토닌, 그러니까 자기를 닮은 다른 여자가 있다는 사실과 내가 그 여자의 공범이고 연인이라는 것을 알았을 테니까 말이야. 그런데 경찰을 반박한 것 같지는 않아. 왜일까?〉

그리고 그는 복받치는 감정으로 너무나도 온화하고 측은한 마음이 들게 하는, 그리고 입을 꼭 다물고 있는 그 시골 처녀를 생각했다…….

8시에 라울은 생루이에 있는 친구에게 전화를 걸었다. 친구가 말했다.

「경찰국 여직원이 여기 있어. 오늘 아침부터 갇혀 있는 여자와 이야기를 나눌 수 있을 거라고 하는군」

「좋아. 내 필체로 짤막한 편지를 한 장 써 주게. 이렇게 말이야. 〈아가씨, 침묵을 지켜 줘서 고맙소. 고르주레는 당신에게 내가 체포되었으며 키다리 폴은 죽었다고 말했을 거요. 거짓말이오. 아무 일도 없소. 이제 말을 하시오. 그리고 풀려나도록 힘을 쓰시오. 7월 3일에 우리가 만나기로 한 약속은 절대 잊지 말았으면 하오. 당신에게 경의를 표하며.〉」

그리고 이렇게 덧붙였다.

「잘 받아 적었나?」

「그래, 잘 적었네」

친구가 영문을 몰라 어리둥절한 채 말했다.

「우리 동료들 모두 좀 쉬라고 하게. 일이 해결됐으니 난 클라라와 함께 여행을 떠나겠네. 조조트는 집으로 데려다 주게. 잘 있게」

그는 전화를 끊고 쿠르빌을 불렀다.

「커다란 차를 준비하게. 짐을 꾸리고 모든 서류들을 옮기도록. 싸움이 벌어지고 있어. 클라라가 일어나는 대로 모두 여기를 뜬다」

고르주레, 이성을 잃다

고르주레 부부의 대화는 격렬했다. 조조트는 어찌 보면 상상 속에나 있을 법한 멋있는 남자를 향해 남편의 질투심이 발동한 것을 알고 기분이 좋아졌다. 그녀는 잔인하게도 그 남자가 세련 되고 예의 바르며 자상하면서도 재치와 매력이 넘치는 신사라며 온갖 미사여구로 치장했다.

「매력적인 왕자란 말이야 뭐야!」

주임 형사가 으르렁거렸다.

「그보다 훨씬 멋있어」

조조트가 빈정거리며 말했다.

「다시 말하지만 당신의 그 매력적인 왕자는 고작 라울이라는 놈일 뿐이야. 키다리 폴의 살인범이자 금발의 클라라의 공범이 지. 그래, 당신이 함께 밤을 보낸 자가 바로 살인범이란 말이야!」

「살인범? 하지만 당신이 그렇게 말하니 정말 재미있는걸! 기분이 좋아」

「음탕한 여자 같으니라고!」

「그게 내 잘못인가? 난 그 사람에게 납치당했어!」

「납치당하게 행동하니까 납치한 거야! 그놈 자동차에는 왜 따라갔어? 어째서 그놈 집으로 들어간 거지? 칵테일은 왜 그렇게 넙죽넙죽 받아 마셨나?」

그녀가 말했다.

「나도 몰라. 그 사람은 자기 뜻을 거역하지 못하게 하는 힘이 있어. 저항할 수가 없지」

「그래! 그거야! 당신은 저항하지 않았어……. 이제야 실토하는군」

「그 사람은 내게 아무것도 요구하지 않았어」

「그래, 어련하시겠나. 손에 입이나 맞추고 말았겠지. 신을 두고 맹세하지만 그놈이 한 짓은 클라라가 대가를 치르게 해 주겠어. 내 그 여자를 가차없이 족칠 테니 두고 보라고」

고르주레는 격분한 상태로 집을 나섰다. 그는 길 한복판에서 요란한 몸짓을 하며 큰 소리로 떠들어 댔다. 악마 같은 라울 때문에 이성을 잃은 것이다. 그는 자기 아내의 명예가 크게 훼손된 것이 분명하며 어쨌거나 범죄 행각은 계속될 것이라고 확신했다. 조조트가 라울이 기거하는 지역을 알아볼 수 없었다고 주장한 것이 그 가장 좋은 증거가 아니겠는가? 두 번씩이나 가 본 길에서 아무 특징도 발견하지 못했다는 게 납득이 가는 일인가?

그의 조수 플라망이 사법 경찰국에서 그를 기다리고 있었다. 검찰은 고르주레의 새로운 정보를 입수한 뒤 일과 시간에 최초의 심문을 진행할 것이라고 플라망이 알려 주었다.

「됐어!」

고르주레가 큰 소리로 말했다.

「그게 무슨 명령인지 뻔하잖아? 자, 그 계집을 족치러 가자고, 플라망. 이번엔 다 불어야 해. 그렇지 않으면……」

그러나 전의에 불타던 고르주레는 갑자기 너무나 이상하고 예기치 못한 광경을 마주하고는 기가 꺾이고 말았다. 심문할 여자가 완전히 변해 있었던 것이다. 그녀는 상냥하게 미소를 지었으며 쾌활하고 고분고분했다. 전날 밤에 절망과 저항으로 온통 소란을 피웠던 것과는 달리 언제 그랬던가 하는 생각이 들 정도였다. 그녀는 의자에 앉아 있었다. 단정하게 옷을 입고 머리도 잘 손질한 그녀는 아주 친절하게 고르주레를 맞았다.

「도와드릴 일이 뭔가요, 고르주레 씨?」

화가 치밀어 있던 고르주레는 그녀가 답변을 거부할 경우 당연히 욕설과 위협을 퍼부으려 했다. 그러나 그녀의 반응에 그는 어리둥절해지고 말았다.

「형사님, 원하시는 건 무엇이든 말씀드리겠어요. 저는 몇 시간 안에 석방될 테니 형사님께 더 오랫동안 수고를 끼치고 싶지 않아요. 무엇보다도 먼저……」

고르주레는 무서운 생각이 들었다. 그는 아가씨를 세심하게 관찰하더니 낮고 근엄한 목소리로 말했다.

「라울과 연락이 닿았군……! 라울이 붙잡히지 않은 걸 알고 있어……! 키다리 폴이 죽지 않았다는 것도……! 라울이 당신을 구해 내겠다고 약속한 거야……!」

그는 당황해서 그녀가 저항해 주기를 애걸하고 있는 셈이었다. 그녀는 저항하지 않았다. 그리고 유쾌하게 말했다.

「그럴지도 모르죠……. 불가능한 건 아니에요……. 그 사람은 정말 비범하거든요!」

고르주레는 화가 나서 말했다.

「놈이 제아무리 비범하다 해도 내가 널 붙들고 있는 걸 어쩌진 못해, 클라라. 그리고 넌 이제 끝장이야」

아가씨는 곧바로 대답하지 않고 아주 근엄하게 고르주레를 쳐다보았다. 그리고 부드럽게 말했다.

「형사님, 제게 〈너〉라고 하지 말았으면 좋겠어요. 제가 형사님께 붙들려 있다고 그렇게 함부로 하지 마세요. 우리 사이에 오해가 있는데 더 이상 오래가게 놔두면 안 되겠어요. 저는 형사님이 클라라라고 부르는 여자가 아닙니다. 제 이름은 앙토닌이에요」

「앙토닌이나 클라라나 마찬가지야」

「그건 형사님에게나 그렇죠. 사실은 달라요」

「그럼 뭐야, 클라라는 존재하지 않는단 말인가?」

「아니에요, 있어요. 하지만 전 아니에요」

고르주레는 분간을 하지 못했다. 그가 웃음을 터뜨렸다.

「그러고 보니 새로운 방어 전략이로군! 그런 건 전혀 통하지 않아, 이 불쌍한 아가씨야. 어쨌든 오해는 풀어야 할 테니까. 〈예〉나 〈아니오〉로 대답해 주시오. 내가 생라자르 역에서 볼테르 강변로까지 따라간 게 당신이오?」

「예」

「내가 라울이란 사람의 중이층 근처에서 보았던 사람이 당신이오?」

「예」

「내가 볼니크 성의 잔해 더미에서 놀라게 한 사람이 당신이오?」

「예」

「그렇다면, 빌어먹을……, 지금 내 앞에 있는 사람이 당신이오?」

「저예요」

「그런데?」

「그런데 그건 클라라가 아니에요. 전 클라라가 아니니까요」

고르주레는 희극 배우가 절망적인 몸짓을 하듯 두 손으로 머리를 감싸 쥐며 소리를 질렀다.

「뭐가 뭔지 모르겠어! 이해할 수 없다고!」

앙토닌이 미소를 지었다.

「형사님, 당신이 이해를 못하시는 건 문제를 있는 그대로 조사하려고 하지 않기 때문이에요. 전 여기에 온 후로 많이 생각했어요. 그리고 이해했어요. 그랬기 때문에 제가 아무 말도 하지 않던 거예요」

「의도가 뭐였소?」

「이해할 수 없는 형사님의 괴롭힘에서 저를 구해 준 분이 행동하는 데 방해가 되지 않기 위해서였죠. 첫날에 두 번, 그리고 세 번째는 볼니크에서요」

「그리고 네 번째는 카지노 블뢰에서인가, 아가씨?」

「아! 그거요」

그녀가 웃으며 말했다.

「그건 클라라가 벌인 사건이에요. 키다리 폴을 칼로 찌른 것도 마찬가지고요」

고르주레의 눈이 번득였다. 그 번득임은 곧 없어졌다. 그는 아직도 진상을 확실하게 파악하지 못했다. 게다가 아가씨는 짓궂게도 진실을 분명하게 밝히지 않았다.

그녀가 좀더 진지하게 말했다.

「결론을 짓기로 하죠, 형사님. 전 파리에 온 이후로 클리시가 맨 끝에 있는 되피종이라는 기숙 호텔에 묵고 있어요. 키다리 폴이 칼에 찔렸을 때, 그러니까 정확하게 말하자면 저녁 6시에는 호텔 여주인과 이야기를 나누고 있었지요. 아직 지하철을 타러 가기 전이에요. 저는 그 호텔 여주인의 증언과 데를르몽 후작의 증언을 분명하게 내세우겠어요」

「후작은 집에 없소」

「오늘 돌아오세요. 하인들에게 그 내용을 전해 주러 오던 길에 형사님이 저를 체포하셨죠. 그게 사건이 일어나고 30분 후였어요」

고르주레는 약간 난처함을 느꼈다. 그는 아무 말 없이 사법 경찰국장실로 가서 상황을 보고했다.

「고르주레, 되피종 호텔로 전화를 걸어 보시오」

그는 명령대로 했다. 경찰국장과 고르주레는 각각 수화기를 하나씩 들었다. 고르주레가 물었다.

「되피종 호텔이죠? 여기는 파리 경찰청입니다. 거기 기숙하고 있는 사람들 가운데 앙토닌 고티에라는 아가씨가 있는지 알고 싶습니다만」

「있습니다, 선생님」

「언제 들어왔습니까?」

「잠깐만 기다리세요. 숙박계를 봐야겠어요…… 6월 4일 금요일에 들어왔네요」

고르주레가 그의 상관에게 말했다.

「날짜는 맞습니다」

그가 계속 물었다.

「방을 비운 적이 있습니까?」

「닷새 동안요. 6월 10일에 돌아왔어요」

고르주레가 중얼거렸다.

「카지노 블뢰 개장식 날짜군……. 그럼 돌아오던 날 저녁에 아가씨가 외출했습니까, 부인?」

「아니요. 앙토닌 양은 저희 집에 온 이후로 저녁에는 단 한 번도 외출하지 않았어요. 저녁 식사 전에는 가끔 나가기도 했지만…… 그것 말고는 제 사무실에서 바느질을 했어요」

「지금 호텔에 있습니까?」

「아니요. 그저께 저와 함께 있다가 6시 15분에 지하철을 타러 갔어요. 그리곤 돌아오지 않았는데 연락도 없어요. 그래서 걱정을 많이하고 있어요」

고르주레는 전화를 끊었다. 그는 상당히 당황했다.

얼마간 침묵이 흐른 뒤 국장이 그에게 말했다.

「당신이 좀 서두른 것이 아닌가 염려되는군, 고르주레. 그러니어서 그 호텔로 가서 방을 수색하시오. 난 데를르몽 후작을 소환할 테니」

고르주레의 수색은 아무 성과도 없었다. 아주 허름한 아가씨의 옷가지 꾸러미에는 A. G.라는 이름의 머리글자가 표시되어 있었다. 그녀의 출생증명서에는 앙토닌 고티에라는 이름과 부친 미상, 리지외 출생이라고 씌어져 있었다.

「빌어먹을…… 이런 망할……」

형사가 투덜거렸다.

고르주레는 끔찍한 세 시간을 보냈다. 그는 플라망과 함께 식사를 했지만 음식을 넘길 수가 없었다. 그는 합당한 의견을 내놓을 수 없었다. 플라망이 그를 측은히 여겨 기운을 북돋아 주었다.

「보십시오, 주임님, 주임님은 지금 횡설수설하고 계십니다. 클라라가 범행을 저지르지 않았다면 고집을 부리지 마십시오!」

「이런 얼간이, 그럼 넌 범행을 저지른 게 그 여자가 아니라는 사실을 인정한단 말이지?」

「아닙니다, 그 여자입니다」

「그 여자가 카지노 블뢰에서 춤을 추었나?」

「그렇습니다」

「그렇다면 이건 어떻게 설명하겠나? 첫째, 그 여자는 카지노 블뢰 개장식 날 저녁에 외박하지 않았다는 것, 둘째, 키다리 폴이 칼에 찔렸을 때 되피종 호텔에 있었다는 것 말이야」

「전 설명은 못합니다. 확인할 뿐입니다」

「뭘 확인한다는 거야?」

「아무것도 설명할 수 없다는 것을 말입니다」

고르주레와 플라망은 단 한순간도 앙토닌을 클라라와 별개로 생각하지 않았다.

2시 30분에 데를르몽 후작이 출두하여 국장실로 안내받았다. 국장은 고르주레와 이야기를 나누고 있었다.

장 데를르몽은 전날 저녁에 스위스의 티롤 지방에서 돌아오면서 프랑스 신문을 보고 자기 건물에서 일어난 사건과 경찰이 임차인인 라울을 기소했다는 것, 그리고 클라라라는 아가씨가 체포되었다는 것을 알게 되었다.

그는 이렇게 덧붙였다.

「난 앙토닌 고티에라는 아가씨를 역에서 만날 줄 알았소. 몇 주 전부터 내 비서로 일하고 있어서 내가 도착할 정확한 시간을 일러두었기 때문이오. 내 하인들의 말을 듣고 앙토닌이 사건에 휘말린 사실을 알게 되었소」

대답을 한 건 국장이었다.

「앙토닌은 사실 사법 당국 관할입니다」

「그러니까 체포되었단 말이오?」

「아닙니다. 그저 단순히 사법 당국 관할이라는 말입니다」

「도대체 이유가 뭐요?」

「키다리 폴 사건을 담당한 고르주레 주임 형사 얘기로는 앙토닌 고티에가 다름 아닌 금발의 클라라라고 합니다」

후작이 크게 놀랐다.

「뭐라고요!」

그는 화가 나서 소리쳤다.

「앙토닌이 금발의 클라라일 거라고? 말도 안 되는 소리요! 그런 기분 나쁜 농담은 대체 뭐요? 앙토닌 고티에를 즉시 석방하도록 요구하겠소. 경찰의 실수로 피해를 입은 그녀에게 할 수 있는 사죄도 모두 하시오. 앙토닌 같은 성격에 얼마나 큰 고통을 받았겠소」

국장이 고르주레를 쳐다보았다. 고르주레는 눈썹 하나 까딱하지 않았다. 상관의 못마땅한 시선을 받은 그는 자리에서 일어나 후작에게 다가가더니 건성으로 말했다.

「그러니까 후작님께서는 사건 자체에 관해서는 아무것도 아는 게 없으십니까?」

「아무것도 없소」

「키다리 폴을 모르십니까?」

장 데를르몽은 고르주레가 아직 키다리 폴의 정체를 파악하지 못했다고 생각하고는 대답했다.

「그렇소」

「금발의 클라라를 모르십니까?」

「앙토닌은 알지만 금발의 클라라는 모르오」

「그러니까 앙토닌은 클라라가 아닙니까?」

후작은 어깨만 으쓱하며 대답하지 않았다.

「한 가지만 더 묻겠습니다, 후작님. 후작님께서 앙토닌 고티에와 함께 여행하시는 동안 줄곧 같이 있었습니까?」

「그렇소」

「그러니까 제가 볼니크 성에서 앙토닌 고티에를 만나던 날 후작님도 거기 계셨군요?」

데를르몽은 함정에 빠졌다. 그러나 말을 되돌릴 수는 없었다.

「거기 있었소」

「거기서 뭘 하고 계셨는지 말씀해 주실 수 있습니까?」

후작은 순간 당황했다. 결국 그는 이렇게 대답했다.

「나는 성의 주인으로 있었소」

「뭐라고요!」

고르주레가 소리쳤다.

「성의 주인으로?」

「물론이오. 난 15년 전에 그 성을 매입했소」

고르주레는 대경실색했다.

「그 성을 매입하셨다고요……? 하지만 아무도 모르고 있었습니다……! 그 성을 왜 사셨죠? 그리고 그걸 말하지 않은 이유는 뭡니까?」

고르주레는 상관에게 따로 할 얘기가 있다고 청했다. 그리고 창문 쪽으로 국장을 데리고 가서 아주 작은 소리로 말했다.

「이 사람들 모두 한패입니다, 국장님. 우리를 속이려는 거죠. 볼니크 성에는 그 금발의 여자만 있었던 게 아닙니다. 라울도 있었습니다」

「라울이!」

「예, 제가 그 두 사람에게 한꺼번에 겁을 주었습니다. 이제 아시겠습니까, 국장님……? 데를르몽 후작…… 금발의 여자…… 그리고 라울……! 모두 한패입니다. 하지만 그보다 더 재미있는 일이 있습니다」

「그게 뭐요?」

「후작은 옛날에 여가수 엘리자베트 오르냉이 살해되고 목걸이가 없어졌던 볼니크 성 사건을 목격한 사람들 가운데 한 사람입니다」

「빌어먹을! 갈수록 복잡해지는군」

고르주레가 몸을 더 기울였다.

「또 있습니다, 국장님. 제가 어제 키다리 폴이 호텔에서 마지막으로 묵었던 방을 마침내 찾아냈습니다. 그런데 그 방에는 놈이 남겨 둔 가방이 있었습니다. 그래서 놈의 서류를 뒤지다가 아주 중요한 사실 두 가지를 발견했습니다. 국장님께 그 결과를 말씀드리기 위해 지금까지 기다리고 있었습니다. 첫째, 후작은 엘리자베트 오르냉의 애인이었는데 예심에서 그것에 관해 한마디도 하지 않았습니다. 이유가 뭘까요? 그리고 두 번째는 키다리 폴의 진짜 이름이 발텍스라는 사실입니다. 그런데 발텍스는 엘리자베

244

트 오르냉의 조카입니다. 그리고 제가 알아보니 발텍스는 데를르 몽 후작 집을 자주 방문했다고 합니다. 그것을 어떻게 생각하십 니까?」

국장은 그런 사실들에 몹시 흥미를 느끼는 듯이 보였다. 국장 이 고르주레에게 말했다.

「사건의 양상이 달라지는군. 그러니 우리도 전략을 바꿔야 할 것 같소. 후작과 정면으로 충돌해서는 안 돼. 지금은 저 앙토닌의 혐의를 벗겨 줍시다. 그리고 사건 전체를 수사하면서 후작이 그 사건에서 했을 역할에 관해서 깊이 조사해 보시오. 당신 생각도 그렇지 않소, 고르주레?」

「전적으로 같습니다, 국장님. 처음에는 우리가 먼저 양보해야 만 라울에게 접근할 수 있을 겁니다. 그런데……」

「그런데?」

「어쩌면 국장님께 보고드릴 다른 일이 있을지도 모르겠습니다」

석방은 즉시 이루어졌다. 고르주레는 데를르몽에게 몇 가지 알 아볼 게 있으니 오륙 일 안에 만나러 가겠다고 일러두고는 후작 을 앙토닌이 있는 방으로 데려다 주었다. 앙토닌은 대부를 보자 마자 웃음 반 눈물 반의 표정을 지으며 그의 품에 달려와 안겼다.

「엉터리 배우 같으니라고!」

고르주레가 속으로 빈정거렸다.

그렇게 해서 고르주레는 그날 중에 완전히 자신감을 회복했다. 몇몇 진실의 요소들이 그에게 모습을 드러내고 또 그것들을 자기 상관과 공유함으로써 그는 예전의 자기 방법에 따라 추론할 수 있는 두뇌를 되찾은 것이다.

휴전 상태는 조금도 지속되지 못했다. 바로 뒤이어 새로운 사건이 되찾은 평정을 무너뜨렸다. 고르주레는 문도 두드리지 않고 황급히 국장실로 들어갔다. 그는 미친 사람처럼 보였다. 작은 초록색 수첩을 흔들어 댔다. 그리고 온몸을 떨면서 펼친 수첩의 몇몇 부분을 손가락으로 가리키려고 애쓰며 이렇게 더듬거렸다.

「됐습니다! 어떻게 이런 일이 있답니까! 어디 예상이나 할 수 있었겠습니까……! 어쨌거나 모든 것이 확실해졌습니다……」

국장은 그를 진정시키려 했다. 고르주레는 간신히 감정을 억누른 뒤 마침내 이렇게 말했다.

「제가 국장님께 다른 일이 있을지도 모른다고 말씀드렸지요……. 바로 이겁니다…… 키다리 폴…… 아니 발텍스의 가방에서 이 수첩을 발견했습니다……. 별것 아닌 메모들…… 숫자들…… 주소들…… 그리고 여기저기에 지우개로 지운 문장이 있는데 깨끗하게 지워지지 않았습니다. 그런데 이 문장들이 중요한 겁니다……. 그래서 어제 경찰 감식반에 감식을 의뢰했습니다……. 그런데 그 문장들 가운데 하나가…… 이루 말할 수 없이 값진 것이 있습니다……. 이겁니다. 보십시오. 감식반에서 이 밑에 옮겨 놓았습니다……. 정말 조금만 주의 깊게 보면 아주 확실하게 알아볼 수 있더군요……」

국장이 수첩을 받아 다시 써놓은 글을 읽었다. 그 내용은 다음과 같았다.

라울의 주소. 오퇴유의 마로크가 27번지. 뒤쪽으로 열리는 차고를 경계할 것. 내 생각에 라울은 다름 아닌 아르센 뤼팽임. 확인해 볼 것.

고르주레가 큰 소리로 말했다.

「틀림없습니다, 국장님! 이건 수수께끼의 답입니다……! 상자를 여는 열쇠예요! 이 열쇠만 있으면 무엇이든 열 수 있습니다……. 모든 게 다 밝혀집니다. 이 정도로 크게 일을 꾸밀 수 있는 사람은 아르센 뤼팽밖에 없습니다. 그놈만이 우리들을 이렇게 골탕먹이고 무시할 수 있습니다. 라울은 바로 아르센 뤼팽입니다」

「그래서?」

「그리 가겠습니다, 국장님. 이런 녀석을 상대하자면 단 1분도 시간을 낭비할 수 없습니다. 여자가 풀려났습니다……. 그것도 이미 알고 있겠죠……. 곧 도망칠 겁니다. 가겠습니다!」

「부하들을 데려가시오」

「열 명이 필요합니다」

「스무 명도 괜찮소」

역시 흥분한 국장이 말했다.

「어서 가시오, 고르주레……」

「예, 국장님」

고르주레가 황급히 자리를 뜨며 빠르게 말했다.

「기습입니다……. 지원해 주시겠죠? 전체 비상입니다……!」

그는 나가면서 플라망을 붙들고 경찰 네 명을 더 모았다. 그리고 경내에 주차해 있던 차들 가운데 한 대에 뛰어올랐다.

경찰 여섯 명을 태운 다른 차가 그의 차를 따라 출발했다. 그리고 세 번째 차도…….

그것은 사실상 비상 소집이었다. 종이란 종은 모두 요란하게 울려야 했고 북소리도 울렸으며 나팔들은 모두 소집 명령 신호를 내려야 했고 트럼펫과 사이렌이 총동원되어 공격 신호를 울려야 했다.

복도에서, 사무실에서, 파리 경찰청 한쪽 끝에서 다른 쪽 끝까지 모두들 서로 말을 주고받았다.

「라울이 아르센 뤼팽이래⋯⋯. 아르센 뤼팽이 라울이래」

4시가 조금 지난 시각이었다.

파리 경찰청에서 마로크가까지는 전속력으로 달려도 족히 15분은 필요했다. 하지만 차가 밀릴 것도 고려해야 했다⋯⋯.

승리인가, 패배인가?

정각 4시에 클라라는 오퇴유의 방 침대에 누워 아직 잠을 자고 있었다. 그녀는 정오경에 시장기를 느끼고 일어나 졸면서 식사를 한 다음 다시 잠이 들었던 것이었다.

라울은 초조했다. 불안해서가 아니었다. 최소한의 조심성과 지혜가 요구되는 결정을 내렸을 때 그 결정의 시행을 너무 오래 지연시키는 것을 좋아하지 않기 때문이었다. 더욱이 그는 키다리 폴이 생명을 건졌기 때문에 현재의 위험이 더욱 가중될 수 있으며 후작의 증언과 앙토닌의 진술이 상황을 더욱 복잡하게 만들 것이라고 생각하고 있었다.

출발 준비는 다 되어 있었다. 하인들은 모두 내보냈다. 위험이 닥쳤을 때 그는 혼자 있기를 더 좋아하기 때문이었다. 가방들은 차 안에 실려 있었다.

4시 10분에 그는 갑자기 생각이 났다.

〈제기랄! 아무리 그래도 올가에게 작별 인사도 없이 떠날 수는 없잖아. 이미 무슨 생각을 하고 있을까? 신문은 읽었을까? 라울이 라는 사람과 나를 같은 사람으로 생각했을까? 이 해묵은 이야기 는 청산해 버려야겠어…….〉

그는 전화를 걸었다.

「트로카데로 궁을 부탁합니다……. 여보세요……. 수고스럽겠 지만 왕비 폐하의 처소를 좀 대 주십시오」

라울은 너무 다급한 나머지 중대한 실수를 저지르고 말았다. 누가 전화를 받았는지 확인해 보지도 않은 것이다. 그는 여비서 의 목소리도, 마사지사의 목소리도 알아듣지 못했으며 보로스티 리아의 왕은 이제 파리에 없을 것이라 생각해서 왕비와 이야기를 나누는 것이리라 믿어 의심치 않았다. 그는 한껏 다정하고 상냥 한 말투로 단숨에 말을 쏟아냈다.

「올가, 당신이야? 어떻게 지내고 있어, 내 어여쁜 사랑? 날 원 망하며 나 따위는 저질로 생각하고 있는 거야? 그건 절대 아니 야, 올가. 일이며 근심들이 내 머리를 떠나지 않아……. 당신 말 이 잘 안 들려, 올가……. 그렇게 남자 같은 목소리 내지 마……. 들어 봐……. 아! 정말 애석하지만 갑자기 떠나게 됐어……. 연구 때문에 스웨덴 해안으로 출장을 가야 하거든. 이렇게 공교로운 일이 있나! 그런데 왜 당신의 사랑하는 라울에게 대답도 하지 않 는 거야? 화났어?」

애교를 떨던 라울이 소스라치게 놀랐다. 그에게 대답한 사람은 의심할 여지없이 남자의 목소리였다. 전에 이미 들어 본 적이 있 는 왕의 목소리였다. 화가 난 왕은 왕비보다 〈ㄹ〉 발음을 더 굴리 며 수화기 저편에서 으르렁거렸다.

「선생, 당신 불랴아앙배로오오군. 난 당신을 경며어얼하오」

라울은 등에 식은땀이 흘렀다. 보로스티리아의 왕이라니! 게다가 뒤를 돌아다보니 클라라가 잠에서 깨어 있었다. 그녀는 통화 내용을 하나도 빠짐없이 들었다.

「누구한테 전화했어요?」

그녀가 걱정스럽게 물었다.

「그 올가란 여자는 누구예요?」

그는 너무나 갑작스레 일어난 일이라 말문이 막혀 바로 대답하지 못했다. 어떻게 그럴 수가! 그는 올가의 남편이 자기 부인의 무분별한 행동에 화를 내는 상태까지 이르지는 않는다는 사실을 알고 있었다. 한 여자를 얻으면 한 여자는 잃는 법이다. 그 일은 더 이상 생각할 필요가 없었다.

「올가가 누구냐고?」

그가 클라라에게 말했다.

「늘 상스러운 말을 쓰는 늙은 사촌 누이야. 내가 가끔씩 얼러 줘야 하지. 방금 당신도 봤잖아……! 준비는 됐어?」

「준비?」

「그래. 우린 떠날 거야. 파리 공기는 건강에 안 좋아」

그녀가 여전히 생각에 잠겨 있자 그가 재촉했다.

「부탁이야, 클라라. 여기에선 이제 할 일이 하나도 없어. 늦어지면 위험해질 수도 있단 말이야」

그녀가 그를 살폈다.

「당신 불안해요?」

「이제 불안해지기 시작하는군」

「뭐가 불안한데요?」

「아무것도…… 아니 모든 게 다」

그녀는 장난이 아닌 것을 깨닫고 재빨리 옷을 입었다. 그때 정원 열쇠를 가지고 있는 쿠르빌이 석간 신문을 가지고 돌아왔다. 라울은 신문을 훑어보았다.

「일이 잘돼 가고 있어」

그가 말했다.

「키다리 폴의 상처가 죽을 정도는 아닌 것이 확실해졌어. 하지만 1주일이 지나기 전까지는 심문에 응할 수 있는 상태가 아니야……. 아랍 인은 여전히 침묵으로 일관하고 있어」

「그럼 앙토닌은?」

클라라가 물었다.

「풀려났어」

라울이 냉정하게 말했다.

「신문에 났어요?」

「그래. 후작의 해명이 주효했어. 앙토닌은 석방됐어」

클라라는 확신에 찬 그의 말을 믿었다.

그들은 쿠르빌에게 휴가를 주었다.

라울이 쿠르빌에게 말했다.

「이제 여기에는 꼬리를 잡힐 만한 서류가 없나? 남겨 놓은 건 하나도 없지?」

「전혀 없습니다, 주인님」

「마지막으로 다시 한번 살펴보고 떠나게, 쿠르빌. 자네들 모두 생루이 섬에 있는 우리의 새로운 본부에서 매일 만난다는 것 잊지 말게. 그리고 자네는 잠시 후에 차 있는 곳에서 다시 보세」

그동안 클라라는 라울의 독촉을 받으며 떠날 채비를 끝냈다.

그녀는 모자를 쓰고 그의 손을 잡았다.

「왜 그래?」

그가 말했다.

「나한테 맹세해요. 그 올가라는……」

「아니! 아직도 그걸 생각하고 있어?」

라울이 웃으며 소리쳤다.

「생각해 봐요……」

「하지만 그건 유산을 물려줄 늙은 숙모라고 분명히 말했잖아……!」

「늙은 사촌 누이라고 했어요」

「그 여자는 내 숙모이자 동시에 사촌 누이야. 그 여자 시아버지와 내 삼촌의 누이가 세 번째로 결혼했거든」

그녀는 미소를 지으며 그의 입을 손으로 막았다.

「거짓말하지 말아요, 내 사랑. 사실 난 아무래도 좋아요. 내가 질투를 느끼는 건 단 한 사람뿐이니까」

「쿠르빌? 당신에게 분명히 말하지만 쿠르빌과의 우정은……」

「말하지 말아요……. 웃지도 말고……」

그녀가 말했다.

「당신은 내가 누굴 말하는지 잘 알고 있어요」

그는 그녀를 안았다.

「당신은 당신 자신에게 질투를 느끼고 있어. 당신 모습에 말이야」

「내 모습. 당신이 옳아요. 표정이 다르고 더욱 부드러운 눈을 가진 내 모습이죠……」

「당신이 세상에서 제일 부드러운 눈을 가졌어」

라울이 그녀를 정열적으로 껴안으며 말했다.

「사랑스러운 눈을……」

「너무 많이 운 눈이죠」

「많이 웃지 않은 눈이야. 웃음, 바로 이것이 당신한테 부족한 거야. 이제 내가 그걸 가르쳐 줄게」

「하나만 더요. 앙토닌이 어째서 아무 말 없이 경찰의 착오를 이틀 동안 내버려두었는지 알아요?」

「아니」

「당신에게 해가 될지도 모르는 말을 할까 두려웠기 때문이에요」

「어째서 그게 두려웠을까?」

「당신을 사랑하기 때문이죠」

그는 기뻐서 춤을 추기 시작했다.

「아! 그런 사실을 내게 알려 주다니, 당신은 정말 좋은 사람이야! 당신은 정말로 앙토닌이 날 사랑한다고 생각해? 내가 어떻게 하길 바라? 난 좋아서 어쩔 줄 모르겠는걸! 앙토닌이 날 사랑한다. 올가가 날 사랑한다. 조조트가 날 사랑한다. 쿠르빌이 날 사랑한다. 고르주레가 날 사랑한다」

그가 두 팔로 그녀를 안아 올려 계단 쪽으로 데리고 가더니 갑자기 걸음을 멈추었다.

「전화가 왔어!」

정말로 전화벨이 그들 가까이에서 울리고 있었다.

라울은 수화기를 들었다. 쿠르빌이었다……. 쿠르빌은 가쁜 숨을 헐떡이며 말을 더듬었다.

「고르주레입니다……! 부하를 두 사람 데리고 왔어요……. 놈들을 멀리서 보고는 저는 일단 밖으로 나왔습니다……. 놈들이 철책 문을 부수고 있었습니다……. 그래서 저는 카페 안으로 들어왔어요……」

라울은 전화를 끊고 삼사 초 동안 움직이지 않았다. 그러고는 갑자기 클라라를 붙잡더니 그녀를 어깨 위로 둘러멨다.

「고르주레야」

그가 짧게 말했다.

그는 클라라를 둘러메고 계단을 구르듯 내려갔다.

현관 문 앞에 이르자 그는 귀를 기울였다. 자갈을 밟는 발자국 소리가 들렸다. 창살을 댄 닦을 수 없는 유리창 너머로 몇 사람의 그림자가 보였다. 그는 클라라를 내려놓았다.

「식당으로 가 있어」

「그럼 차고는?」

그녀가 말했다.

「안 돼. 놈들이 다 포위하고 있을 거야. 그렇지 않다 해도 놈들은 세 명 이상일 거야……. 세 놈이라면 간단히 해치울 수 있지」

그는 현관의 빗장조차 밀지 않았다. 그는 문의 걸쇠를 벗겨 내려고 전전긍긍하고 있는 공격자들을 바라보며 한 걸음씩 뒤로 물러났다.

「무서워요」

클라라가 말했다.

「무서우면 바보 같은 짓을 하는 법이야. 당신이 칼로 찌르던 때를 떠올려 봐. 앙토닌은 유치장에서 잠자코 있었어」

그는 좀더 부드럽게 다시 말했다.

「당신은 무섭다고 하지만 난 그 반대야. 재미있어. 그럼 당신은 내가 당신을 다시 찾았는데 저런 무식한 놈에게 붙잡히도록 내버려두리라고 생각해? 그러니까 웃어, 클라라. 당신은 무대에 있는 거야. 그리고 이건 희극이야」

두 개의 빗장이 갑자기 열렸다. 고르주레가 권총을 겨누고 세 번을 껑충 뛰어 방의 입구까지 왔다.

라울은 클라라 앞에서 그녀를 가리고 그 자리에 붙박인 듯 서 있었다.

「손들어! 그렇지 않으면 쏘겠다」

고르주레가 소리쳤다.

고르주레에게서 다섯 걸음 정도 떨어져 있던 라울이 빈정거렸다.

「자넨 참 낡아 빠졌군! 언제나 똑같이 그 바보 같은 공식만 뇌까린단 말이야. 그래, 날 쏠 수 있다고 생각한단 말이지! 나, 라울을 말이야!」

「뤼팽, 자네를 쏠 수 있지」

고르주레가 의기양양하게 외쳤다.

「이런, 내 이름을 알고 있나?」

「다 털어놓겠단 말인가?」

「자기 작위(爵位)는 항상 밝히는 법이지」

고르주레가 다시 반복했다.

「손들어! 제기랄, 안 그러면 쏘겠다」

「클라라도 쏠 텐가?」

「여기 있다면 클라라도 쏘겠다」

라울이 옆으로 비켜섰다.

「자네 말대로 클라라가 여기 있네」

고르주레의 눈이 커졌다. 그의 팔이 밑으로 떨어졌다. 클라라! 조금 전에 데를르몽 후작에게 넘겨준 그 금발의 아가씨! 이 사실을 믿을 수 있단 말인가……? 아니었다. 그는 곧바로 그런 일은

256

있을 수 없다고 생각했다. 정말 클라라라면, 그런데 그것은 의심할 여지없는 클라라였다, 다른 여자로 생각할 수밖에 없었다…….

라울이 즐겁게 말했다.

「자……, 자네 흥분하고 있군……. 조금만 더 노력해 봐……. 그래! 됐어……. 바로 그거야, 이 멍청한 친구야. 두 사람이라고…… 한 아가씨는 시골에서 올라왔는데 자네는 그 아가씨를 클라라로 생각하고 죽도록 쫓아다녔지. 그리고 다른 아가씨는……」

「키다리 폴의 애인이지」

「이런 버릇없는 놈!」

라울이 응수했다.

「자네가 그 귀여운 조조트의 남편이라고 할 수 있나?」

화가 난 고르주레는 부하들을 다그치며 고함을 질렀다.

「이놈을 붙들어서 내게 끌고 와. 조금이라도 움직이면 죽여 버리겠다, 이 비렁뱅이야!」

두 사람이 달려들었다. 라울은 그 자리에서 펄쩍 뛰었다. 그들은 라울의 발에 배를 한 방씩 맞았다. 그들이 뒤로 물러났다.

「이게 내 묘기다! 이단 발차기 기법이지」

라울이 소리쳤다.

총성이 울렸다. 그러나 그것은 고르주레가 쏜 공포였다.

라울이 갑자기 웃음을 터뜨렸다.

「내 집 벽 장식을 망가뜨리는군! 벽이 저게 뭐야! 자넨 조심성도 없이 모험에 뛰어들 만큼 멍청해. 무슨 일이 있었는지 알아맞혀 볼까? 누군가 자네에게 내 주소를 가르쳐 주었겠지. 그래서 자넨 꼭 붉은색을 본 황소처럼 달려온 거고. 부하 스무 명은 필요했겠어, 이 불쌍한 친구야」

「곧 100명이 될 거다! 1,000명이 될 거다!」

차가 멈추는 소리가 나는 거리 쪽으로 몸을 돌리며 고르주레가 으르렁거렸다.

「잘됐군. 마침 따분해지기 시작했는데」

「이 건달 놈, 넌 이제 정말 끝장이다」

고르주레는 지원 경찰들 앞으로 가기 위해 방을 나가려고 했다. 그런데 이상하게도 문은 처음에 그가 들어온 뒤 다시 닫혀 버려서 아무리 열려고 애써 봐야 소용없는 일이었다.

「힘을 다 쓰지 말게」

라울이 그에게 충고했다.

「문은 자동으로 잠기게 되어 있어. 그리고 그건 산악 지대에서 가져온 나무야. 관을 짤 때 쓰지」

그리고 아주 작은 소리로 클라라에게 말했다.

「조심해, 클라라. 그리고 내 방식을 이해해 줘」

그는 방 오른쪽에 벽 이음새 흔적이 남아 있는 부분으로 뛰어 갔다. 옛날에는 그곳에 벽이 있었지만 그것을 없애고 방을 하나로 만들었던 것이다.

고르주레는 자기가 시간을 허비하고 있다는 것을 깨닫고는 무슨 수를 써서라도 끝장을 내겠다는 결심으로 고함을 치며 다시 공격 명령을 내렸다.

「놈을 죽여라! 놈이 도망치려고 한다!」

라울이 어떤 스위치를 눌렀다. 그러자 경찰 요원들이 사격 자세를 취하고 있을 때 천장에서 강철 커튼이 순식간에 털썩 떨어져 내리는 것이었다. 방이 둘로 나뉘면서 빛 막이 창도 안쪽에서 닫혀 버렸다.

라울이 빈정거렸다.

「펙! 단두대다! 고르주레는 목이 잘렸다. 잘 가라, 고르주레」

그는 찬장에서 물병을 꺼내어 잔 두 개에 물을 따랐다.

「자, 마셔, 클라라」

「어서 가요. 도망치자고요」

클라라가 눈물을 흘리며 말했다.

「걱정하지 마, 우리 아기 클라라」

그는 클라라에게 물을 다 마시게 했고 자기도 잔을 비웠다. 그는 매우 침착했으며 서두르지 않았다.

「저쪽에 있는 사람들 소리 들려? 놈들은 정어리처럼 상자 안에 들어 있는 거야. 커튼이 떨어지면 빛 막이 창들도 모두 닫혀. 전깃줄도 끊어지고 말이야. 칠흑 같은 밤이야. 바깥은 난공불락의 요새가 되고 안쪽은 감옥이 되지. 자! 이해가 돼?」

그녀는 전혀 기쁘지 않은 것처럼 보였다. 그가 그녀의 입에 입을 맞추자 그녀는 다시 생기를 띠었다. 그가 말했다.

「이제 일을 잘한 정직한 사람들이 마땅히 받아야 할 휴식과 자유와 전원이 있어」

그는 작은방으로 건너갔다. 주방에 딸린 찬방이었다. 찬방과 주방 사이에는 널빤지가 놓인 공간이 하나 있었다. 라울이 널빤지를 들어 올리자 지하실로 가는 계단이 나왔다. 그들은 계단을 내려갔다.

「참고로 당신이 알아야 할 게 있어」

그가 점잔 빼는 어조로 말했다.

「훌륭하게 설계된 집에는 출구가 세 개 있어야 해. 하나는 정문이고, 다른 하나는 경찰이 왔을 때를 대비한 겉으로 보이는 비밀 문, 그리고 세 번째는 빠져나갈 때 사용하기 위한 보이지 않는 비밀 문이지. 그러니까 고르주레의 졸개들이 차고를 감시하는 동안 우리는 지하 통로로 빠져나가는 거야. 알겠어? 이 집을 내게 판 사람은 은행가야」

그들은 3분 동안 전진한 뒤 계단을 올라가 가구가 없는 작은 집에 이르렀다. 창문은 모두 닫혀 있었고 사람들이 많이 다니는 길을 면한 집이었다.

안에 앉아서 운전하는 커다란 차가 서 있었다. 쿠르빌이 그 차를 감시했다. 여행 가방들과 작은 가방들은 그 차에 모두 실려 있었다. 라울은 쿠르빌에게 마지막 지시를 내렸다.

자동차는 힘차게 시동이 걸렸다.

한 시간 후, 고르주레는 얼굴을 들지 못한 채 국장에게 보고하고 있었다. 두 사람은 뤼팽 건은 언론에 말하지 않기로 의견의 일치를 보았다. 만약 말이 새어나갔다 하더라도 부인하기로 했다.

이튿날 고르주레는 다시 자신감에 차서 돌아와, 금발의 아가씨, 즉 클라라가 아니라 체포했다가 석방한 그 아가씨는 후작 집에서 밤을 보냈으며 조금 전에 후작과 함께 차를 타고 떠났다고 발표했다.

그리고 다음날, 고르주레는 두 사람이 볼니크 성에 도착했다는 것을 알았다. 정통한 소식통에 따르면 이미 15년 전부터 그 성의 소유주인 장 데를르몽은 두 번째 경매에서 성을 다시 사들였다고 했다. 어느 외국인이 그것을 중개했는데 그의 인상착의가 라울과 일치한다고도 했다.

고르주레와 국장에게 모든 재량권이 부여되었다.

라울, 행동하고 말하다

「오디가 선생님」

앙토닌이 말을 맺었다.

「지금까지 말씀하신 것 모두 정말 고맙습니다. 하지만……」

「절 오디가 선생님이라고 부르지 마십시오, 아가씨」

「하지만 제게 이름을 불러 달라고 말씀하시지 않았잖아요?」

그녀가 웃으면서 말했다.

「그렇게 해 주시면 정말 감사하겠습니다」

그가 감동 어린 태도로 말했다.

「제 소원을 들어주신다는 뜻이 될 테니까요」

「저는 소원을 그렇게 빨리 들어드릴 수도 없고, 그렇다고 거부할 수도 없습니다, 선생님. 제가 이곳으로 돌아온 지 나흘 됐습니다. 따라서 우리는 서로를 잘 알지 못합니다」

「그럼 아가씨께서 저를 충분히 알고 답을 주실 때는 언제쯤이라고 생각하십니까?」

「4년? 3년? 너무 긴가요?」

그는 매우 실망스럽다는 몸짓을 했다. 그는 볼니크 성에서의 경직된 생활을 그토록 부드럽게 만들어 준 그 아름다운 아가씨에게서 어떤 약속도 받아내지 못할 것이라는 걸 깨달았다.

대화가 끝났다. 공증인 오디가는 아가씨와 헤어졌다. 그는 의젓하지만 기분이 상한 태도로 성을 떠났다.

앙토닌은 혼자 남았다. 그녀는 잔해 더미를 한 바퀴 돌아 공원과 숲을 산책했다. 그녀는 예의 그 미소를 입가에 머금은 채 경쾌하게 걸었다. 그녀는 새로운 드레스를 입고 챙이 어깨까지 내려오는 커다란 밀짚모자로 치장하고 있었다. 가끔씩 노래도 불렀다. 그리고 야생화들을 꺾어 모아 데를르몽 후작에게 갖다 주었다.

후작은 테라스 끝에 있는 돌 벤치에서 그녀를 기다리고 있었다. 그들은 그 벤치에 앉아 있길 좋아했다.

「정말 예쁘구나! 피곤함과 슬픈 감정의 흔적은 이제 없어진 것 같은데? 어쨌든 모두 네게 피해만 주었구나」

「우리 그 일에 대해서는 더 이상 말하지 않기로 해요, 대부님. 지나간 일이에요. 전 이제 기억도 나지 않아요」

「그럼 넌 지금 부족한 거 없이 행복한 거니?」

「정말 행복해요, 대부님. 대부님과 함께 있으니까……. 그리고 제가 좋아하는 이 성에 있으니까요」

「이 성은 이제 우리 것이 아니다. 우린 내일 떠날 거다」

「대부님 것이에요. 그리고 우린 떠나지 않을 거예요」

후작이 비웃었다.

「그러니까 넌 여전히 그 사람을 믿고 있는 거구나?」

「그 어느 때보다도요」

「하지만 난 아니다」

「대부님이 그 사람을 믿지 않는다고 말씀하신 게 벌써 네 번째 예요. 그만큼 그 사람을 믿고 계신다는 말이죠」

데를르몽은 팔짱을 꼈다.

「그럼 넌 그가 모호하게 약속한 날짜가 이제 곧 한 달이 되어 가고, 또 그렇게 많은 사건들이 일어난 뒤인데도 그가 제때에 오리라고 생각하는 거니?」

「오늘이 7월 3일이에요. 그 사람은 제가 파리 경찰청에 있을 때 사람을 시켜 보낸 쪽지에서 이 날짜를 다시 상기시켰어요」

「그냥 약속일 뿐이야」

「그 사람은 자기가 한 약속은 모두 지켜요」

「그러니까 그게 4시니?」

「4시에 올 거예요. 그러니까 20분 남았어요」

데를르몽은 고개를 끄덕였다. 그리고 즐거운 듯이 속마음을 털어놓았다.

「사실은 내 입으로 직접 말해 주면 좋겠지? 그래, 사실 나도 그렇게 되길 바란단다. 믿음이란 참 얼마나 우스운 거니! 대체 누굴 믿고 있는 거지? 내가 요구하지도 않았는데도 내 일을 해 주는 모험가 같은 사람이야. 그것도 기상천외한 방식으로 일을 하면서 경찰 전체를 조롱하고 있잖니. 참, 요 며칠 동안 너도 신문에서 읽었잖아……. 거기 뭐라고 써 있든? 우리 집 세입자인 라울 씨가 너랑 닮은 그 베일 속 클라라의 애인인데, 그 사람이 다름 아닌 뤼팽이라고 하잖니. 경찰은 그걸 부인하고 있어. 하지만 뤼팽을 도처에서 오랫동안 보아 온 경찰은 자기들이 우스워질까 두려워서 어디에서든 그 사람을 보고 싶지 않은 거야. 그 사람이 바로 우리를 도와주는 사람 아니냐!」

「우리는 여기에 왔던 사람을 믿고 있어요, 대부님. 우린 그 사람을 믿지 않을 수가 없어요」

「물론이지…… 물론이야……. 이제야 말하지만 그는 강하고 배짱 있는 사람이야……. 그리고 내게 추억까지 남겨 주었다는 것도 고백해야겠구나……」

「대부님이 그 사람을 다시 보고 싶어할 뿐 아니라 그 사람을 통해서 진실을 알고 싶어한다는 추억이겠지요……. 우리 소원을 모두 이루어 준다면 그 사람 이름이 라울이든 뤼팽이든 무슨 대수겠어요!」

그녀에게 생기가 돌았다. 후작은 놀란 눈으로 그녀를 바라보았다. 그녀의 뺨이 붉게 물들며 눈을 반짝이고 있었다.

「화내지 않을 거지, 앙토닌?」

「그럼요, 대부님」

「내 생각엔 말이야, 네가 라울이라는 사람을 만나지 못했다면 공증인 오디가 좀더 대접을 잘 받지 않았을까 하는……」

후작은 말을 얼버무렸다. 앙토닌의 장밋빛 뺨이 빨갛게 되었다. 그녀는 눈길을 어디에 두어야 할지 몰랐다.

「오! 대부님!」

그녀가 애써 미소를 지으며 말했다.

「너무 짓궂은 생각을 하고 계세요!」

후작이 자리에서 일어났다. 마을 성당에서 3시 55분을 알리는 가벼운 종소리가 울렸다. 그는 앙토닌을 데리고 성의 정면을 따라가다가 오른쪽 모퉁이에서 멈춰 섰다. 쇠를 박아 넣은 육중한 문이 보이는 곳이었다. 문은 입구의 탑 아래로 움푹 패인 낮은 궁륭 끝에 있었다.

「그 사람이 저기에서 초인종을 누를 거야」

후작이 말했다.

그리고 웃으면서 이렇게 덧붙였다.

「너 『몬테크리스토 백작』 읽었지? 소설 속에서 백작이 어떻게 등장하는지 기억 나니? 백작을 아는 몇 사람이 세계 각지에서 와 그와 함께 점심 식사를 하려고 기다리지. 몇 달 전에 백작이 정오에 그곳에 가겠노라고 약속했는데, 주인은 여행에서 무슨 일이 있을지 확실히 알지도 못하면서 백작이 제시간에 올 것이라고 장담하지. 정오를 알리는 종이 울려. 그리고 마지막 종이 울리는 순간에 주인이 알리지. 〈몬테크리스토 백작이십니다.〉하고 말이야. 우리도 그와 똑같은 믿음과 불안을 가지고 기다리고 있구나」

궁륭 아래에서 초인종이 울렸다. 문지기 아줌마가 현관 앞 계단을 내려갔다.

장 데를르몽이 말했다.

「몬테크리스토 백작일까? 일찍 온 것 같은데? 품위가 있으려면 좀 늦어야 하는데 말이야」

문이 열렸다.

그러나 그것은 기다리던 손님이 아니라 다른 사람이었다. 그가 모습을 보이자 그들은 당황했다. 고르주레였다.

「아! 대부님……」

몹시 맥이 풀린 앙토닌이 속삭였다.

「누가 뭐라 해도 전 저 사람이 무서워요……. 여기엔 무슨 일로 왔을까요? 무서워요」

「누구에게 볼일이 있는 거지?」

역시 불쾌하게 놀란 것 같은 장 데를르몽이 말했다.

「네게? 아님 내게? 우리와는 아무 관련이 없는데 말이야」

그녀는 대답하지 않았다. 형사는 문지기 아줌마와 이야기를 나눈 후 후작을 보고는 즉시 그를 향해 걸어왔다.

그는 끝이 쇠로 되고 둥근 거대한 곤봉을 지팡이 삼아 손에 들고 있었다. 그는 뚱뚱하고 둔했으며 저속한 몸가짐에 목둘레가 굵었다. 그러나 보통 때는 잔인한 그의 얼굴은 애써 상냥한 표정을 지으려고 했다.

성당에서 종이 네 번 울렸다.

「후작님, 후작님께 면담을 요청할 수 있도록 제게 호의를 베풀어 주실 수 있겠습니까?」

고르주레가 지나치게 정중한 말투로 말했다.

「무슨 일이오?」

데를르몽이 무뚝뚝하게 말했다.

「우리 일…… 입니다만」

「무슨 일 말이오? 우리 일에 대해서는 다 말한 걸로 아는데. 그리고 당신이 내 대녀에게 한 차마 말로 옮길 수도 없는 그 행실을 생각하면 나는 우리 관계를 지속시키고 싶은 마음이 없소」

「우리 사이에 모든 얘기가 끝난 것은 아니지요」

고르주레가 아까보다는 덜 상냥한 태도로 반박했다.

「우리 관계가 끝난 것도 아니고요. 저는 사법 경찰국장님이 계신 곳에서 후작님께 이미 그 사실을 말씀드렸습니다. 몇 가지 필요한 정보가 있을 것 같다고 말이죠」

데를르몽 후작은 30미터 정도 떨어진 아치형 문 아래에 서 있는 문지기 아줌마를 바라보고 크게 소리 질렀다.

「문을 닫으세요. 누가 문을 두드리더라도 열어 주지 말고…….
아무도 말이오. 알겠소? 그리고 열쇠를 내게 줘요」

앙토닌은 그의 말에 동의한다는 표시로 그의 손을 잡았다. 문
을 닫아 놓으면 라울이 도착한다 해도 고르주레와 충돌이 없을
것이기 때문이었다.

문지기 아줌마가 후작에게 열쇠를 전해 주러 왔다가 다시 돌아
갔다. 형사가 미소 지었다.

「알겠습니다, 후작님. 후작님은 내가 아닌 다른 사람이 올 것
을 생각하고 그 사람이 오지 못하게 막으시려는 것이군요. 하지
만 너무 늦은 것 같습니다」

「지금 내 기분 상태로는 모든 손님들이 불청객으로 보이오」

장 데를르몽이 말했다.

「저 때문에 그런 기분이 드시는군요」

「당신 때문에 그렇소. 그러니 빨리 끝냅시다. 내 서재로 갑시
다. 따라오시오」

그는 앙토닌과 형사를 데리고 다시 안뜰을 가로질러 성으로 되
돌아갔다.

그러나 그들이 모퉁이에 이르렀을 때 그들은 테라스의 긴 의자
에 앉아 담배를 피우고 있는 한 남자를 발견했다.

후작과 앙토닌은 너무나 놀라 그만 그 자리에 멈춰 서고 말았다.

고르주레도 역시 그들처럼 멈춰 섰지만 그는 매우 침착했다.
그는 성벽 안에 라울이 있다는 것을 알고 있는 것일까?

그들을 본 라울이 담배를 버리고 일어나서 후작에게 유쾌하게
말했다.

「후작님, 약속 장소가 벤치였다는 것을 상기시켜 드립니다. 4시를 알리는 마지막 종이 울렸을 때 저는 벤치에 앉아 있었습니다」

몸에 꼭 맞는 밝은 색 여행 정장 차림의 그는 매우 기품 있는 모습이었다. 얼굴은 참으로 호감이 가는 즐거운 표정이었다. 그는 모자를 벗고 허리를 깊이 숙여 앙토닌에게 인사했다.

「다시 한번 용서를 빕니다, 아가씨. 몇몇 무례한 사람들 때문에 아가씨가 겪어야 했던 고초는 제 책임이 큽니다. 하지만 그 일로 제게 원한을 품지 말았으면 합니다. 저는 오직 데를르몽 후작의 이익을 위해서만 행동했을 뿐이니까요」

고르주레는 아무 말이 없었다. 마치 라울이 그를 보지 못한 것만 같았다. 형사의 뚱뚱한 그림자도 라울에게는 보이지 않는 것 같았다.

고르주레는 잠자코 있었다. 그 역시 더욱 무겁게, 하지만 라울과 똑같이 평온해 보였다. 그는 그 상황을 완전히 정상적인 것으로 보는 사람처럼 무덤덤한 태도를 견지하고 있었다. 그는 기다렸다. 데를르몽 후작과 앙토닌도 기다렸다.

사실 현재 상연되고 있는 연극에서 배우는 라울 한 사람뿐이었다. 다른 사람들은 귀를 기울이고 쳐다보며 라울이 무대로 올라오라고 할 때까지 기다리기만 하면 되었다.

라울에게는 그 모든 것이 불쾌하지 않았다. 그는 젠체하며 장광설을 늘어놓기를 좋아했다. 특히 커다란 위험이 닥쳤을 때라든가, 또 그가 연출한 연극의 최종 막에서 보통의 규칙과 똑같이 간결하고 절도 있는 동작이 요구되었을 때 그랬다. 그는 뒷짐을 지고 서성이면서 거만한 태도, 생각에 잠긴 태도, 거리낌 없는 태도, 우울하거나 기쁜 태도를 차례로 보여 주었다. 마침내 그가 걸음을 멈추고 후작에게 말했다.

「저는 말을 해야 할까 망설이고 있었습니다, 후작님. 사실 우리 약속은 사사로운 것이었기 때문에 다른 사람들이 있는 상황에서는 우리가 협력하기로 한 문제를 자유롭게 다룰 수가 없을 것 같았습니다. 그런데 곰곰이 생각해 보면 그렇지가 않습니다. 우리끼리 할 이야기는 어느 누가 있어도 할 수 있는 이야기입니다. 심지어는 후작님을 의심하면서 후작님께 해명을 요구하기까지 하는 이 경찰의 하급 대리인 앞이라 해도 그렇습니다. 그래서 저는 현재 상황을 있는 그대로 얘기하려고 합니다. 제 목적은 오직 진실과 정의밖에 없습니다. 정직한 사람들이 고개를 꼿꼿이 들 수 있는 법이니까 말입니다」

그가 말을 멈췄다. 앙토닌은 그처럼 심각한 상황에 불안감과 당혹감을 느끼면서도 웃지 않으려고 입술을 깨물어야 했다. 라울의 장중한 억양과 미세하게 깜박이는 눈, 위로 말려 올라가는 입술, 허리 위로 묘하게 흔들어 대는 상반신에는 음산한 사건 해석과는 거리가 먼, 뭔가 우스운 것이 있었다. 그리고 얼마나 태연한가! 위험 앞에서 얼마나 거침이 없는가! 유용한 말은 한마디도 없는 것 같았지만, 반대로 그가 하는 말은 모두 적을 당황하게 하려는 것임을 짐작할 수 있었다.

그가 계속해서 말했다.

「우리는 최근에 일어난 일들에 대해 신경을 쓸 필요가 없습니다. 금발의 클라라와 앙토닌 고티에라는 두 사람의 존재와 닮은 모습, 두 사람의 행동, 그리고 키다리 폴의 행동, 라울이라는 사람의 행동, 한때 일어났던 그 나무랄 데 없는 신사와 고르주레 형사의 충돌, 라울의 압도적인 승리, 그리고 오늘 우리의 관심사는 볼니크 성 사건입니다. 엘리자베트 오르냉의 죽음에 관한 문제와 후작님의 재산을 되찾는 일이죠. 서두가 좀 길다고 해서 저를 너무 나무라진 마십시오, 후작님. 이렇게 해야만 그 다양한 문제들을 몇 마디 말로 간단하게 해결할 수 있습니다. 그러면 후작님께서는 어떤 사람의 모욕적인 심문도 피하실 수 있을 겁니다」

후작은 그가 말을 잠시 멈추는 순간을 틈타 그의 말을 반박했다.

「나는 심문받을 하등의 이유가 없소」

「후작님, 제 생각으로는 볼니크 성 사건을 전혀 이해하지 못한 사법 당국은 후작님께 초점을 맞추려고 하는 것이 분명합니다. 방향을 어떻게 잡아야 할지 모르기 때문에 사법 당국은 그 사건에서 후작님이 했던 역할을 어느 정도 명확하게 알고자 하는 것이지요」

「사건에서 내가 했던 역할은 없소」

「저도 그렇게 믿습니다. 하지만 사법 당국은 후작님이 어째서 엘리자베트 오르냉과의 관계를 진술하지 않았는지, 그리고 볼니크 성을 비밀리에 매입한 이유가 무엇인지, 또 가끔씩 밤에 성을 찾는 이유는 무엇인지 의문을 가지고 있습니다. 특히 어떤 놀라운 증거를 가지고 후작님을 고발한다고……」

후작이 펄쩍 뛰었다.

「나를 고발하다니! 그건 또 무슨 이야기요? 대체 누가 나를 고발한다는 거요? 그리고 무엇 때문에?」

흥분한 후작이 라울에게 덤벼들었다. 그는 갑자기 라울에게서 자기를 공격하려고 하는 적의 모습을 본 것만 같았다. 그가 거친 목소리로 반복해서 말했다.

「다시 한번 묻겠소. 누가 나를 고발한다는 거요?」

「발텍스입니다」

「그 깡패가?」

「그 깡패는 후작님께 해를 끼칠 무서운 자료를 모았습니다. 놈은 몸이 회복되는 대로 그것을 사법 당국에 알릴 것이 분명합니다」

앙토닌은 얼굴이 창백해지며 불안해했다. 고르주레는 태연한 척 가장했던 가면을 벗고 열심히 귀를 기울이고 있었다.

데를르몽 후작이 라울에게 가까이 다가가 명령조로 요구했다.

「말하시오……. 이건 명령이오……. 그 망나니가 무엇 때문에 나를 고발한다는 거요?」

「엘리자베트 오르냉의 살해범으로」

이 무서운 말에 침묵이 이어졌다. 그러나 후작은 긴장했던 얼굴이 풀어지며 웃음을 터뜨렸다. 그 웃음 속에는 일말의 거북함도 섞여 있지 않았다.

「어디 내용이나 들어 봅시다」

후작이 말했다.

라울이 설명을 시작했다.

「후작님께서는 당시에 가시우 영감이라는 좀 모자라고 약간 머리가 돈 이 고장의 양치기를 알고 계셨습니다. 후작님께서 드주벨 부부 집에 머무르시는 동안에는 그를 만나 자주 이야기를 나누셨지요. 그런데 가시우 영감에게는 놀랄 만큼 능란한 재능이 있었습니다. 물매로 돌을 날려 날아가는 새를 죽이는 능력 말입니다. 그래서 그 정신이 좀 이상한 영감이 후작님의 사주를 받아 엘리자베트 오르냉이 후작님의 요청으로 잔해 더미에서 노래를 부르고 있을 때 돌을 쏘아서 그녀를 살해한 것처럼 상황이 돌아간 것입니다」

「그건 말도 안 되는 소리요!」

후작이 소리쳤다.

「내게 무슨 동기가 있어야 할 거 아니오! 내가 사랑하는 여자를 무슨 이유로 죽이라고 했겠소?」

「그건 그녀가 노래할 때 후작님께 맡겨 둔 보석을 가지기 위해서죠」

「그 보석들은 모조품이었소」

「진품이었습니다. 후작님의 행동에 더욱 모호한 점이 있다는 것이 바로 그 때문입니다! 엘리자베트 오르냉은 아르헨티나의 한 억만장자한테서 그 보석들을 받았습니다!」

이번에는 데를르몽 후작도 더 이상 반박하지 않았다. 후작이 화를 내며 자리에서 일어났다.

「거짓말! 엘리자베트는 나를 만나기 전에는 그 누구도 사랑하지 않았소! 그런데 그런 여자를 내가 죽이라고 했겠소? 내가 사랑했던 여자요! 한시도 잊지 않았던 여자란 말이오! 그리고 또 뭐라고! 내가 이 성을 매입한 건 그녀를 위해, 그녀를 기억하기 위해서였소! 엘리자베트가 죽은 장소를 다른 사람이 아닌 내가 소유하고 싶었단 말이오! 내가 가끔씩 이곳에 들렀던 것은 그 잔해 더미에서 기도를 하기 위해서가 아니겠소? 내가 만약 엘리자베트를 죽였다면 내 죄에 대한 끔찍한 기억을 늘 가슴에 품고 있지 않겠소? 이보시오, 그런 고발은 극악무도한 것이오!」

「훌륭합니다, 후작님!」

라울이 양손을 비비며 말했다.

「아! 만약에 후작님께서 제게 25일 전에 이처럼 활기 차게 답

변해 주셨다면 우리는 힘든 일들을 피할 수 있었을 것입니다! 다시 한번 훌륭합니다, 후작님! 분명히 말씀드리지만 저는 단 한순간도 그 흉악한 발텍스의 고발과 그가 모은 거짓 자료들을 진지하게 생각하지 않았습니다. 가시우? 물매로 돌을 날렸다고? 다 말도 안 되는 소립니다! 그 모든 것은 꾸며낸 이야기일 뿐입니다. 하지만 그럴듯하게 잘 꾸며낸 이야기이기 때문에 후작님을 무섭게 압박할 수 있을 겁니다. 따라서 우리들은 그에 대비해서 온갖 대책을 세워야 합니다. 그런 경우에 유일한 해결책은 진실, 절대적 진실, 명명백백한 진실입니다. 오늘부터는 우리가 그 진실로 사법 당국과 맞설 수 있어야 합니다」

「그 진실을 나는 모르오」

「저도 모릅니다. 하지만 제 생각에 현재 이 시점에서는 그 진실이 오로지 후작님의 명확한 대답에 달려 있다고 생각합니다. 사라진 보석들은 진품이었습니까, 진품이 아니었습니까?」

후작은 더 이상 망설이지 않았다. 그는 단호하게 말했다.

「진품이었소」

「보석들은 후작님 것이었습니다, 그렇죠? 후작님께서는 탐정 사무소를 시켜 후작님이 도난당한 유산을 찾으라고 하셨습니다. 저는 데를르몽 가문의 재산이 유럽인 대부호라는 칭호와 함께 인도에서 사셨던 어느 조상으로부터 물려받은 것이라는 사실을 떠올리면서 그 조상은 엄청난 재산을 아주 아름다운 보석으로 바꾸었으리라고 생각했습니다. 맞습니까?」

「맞소」

「저는 또 이렇게도 생각했습니다. 유럽인 대부호 데를르몽의 상속인들이 그 보석들로 이루어진 목걸이에 대해 전혀 말을 하지 않은 것은 상속세를 내지 않기 위해서라고 말입니다. 그렇습니까?」

「그렇게 생각하오」

후작이 말했다.

「그리고 후작님께서는 그 목걸이를 엘리자베트 오르냉에게 빌려 준 것이 틀림없죠?」

「그렇소. 엘리자베트는 이혼하는 즉시 내 아내가 되었을 거요. 나는 엘리자베트가 목걸이를 하고 있는 걸 보는 게 좋았소. 난 그것이 뿌듯하고 사랑스러웠소」

「엘리자베트 오르냉도 그것이 진품이라는 걸 알고 있었습니까?」

「그렇소」

「그렇다면 그날 엘리자베트가 지니고 있던 보석들은 모두 예외 없이 후작님 소유였단 말이군요?」

「아니오. 목걸이 말고도 내가 엘리자베트에게 준 천연 진주 한 줄이 있었소. 아주 엄청난 값이 나가는 것이었소. 그건 내가 주었기 때문에 당연히 엘리자베트 소유요」

「직접 주셨습니까?」

「보석상을 시켜 보냈소」

라울이 고개를 끄덕였다.

「후작님, 이제 발텍스가 무엇으로 후작님을 꼼짝 못하게 할 수 있었는지 아실 겁니다. 발텍스가 수집한 자료라는 게 그 진주 한 줄이 자기 숙모 소유였다는 것을 증명하는 것일진대 그런 자료가 무슨 힘이 있겠습니까!」

그리고 라울은 이렇게 덧붙였다.

「이제는 오로지 진주 목걸이와 다른 목걸이들을 찾아내는 일이 중요합니다. 몇 마디만 더 묻겠습니다. 사건이 일어나던 날, 후 작님께서는 잔해 더미로 올라가는 언덕 밑까지 엘리자베트 오르 냉을 데려다 주셨죠?」

「조금 올라갔소」

「맞습니다, 여기에서 보이는 저 식나무 오르막길까지 말이죠?」

「그렇소」

「그리고 두 분이 잠시 나무에 가려 보이지 않았을 때 사람들의 생각보다 긴 시간 동안 보이지 않는 곳에 계셨죠?」

「그렇소. 2주 전부터 엘리자베트와 단둘이 있을 기회가 없었기 때문에 우리는 긴 포옹을 했소」

「그 다음에는요?」

「그 다음에 엘리자베트는 자기가 노래하려는 곡은 입은 옷과 차림새가 지극히 단순해야 한다고 생각했기 때문에 자기가 갖고 있던 목걸이들을 모두 내게 맡기려고 했소. 난 엘리자베트의 생 각에 동의하지 않았소. 엘리자베트는 고집을 피우지 않고 내가 자리를 뜨는 것을 바라보고 있었소. 내가 식나무 길 끝을 돌아 나 올 때까지도 엘리자베트는 여전히 움직이지 않고 있었소」

「엘리자베트가 잔해 더미 상단의 성토지에 도착했을 때도 여전 히 목걸이를 지니고 있었습니까?」

「그건 모르겠소. 그 점에 대해서는 그때 있던 손님들 누구도 정확한 진술을 할 수 없었소. 사건이 일어난 뒤에야 목걸이가 없 어졌다는 걸 알았소」

「좋습니다. 하지만 발텍스의 자료에는 그와 반대되는 증거들이 들어 있습니다. 사건이 일어난 시간에 엘리자베트 오르냉에게는 이미 보석들이 없었다는 것이지요」

후작이 결론을 내렸다.

「그렇다면 식나무 길에서 상단 성토지로 올라가는 사이에 보석들이 없어졌을 거라는 말이오?」

잠시 침묵이 흐른 뒤 라울이 한 음절씩 또박또박 천천히 말했다.

「보석들은 없어지지 않았습니다」

「뭐라고! 없어지지 않았다고! 그렇다면 엘리자베트 오르냉이 살해된 이유는 무엇이오?」

「엘리자베트 오르냉은 살해되지 않았습니다」

라울은 그런 식으로 놀라운 단언을 하면서 일을 진행하는 것이 즐거웠다. 그리고 그런 즐거움은 그의 두 눈 속에서 이는 작은 불꽃에서 드러났다.

후작이 다시 소리쳤다.

「아니, 그게 무슨 말이오! 난 상처를 보았소……. 범죄가 있었다는 건 아무도 의심한 적이 없소. 누가 그런 범죄를 저질렀단 말이오?」

라울이 팔을 들어 올리고 검지를 내밀며 말했다.

「페르세우스(그리스 신화에서 제우스와 아르고스의 왕 아크리시오스의 딸 다나에 사이에서 태어난 신으로서 괴물 메두사의 목을 벰. 여기에서는 별자리인 페르세우스 좌를 지칭함 — 옮긴이)」

「무슨 뜻이오?」

「누가 범죄를 저질렀느냐고 물으셨지요. 아주 진지하게 대답해 드리겠습니다. 페르세우스입니다!」

그가 말을 마쳤다.

「자, 이제 잔해 더미까지 저를 따라와 주시기 바랍니다」

페르세우스의 범죄

장 데를르몽은 라울의 말을 즉시 따르지 않았다. 그는 마음을 정하지 못하고 있었다. 몹시 흥분한 기색이 역력했다.

후작이 말했다.

「그러면 우리 목적에 가까이 이를 수 있단 말이오……? 내가 엘리자베트의 원한을 풀어 줄 수 있는 방법을 얼마나 찾았는지, 또 복수를 할 수 없어서 얼마나 고통을 받았는지……! 우리가 엘리자베트의 죽음에 관한 진실을 알 수 있다는 거요?」

「저는 그 진실을 알고 있습니다」

라울이 단호하게 말했다.

「그리고 나머지, 사라진 보석에 관해서도 증명할 수 있다고 생각합니다만……」

앙토닌은 확신하고 있었다. 그녀의 밝은 얼굴이 일말의 의심도 없는 굳은 신뢰를 보여 주고 있었다. 그녀는 자기의 기분 좋은 확신을 전하기 위해 장 데를르몽의 손을 꼭 쥐었다.

고르주레는 얼굴 근육이 온통 일그러졌고 턱에는 경련이 일었다. 그 역시 받아들일 수 없었다. 그토록 많은 노력을 들였지만 수포로 돌아간 문제들을 혐오하는 적이 해결하다니. 그는 해결되기를 바라는 동시에 그에게는 굴욕적인 그런 성공을 꺼리는 마음도 들었다.

장 데를르몽은 15년 전에 여가수와 함께 갔던 길을 다시 걸어갔다. 앙토닌이 그의 뒤를 따랐고 이어 라울과 고르주레가 앙토닌의 뒤를 따랐다.

가장 평온한 사람은 물론 라울이었다. 그는 자기 앞에서 걸어가는 아가씨를 즐겁게 바라보며 클라라와 미세하게 다른 점 몇 가지를 알아냈다. 클라라보다는 걸음걸이가 덜 유연하고 곡선의 흔들림도 덜했지만 더욱 생동감 있고 순박했으며, 클라라보다 덜 육감적이었지만 더 기품이 있었고, 고양이처럼 나긋나긋한 매력도 덜했지만 더 자연스러웠다. 앙토닌의 걸음걸이에서 그런 특징들을 발견한 라울은 그녀를 정면에서 쳐다보았을 때도 그녀의 얼굴과 태도에서 똑같은 특징을 발견할 수 있다는 사실을 깨달았다. 풀들이 뒤엉켜 오솔길을 뒤덮고 있었기 때문에 그들은 두 번이나 걸음을 늦추어야 했다. 그때마다 그녀는 라울과 나란히 걷게 되었다. 그는 앙토닌의 얼굴이 빨개지는 것을 보았다. 그러나 두 사람은 한마디도 말을 나누지 않았다.

후작은 정원을 벗어나 곧바로 이어진 돌계단을 올라간 다음 두 번째 성토지로 이르는 계단을 다시 올라갔다. 성토지 왼쪽과 오른쪽 끝에는 식나무들이 오래된 화분들에 담겨 길게 줄지어 서 있었다. 화분들을 떠받들고 있는 받침들은 미세하게 금이 간 채

이끼가 끼어 있었다. 후작은 잔해 더미를 가로질러 나 있는 오르막길 계단으로 가기 위해 왼쪽으로 방향을 틀었다. 라울이 그를 불러 세웠다.

「여기가 바로 후작님과 엘리자베트 오르냉이 지체했던 곳입니까?」

「그렇소」

「정확하게 어느 지점입니까?」

「지금 내가 서 있는 곳이오」

「성에서 후작님이 보였습니까?」

「아니오. 지금은 관목들이 손질도 하지 않고 돌보지도 않아서 없어졌지만 옛날에는 위에서 아래까지 관목들이 울창한 장막을 이루고 있었소」

「그럼 후작님이 산울타리 끝을 돌아나가실 때 엘리자베트 오르냉이 서 있던 자리가 바로 여기란 말입니까?」

「그렇소. 서 있던 그녀의 모습이 아직도 내 기억에 선명하게 남아 있소. 엘리자베트는 내게 입맞춤을 날려 보냈소. 그녀의 사랑 가득한 몸짓과 자태, 저기 있는 저 오래된 화분, 그 주위를 가득 채우고 있던 녹음이 눈에 선하오. 난 하나도 잊어버리지 않았소」

「그러면 정원으로 내려오신 뒤에 다시 뒤돌아 보셨습니까?」

「그렇소. 엘리자베트가 길에서 나가는 것을 보려고 했소」

「엘리자베트를 보셨습니까?」

「돌아서자마자 보진 못했지만 곧 보였소」

「후작님이 돌아서자마자 보여야 정상이겠죠? 그때 엘리자베트가 길을 벗어났어야 정상이죠?」

「그렇소」

라울은 부드럽게 웃기 시작했다.

「어째서 웃는 거요?」

데를르몽이 그에게 말했다.

앙토닌도 라울 쪽으로 온 신경을 집중하며 의문을 나타냈다.

「제가 웃는 이유는 사람들은 어떤 문제가 복잡해 보일수록 해결책도 역시 복잡하길 바라기 때문입니다. 단순한 생각은 절대로 하지 않으려 합니다. 그리고 기상천외하고 배배 꼬인 해결책만을 쫓아갑니다. 후작님께서 나중에 혼자 조사할 때는 무엇을 찾으려고 하셨습니까? 목걸이입니까?」

「아니오. 그건 이미 누가 훔쳐 갔기 때문에 찾지 않았소. 나는 살인범의 흔적을 따라갈 수 있는 단서를 찾으러 왔소」

「그렇다면 목걸이가 혹 도난당한 것이 아닐 수도 있다는 의문은 단 한번도 가져 보지 않으셨습니까?」

「한번도 하지 않았소」

「고르주레와 그의 부하들도 역시 그런 생각은 하지 않았습니다. 핵심이 되는 문제는 한번도 제기하지 않고 늘 똑같은 문제만 가지고 끙끙대는 법이지요」

「그 핵심이 되는 문제는 뭐였소?」

「아주 초보적인 문제입니다. 후작님의 말씀을 듣고 그 문제를 생각하지 않을 수 없었죠. 목걸이를 벗어 놓고 노래하길 원했던 엘리자베트 오르냉이 어딘가에 목걸이를 두지 않았을까? 하는 문제입니다」

「말도 안 되오! 그렇게 값진 물건을 지나가는 사람들이 탐내도록 아무 데나 둘 순 없는 법이오」

「지나가는 사람들이라니요? 사람들은 모두 성에 모여 있다는 사실을 후작님도 엘리자베트도 잘 알고 있었습니다」

「그렇다면 당신 말은 엘리자베트가 어딘가에 보석들을 놓아두었을 거라는 얘기요?」

「10분 후에 내려오면서 다시 목걸이를 가져가려는 생각이었겠죠」

「하지만 사건이 일어나고 우리 모두 달려갔을 때는 목걸이가 보였어야 하지 않겠소?」

「아니죠……, 엘리자베트가 목걸이를 보이지 않는 곳에 두었다면?」

「어디에?」

「예를 들면 엘리자베트의 손이 닿는 곳에 있었던 이 오래된 화분일 수 있습니다. 이 화분에는 다른 화분들과 마찬가지로 잎이 두툼한 식물들이나 음지 식물들이 있었을 테지요. 엘리자베트는 까치발을 하고 팔을 뻗쳐 보석들을 화분 속에 있는 흙 위에 놓기만 하면 되었습니다. 잠깐 놓아두려는 아주 자연스러운 행동이죠. 그런데 우연과 사람들의 어리석음이 돌이킬 수 없게 만든 것입니다」

「뭐라고…… 돌이킬 수 없다니?」

「물론입니다! 식물들이 시들고 잎들도 떨어져서 썩게 되니 그것이 일종의 부식토로 변해서 놓아둔 물건을 덮어 버린 것입니다. 가장 찾기 힘든 보물이 된 것이죠」

데를르몽과 앙토닌은 너무나도 태연한 라울의 확신에 놀라 아무 말도 못하고 있었다.

「어찌 그렇게 단정 지을 수 있단 말이오!」

데를르몽이 말했다.

「제가 단정적으로 말하는 이유는 그것이 진실이기 때문입니다. 후작님께서 직접 확인해 보시지요. 아주 쉽습니다」

후작은 망설였다. 그의 얼굴은 몹시 창백했다. 잠시 후 후작은 엘리자베트 오르냉이 했을 동작을 다시 해 보았다. 그는 까치발로 서서 팔을 뻗쳐 화분 안에서 세월과 함께 만들어진 축축한 부식토 덩어리 사이를 헤집었다. 그리고 몸을 떨면서 중얼거렸다.

「맞소…… 여기 있소……. 목걸이들이 만져지는구려……. 보석들…… 보석들을 연결하고 있는 부품들도……. 세상에! 엘리자베트가 이것들을 목에 걸고 있었는데!」

그는 너무나 감정에 복받쳐 하고 있던 동작을 간신히 끝냈다. 그는 목걸이들을 하나씩 꺼냈다. 목걸이는 다섯 개가 있었다. 온갖 것들로 더러워져 있었지만 루비의 빨간빛과 에메랄드의 초록빛, 사파이어의 푸른빛이 광채를 내고 있었고 금 조각도 반짝였다. 후작이 중얼거렸다.

「하나가 없어…… 여섯 개였는데……」

그는 잠시 생각한 뒤에 다시 말했다.

「맞아…… 하나가 없어……. 내가 엘리자베트에게 준 진주 목걸이가 없어…… 이상하지 않소? 진주 목걸이는 엘리자베트가 다른 목걸이들을 놓아두기 전에 누가 훔쳐 갔단 말인가?」

그는 그 마지막 수수께끼가 해결 불가능한 것으로 생각되어 그저 별다른 의미 없이 의문점들을 늘어놓았다. 그러나 라울과 고르주레의 눈길이 서로 마주쳤다. 고르주레 형사는 생각했다.

〈진주를 훔쳐 간 건 저놈이야……. 오늘 아침 아니면 어제 이미 다 뒤져서 제 몫을 챙기고는 우리에게 마법사 연기를 하고 있어……〉

라울은 고개를 끄덕이고 미소를 지었다. 마치 이렇게 말하는 것 같았다.

〈그래, 이 친구야……. 비밀을 알아내셨군……. 그래서 어쩌겠다는 거야? 나도 살아야 할 거 아냐!〉

순진한 앙토닌은 아무런 추측도 하지 못했다. 그녀는 후작을 도와 보석 목걸이들을 정리해서 싸고 있었다. 그 일이 끝나자 데를르몽 후작은 라울을 잔해 더미 쪽으로 데리고 갔다.

후작이 말했다.

「계속합시다. 엘리자베트에 대해서, 그리고 무슨 일이 일어났는지 말해 주시오. 엘리자베트가 어떻게 죽었소? 그 불쌍한 여자를 누가 죽였단 말이오? 난 그 끔찍한 죽음을 한시도 잊은 적이 없소……. 아직도 그 고통에서 벗어나지 못하고 있어요……. 그런 만큼 더욱 알고 싶소이다!」

후작은 라울이 마치 모든 일에 관한 진실을 손안에 가지고 있기라도 하듯, 장막 아래에 물건을 감춰 놓고 자기 마음대로 보여 줄 수 있기라도 한 듯 물었다. 라울이 원하기만 하면 얼마든지 암흑을 빛으로 가득 차게 하고 가장 놀라운 비밀이 그의 입에서 나올 것만 같았다.

그들은 상단의 평지에 도착했다. 엘리자베트가 죽은 언덕 근처였다. 그곳에서는 성 전체와 공원, 그리고 입구의 탑이 보였다.

라울 곁에 바짝 붙어 있던 앙토닌이 속삭였다.

「대부님 일이 잘돼서 정말 기뻐요. 고마워요…… 하지만 무서워요……」

「무서워요?」

「예…… 고르주레가 무서워요……. 어서 이곳을 떠나셔야 할 것 같아요!」

　라울이 부드럽게 대답했다.

　「나를 정말 기분 좋게 해 주시는군요! 하지만 내가 알고 있는
모든 것, 고르주레가 알고 싶어 안달하는 것을 모두 말하지 않는
한 아무 위험도 없습니다. 그래도 내가 떠나야겠습니까?」

　그녀가 안심하는 기색이 보이고 후작이 질문으로 그를 압박하
자 라울은 설명하기 시작했다.

　「사건이 어떻게 전개되었겠습니까? 말씀드리죠, 후작님. 저는
목적을 이루기 위해 제가 후작님께 쫓아가라고 한 길과는 정반대
의 길을 따라갔습니다. 그렇습니다. 제 생각은 정반대 지점에서
출발해서 발전했습니다. 도둑은 아마 없었을 거라고 제가 결론지
은 이유는 살인범이 없었을 것이라고 처음부터 가정했기 때문입니
다. 그리고 그렇게 가정했던 것은 여러 정황으로 보아 그 살인
범이 사람들의 눈에 띄지 않을 수 없었기 때문입니다. 백주 대낮
에 마흔 명의 사람들 앞에서 살인을 할 수는 없습니다. 그 마흔
명의 사람들은 당연히 살인을 목격할 수밖에 없습니다. 총을 쏴
서? 그럼 총소리가 들렸을 것입니다. 몽둥이로 쳐서? 그건 당연히
눈에 보였을 것입니다. 돌을 던져서? 사람들이 그 동작에 놀랐을
것입니다. 그런데 아무것도 눈에 보이지 않았고 들리지 않았습니
다. 따라서 순전히 인위적인 죽음, 다시 말하면 인간의 의지로
유발된 죽음 밖에서 그 원인을 찾아야 했습니다」

　후작이 물었다.

　「그렇지만 그 죽음은 사고였잖소?」

　「사고였습니다. 따라서 그건 우연의 결과였습니다. 그런데 우
연이 나타나는 데는 한계가 없어서 아주 엉뚱하고 극히 예외적인

284

형태가 될 수도 있습니다. 최근에 저는 어떤 사람의 명예와 재산이 서류 하나로 좌우되는 모험에 연관된 적이 있었습니다. 그런데 그 서류는 계단도 없는 아주 높은 탑 꼭대기에 감춰져 있었지요. 어느 날 아침 이 사람은 아주 긴 밧줄 양 끝이 탑 양쪽 면에 걸려 있는 것을 보았습니다. 저는 그 밧줄이 기구(氣球)에서 떨어진 것이라는 가정을 세울 수 있었습니다. 전날 밤 기구에 타고 있던 사람들이 풍선의 하중을 줄이려고 싣고 있던 장비들을 모두 던져 버린 것이지요. 그런데 그것이 우연하게도 탑을 올라가기에 아주 쉽도록 정확한 지점에 제대로 떨어진 것입니다. 물론 기적입니다. 하지만 여러 정황들이 끊임없이 다양하게 결합되다 보니 자연계에서는 매시간 무수히 많은 기적들이 일어나고 있는 것입니다」

「그래서……?」

「따라서 엘리자베트 오르냉의 죽음은 아주 빈번히 일어나는 물리적 현상 때문이었습니다. 하지만 그처럼 죽음에 이르는 결과는 극히 드물죠. 제 머릿속에 이런 가설이 떠오른 것은 발텍스가 양치기 가시우를 물매로 돌을 날렸다는 혐의로 고발한 후였습니다. 저는 가시우가 그 자리에 있을 수는 없었지만 엘리자베트 오르냉은 돌을 맞았으며 그것이 그녀의 죽음을 설명할 수 있는 유일한 가설이라고 생각했습니다」

「그럼 하늘에서 돌이 떨어졌다는 말이오?」

후작이 빈정거리는 투로 말했다.

「안 될 이유라도 있습니까?」

「이것 보시오! 누가 그 돌을 쏘았겠소?」

「이미 말씀드렸습니다, 후작님. 페르세우스라고요!」

후작이 라울에게 애원했다.

「제발 부탁이니 장난은 그만둡시다」

「저는 아주 진지합니다」

라울이 단언했다.

「저는 타당하다고 여겨질 때에만 말을 합니다. 가설에 기대어 말하는 것이 아니라 이론의 여지가 없는 사실들에 근거하여 이야기하는 것입니다. 유성이나 운석, 해체된 위성 조각 같은 돌들이 매일 수백만 개씩 어마어마한 속도로 공간을 날아서 불꽃을 튀기며 대기권으로 들어와 떨어집니다. 몇 톤이나 될지도 모르는 돌들이 매일 떨어지죠. 모양이나 크기도 가지각색인 그런 돌들이 수백만 개나 채집되었습니다. 그중 하나가 우연하게도 살아 있는 생물에게 떨어집니다. 끔찍하지만 가능한 일이며 이미 입증된 사실입니다. 그것이 바로 허망한 죽음입니다. 그 죽음을 때로는 이해하기 힘들 때도 있지요. 그런데……」

라울은 잠시 말을 멈춘 뒤 분명하게 말했다.

「그런데 일년 내내 소나기처럼 쏟아지는 유성들은 어떤 일정한 시기에 더욱 빈번하고 밀도 높게 떨어집니다. 가장 잘 알려진 시기는 8월중, 정확하게는 9일에서 14일까지의 기간입니다. 그때 운석이 떨어지는 진원지는 페르세우스 별자리인 것 같습니다. 그래서 그 유성들의 집단을 페르세우스 유성군(流星群)이라는 이름으로 지칭하는 것입니다. 제가 농담처럼 페르세우스를 범인으로 지목한 것은 그 때문입니다」

라울은 후작이 의문이나 이의를 제기할 여유를 주지 않고 말을 계속했다.

「나흘 전에 능력이 뛰어나고 헌신적인 제 부하 한 사람이 밤에 틈이 벌어진 성벽을 넘어 아침부터 이 언덕 근처를 샅샅이 뒤졌고, 저 역시 어제 새벽에 이곳으로 와서 오늘까지 있었습니다」

「찾아냈소?」

「그렇습니다」

라울은 크기가 호두알만 한 작은 돌멩이 하나를 보여 주었다. 돌은 아주 둥글었지만 표면이 울퉁불퉁하고 온통 껄끄러웠다. 각진 부분은 용해 작용으로 무뎌져서 광택이 나는 검은색 유약 같은 것으로 표면을 칠한 것 같았다.

그는 잠깐 말을 멈췄다가 다시 계속했다.

「초동 수사를 했던 경찰들이 틀림없이 이 운석을 보았겠지만 아무도 주의를 기울이진 못했습니다. 그들은 총알이나 사람이 만든 발사물을 찾았을 테니까 말입니다. 저는 여기에 있는 이 돌의 존재가 사실을 밝히는 명백한 증거라고 생각합니다. 다른 증거들도 있습니다. 우선 사건이 일어난 날짜인 8월 13일입니다. 페르세우스 유성군이 지구에 소나기처럼 쏟아지는 시기입니다. 이 8월 13일이라는 날짜가 제 머릿속에 떠오른 최초의 단서들 가운데 하나라는 사실을 말씀드리겠습니다.

그리고 다음에는 부인할 수 없는 증거를 가지고 있습니다. 이것은 논리와 추론의 증거일 뿐만 아니라 과학적 증거입니다. 저는 어제 이 돌을 비시에 있는 생물 화학 실험실로 가져갔습니다. 유약을 칠한 것 같은 돌 표면에서 새까맣게 탄 사람의 피부 조직이 붙어 있는 것을 발견했습니다……. 그렇습니다. 살아 있는 사람에게서 떨어져 나온 피부와 살점 조각들, 세포들이 불꽃으로 달궈진 운석에 부딪혀서 새까맣게 탄 채 붙어 있었습니다. 세월이 흘렀어도 없어지지 않았을 만큼 단단하게 말입니다. 채취한

견본들은 화학자가 보관하고 있고 곧 공식적으로 보고될 것입니다. 그리고 데를르몽 후작님에게도 전달될 것입니다. 고르주레가 관심이 있다면 그에게도 역시 전해지겠죠.」

라울은 고르주레 쪽으로 몸을 돌렸다.

「게다가 사법 당국은 사건을 15년 전에 이미 종결했기 때문에 다시 수사를 하진 않을 겁니다. 고르주레는 몇몇 우연한 사실들을 주목하고 후작님이 사건에서 어떤 역할을 했다는 것을 알아낼 수 있었습니다. 고르주레는 발텍스가 가져다 준 허위 증거들 외에는 아무 증거도 확보하지 못할 것입니다. 따라서 자기 체면이 처참하게 구겨진 사건을 수사하겠다고 감히 고집하진 못할 것입니다. 안 그렇소, 고르주레 씨?」

그는 고르주레를 똑바로 바라보고 서서 그제서야 그가 있는 것을 알았다는 듯 이렇게 말했다.

「어떻게 생각하나, 이 친구야? 내 설명이 이치에 맞다고 생각하지 않나? 진실 그 자체라고 생각하지 않아? 절도도 없었고 살인도 없었다 이 말이야. 그러니까 뭐야, 이제 자넨 아무 쓸모도 없단 말인가? 그러니까 사법 당국…… 경찰…… 다 부질없는 것이라고? 나같이 우둔하고 보잘것없는 작은 젊은이가 자네들이 쩔쩔매는 사건 한복판을 가로질러 실마리를 풀고 아무도 찾아내지 못한 운석을 채집하고 목걸이들을 마치 실로 엮은 조약돌인 양 멋지게 복원했으니 말이야……. 그리고 고개를 꼿꼿이 쳐든 채 입가에는 미소를 띠고 숙제를 다한 기분으로 떠나다니. 잘 있게, 뚱보 친구. 고르주레 부인에게 안부 전해 주고 오늘 이 이야기도 해주게. 재미있어 할 거야. 부인은 날 더욱 멋진 사람이라고 생각하겠지만 말이야. 자네가 내게 빚진 걸 생각하면 그 정도는 해 줄 수 있어」

고르주레 형사는 아주 천천히 팔을 들어 라울의 어깨 위에 위압적으로 손을 얹었다. 라울이 크게 놀라며 소리쳤다.

「엥? 이게 무슨 짓인가? 나를 체포하시겠다? 이런, 자네 참 뻔뻔하군! 아니, 내가 자네 일을 해 주었으니 그 감사의 표시로 수갑을 채우시겠다……? 그런데 자네 앞에 있는 사람이 신사가 아니라 강도라면 어쩔 셈인가?」

고르주레는 여전히 이를 악물고 있었다. 그는 라울의 말에 점점 더 무관심하고 무시하는 체했다. 마치 상황을 압도하며 사람들이 뭐라고 말하든 어떻게 생각하든 전혀 개의치 않는 사람 같았다. 라울은 떠벌리기를 좋아하는 사람이니…… 더 잘된 일이다! 고르주레는 그가 떠벌리는 틈을 이용하여 드러난 진실을 기록하고 오고가는 이야기들을 판단하며 자기 할 일만 한 것이다.

마침내 그가 커다란 호루라기를 잡아 조용히 입에 물더니 날카로운 소리로 신호를 보냈다. 호루라기 소리는 인근 바위에 부딪쳐 메아리쳤고 계곡 길을 거쳐 다시 튀어 올라왔다.

라울은 놀라움을 감추지 않았다.

「장난이 아니란 말이군?」

고르주레 형사가 거만한 태도로 비웃었다.

「그걸 말이라고 하나?」

「정식으로 또 한 판 싸우자는 건가?」

「그렇다. 하지만 이번에는 시간을 가지고 철저하게 준비를 했지. 이런 애송이, 난 어제부터 이곳을 감시하고 있었다. 그리고 오늘 아침에는 네 놈이 여기에 숨어 있다는 걸 알아냈지. 성의 주변, 이 휘어진 절벽과 연결되어 왼쪽과 오른쪽으로 잔해 더미에 이르는 모든 성벽들은 완전히 포위되어 있다. 전투 경찰 부대, 파리에서 온 형사들, 이 지역 경찰들 모두가 준비 태세를 갖추고 있다」

성의 입구에 있는 안뜰에서 초인종이 울렸다.

고르주레가 예고했다.

「첫 번째 공격진이다. 이 공격진이 성 안으로 들어오자마자 두 번째 호루라기 소리가 울리면 공격을 개시할 것이다. 네 놈이 도망치려고만 하면 총에 맞아 개처럼 쓰러질 것이다. 이건 엄명이다」

후작이 끼여들었다.

「형사 양반, 허락 없이 내 집에 들어오는 걸 용납하지 않겠소. 이 사람은 나와 만날 약속을 했소. 내 손님이란 말이오. 그리고 내게 도움을 준 사람이오. 문은 열리지 않을 것이오. 열쇠는 내가 가지고 있으니 말이오」

「문을 부술 겁니다, 후작님」

라울이 빈정거렸다.

「파성추(破城槌)로? 도끼로 쳐서? 밤이 되기 전까진 못 부술걸. 그때까지 내가 어디 있겠나?」

「다이너마이트로 부순다!」

고르주레가 으르렁거렸다.

「그걸 자네 호주머니에 가지고 있나?」

라울은 고르주레를 한쪽으로 데리고 갔다.

「간단히 말하지, 고르주레. 한 시간 전부터 내가 해 준 일을 생각할 때 난 우리가 친구처럼 사이좋게 팔짱을 끼고 여기에서 나갈 것이라는 기대를 했네. 그런데 자네가 그걸 거부하니 내가 자네에게 부탁하겠네. 공격 계획을 취소하고 역사적 가치가 있는

290

문을 부술 생각도 단념하게. 그리고 내가 존경해 마지않는 여인 앞에서 모욕을 주지 말았으면 좋겠네」

고르주레가 곁눈질로 그를 살피며 말했다.

「날 바보 취급하나?」

라울이 펄쩍 뛰었다.

「자넬 바보 취급하는 게 아니야, 고르주레. 난 다만 자네가 싸움이 낳을 모든 결과를 예상했으면 좋겠다는 것이지」

「모두 예상하고 있다」

「한 가지는 모르고 있어!」

「뭐냐?」

「자네가 고집을 부린다면, 그렇다면 두 달 안에……」

「두 달 안에?」

「조조트와 한 보름 동안 여행을 떠날까 해」

고르주레는 얼굴이 벌개져서 자세를 다시 고치며 다른 사람이 들리지 않게 내뱉었다.

「먼저 네 놈을 죽여 버릴 거다!」

「가지」

라울이 유쾌하게 소리쳤다.

그리고 장 데를르몽에게 말했다.

「후작님, 부탁드리겠습니다. 고르주레를 데리고 가서 성문들을 모두 활짝 열어 주라고 하십시오. 제가 약속하겠습니다. 피 한 방울 흘리지 않고 아주 조용하게, 신사들처럼 점잖게 일이 끝날 것입니다」

장 데를르몽은 라울의 확신에 찬 위엄에 압도되어 그의 해결책을 받아들이지 않을 수 없었다. 사실 그것은 후작을 혼란에서 해

방시켜 주는 것이었다.

「갈 거니, 앙토닌?」

후작이 자리를 뜨면서 말했다.

고르주레가 요구했다.

「라울, 너도 가자」

「아니, 난 여기 있겠다」

「내가 저기에 있는 동안 빠져나가고 싶겠지?」

「자넨 이 기회에 도망가야 해, 고르주레」

「그럼 나도 여기 있겠다……. 네 놈을 악착같이 따라다닐 거다」

「그러면 지난번처럼 자네를 꽁꽁 묶어 재갈을 물리겠어. 선택해」

「도대체 뭘 하려고 그러나?」

「체포되기 전에 마지막으로 담배 한 대 피우고 싶다」

고르주레는 망설였다. 하지만 두려워할 게 뭐가 있겠는가? 모든 것은 이미 예고되었다. 도주도 불가능하다. 그는 데를르몽 후작을 쫓아가 합류했다.

앙토닌은 그들을 따라가고 싶었지만 그럴 힘이 없었다. 그녀의 창백한 얼굴이 극도의 불안을 나타내고 있었다. 미소 짓는 모습까지도 입가에서 사라져 버렸다.

「왜 그래요, 아가씨?」

라울이 그녀에게 부드럽게 말했다.

그녀가 괴로운 표정으로 그에게 애원했다.

「어딘가에 몸을 숨기세요……. 안전한 은신처가 있을 거예요」

「내가 왜 숨어요?」

「뭐라고요! 저들이 당신을 붙잡을 거예요」

「그런 일은 절대 없습니다. 난 떠날 겁니다」

「빠져나갈 데가 없어요」

「그건 내가 떠나지 못할 이유가 못 됩니다」

「당신을 죽일 거예요」

「그게 고통스러운가요? 그러니까 언젠가 성에서 아가씨를 모욕한 사람에게 불행이 닥친다면 슬퍼하실 거란 말이군요? 아니…… 대답하지 말아요…… 우리는 함께 있을 시간이 얼마 없어요……! 고작해야 몇 분입니다……. 아가씨에게 하고 싶은 말이 많아요……!」

라울은 그녀 몸에 손을 대지 않고, 그녀는 그것을 의식하지도 못했다, 공원 어디에서도 볼 수 없도록 좀더 멀리 떨어진 곳으로 그녀를 데리고 갔다. 옛날 망루가 있던 자리에 일부 남아 있는 넓은 벽면과 무너져 내린 잔해 더미 사이에 폭이 10미터쯤 되는 빈 공간이 있었다. 그곳에서는 절벽이 내려다 보였고 마른 돌들로 쌓아 올린 작은 돌담이 둘러쳐져 있었다. 마치 외따로 떨어진 방 같은 형상이었다. 넓은 창이 툭 터져 있었고 아래로는 물결치는 초원의 경이로운 지평선 위로 심연 같은 강이 흐르고 있었다.

먼저 말을 한 사람은 앙토닌이었다. 불안이 좀 가신 목소리였다.

「무슨 일이 일어날지 모르겠어요……. 하지만 이제 좀 덜 무서워요……. 그리고 데를르몽 후작님을 대신해서 감사를 드리고 싶어요……. 후작님께 제안하셨듯이 앞으로도 성은 후작님 소유겠죠?」

「그래요」

「다른 얘긴데…… 알고 싶은 것이 있어요……. 오직 당신만이 대답할 수 있는 거예요……. 데를르몽 후작이 제 아버지인가요?」

「맞아요. 아가씨가 어머니를 대신해서 후작님께 전해 드린 편지를 보고 아주 명확하게 알 수 있었죠」

「그것이 진실이라는 것은 알았지만 제겐 아무 증거가 없었어요. 그 때문에 후작님과 사이가 좀 어색하기도 했고요. 이제 마음껏 애정을 표현할 수 있어서 기뻐요. 후작님은 클라라의 아버지이기도 하죠?」

「맞아요. 클라라는 아가씨의 이복 자매에요……」

「후작님께 말씀드려야겠어요」

「아마 짐작하고 계실 겁니다」

「전 그렇게 생각하지 않아요. 어쨌든 앞으로 후작님이 제게 해 주시듯이 클라라에게도 똑같이 해 주셨으면 좋겠어요. 언젠가는 클라라를 만날 수 있겠죠? 내게 편지를 좀 해 줬으면 좋겠는데……」

그녀는 심각함을 강조하거나 과장하지 않고 솔직하게 말했다. 그녀의 아름다운 미소가 다시 입가에 희미하게 나타났다. 라울은 몸을 떨었다. 그는 그 아름다운 입술에서 눈을 떼지 못했다. 그녀가 속삭였다.

「클라라를 사랑하고 있죠?」

그는 그녀를 깊이 응시하며 낮은 목소리로 말했다.

「난 아가씨에 대한 기억을 통해서 클라라를 사랑하고 있어요. 하지만 아쉬운 마음이 없어지진 않을 겁니다. 내가 클라라에게서 사랑하는 것은 파리에 도착하던 날 내 집에 들어왔던 어느 아가씨의 처음 이미지입니다. 그 아가씨는 결코 잊지 못할 미소를 지니고 있는데 거기에는 처음부터 내 마음을 사로잡은 뭔가 특별한 것이 있어요. 그 이후로 내가 늘 찾아 헤맸던 것이 바로 그것입니다. 그때는 앙토닌이나 클라라라는 이름의 여자 한 사람뿐이라고 생각했던 때지요. 그게 두 사람이라는 걸 알게 된 지금, 난 예쁜 이미지를 가져가려 합니다……. 내 사랑의 이미지…… 내 사랑 그 자체입니다……. 아가씨도 내게서 그것을 빼앗아 갈 수 없어요」

「세상에!」

그녀가 얼굴이 새빨개지며 말했다.

「제게 그렇게 말씀하셔도 괜찮은가요?」

「그래요, 우리는 다시 만나선 안 되기 때문입니다. 두 사람이 닮았다는 우연 때문에 우리는 현실적인 관계로 얽매이고 말았습니다. 내가 클라라를 사랑한 이후로 내가 사랑하는 사람은 아가씨입니다. 따라서 클라라에 대한 사랑의 일부에 아가씨에 대한 호감…… 아가씨에 대한 애정이 얼마간 섞일 수밖에 없습니다」

그녀는 당황하는 모습을 조금도 감추려 하지 않고 속삭였다.

「어서 가세요. 부탁이에요」

그가 흙벽 쪽으로 한걸음을 옮겼다. 그녀가 깜짝 놀랐다.

「안 돼! 안 돼요! 그쪽이 아니에요!」

「다른 출구가 없어요」

「하지만 그건 끔찍해요! 어떻게! 그건 절대 안 돼요……! 아니에요! 아니에요……! 제발」

무서운 위험의 위협 때문에 그녀의 태도가 변했다. 그녀는 얼마 동안 본래 모습이 아니었다. 그녀의 얼굴에는 온갖 두려움과 온갖 고뇌, 절절한 애원이 나타나 있었다. 그것은 자신도 몰랐던 감정들 때문에 갈피를 잡지 못하는 여인의 얼굴이었다.

그때 사람들 소리가 성에서 올라왔다. 아마 분지형 정원에서 올라오는 소리일 것이다. 고르주레와 그의 부하들이 잔해 더미 쪽으로 다가오는 것이 아닐까?

「가만…… 그대로 계세요……」

그녀가 말했다.

「제가 당신을 구해 드리겠어요……. 아! 정말 무서워요!」

라울은 작은 돌담 위로 한쪽 다리를 넘겼다.

「걱정하지 말아요, 앙토닌……. 난 암벽 타기를 익혔어요. 아마 여기 이 절벽을 타는 것이 내가 처음은 아닐 겁니다. 맹세컨대 이건 내게 놀이에 지나지 않아요」

그녀는 다시 한번 그의 깊은 힘을 느끼며 자신의 감정을 자제할 수 있었다.

「내게 미소를 지어 줘요, 앙토닌」

그녀는 안간힘을 다해 가까스로 미소를 지었다.

「아! 그 눈으로만 짓는 미소로 어떻게 내게 변화가 있기를 바랄 수 있겠소? 좀더 잘해 봐요, 앙토닌. 나를 지켜 주려면 당신 손을 내게 줘요」

그녀는 그의 앞에 있었다. 그녀는 손을 내밀었지만 그가 키스하기도 전에 손을 다시 뺐다. 그리고 몸을 기울인 채 눈을 반쯤 감고 어찌할 바를 모르며 몇 초 동안 그대로 있었다. 그리고 결국엔 더욱 몸을 기울여 그에게 입술을 내밀었다.

그 몸짓은 매력적인 천진난만함과 순결함에서 나온 것이었다. 라울은 그녀가 자기의 행동에 오누이 같은 애무의 의미만을 부여하고 있다는 것을 잘 알고 있었다. 거기에는 어떤 유혹이 있었지만 그녀는 그 깊은 원인을 이해하지 못할 터였다. 그는 미소를 짓고 있는 부드러운 입술에 가볍게 입맞추며 아가씨의 순결한 숨결을 들이마셨다.

그녀가 다시 몸을 똑바로 세웠다. 강렬한 감정에 놀란 그녀는 잠시 비틀거리더니 더듬거리며 말했다.

「가세요……. 이젠 무섭지 않아요……. 어서 가세요……. 잊지 않을 거예요……」

그녀는 잔해 더미 쪽으로 몸을 돌렸다. 그녀는 까마득한 심연 속으로 눈을 돌려 거친 절벽에 매달린 라울을 쳐다볼 용기가 나지 않았다. 그녀는 가까이 오는 거친 목소리들을 들으며 그녀에게 무사하다는 것을 알리기 위해 반드시 그가 보내 올 신호를 기다렸다. 그녀는 라울이 성공하리라 확신하며 그다지 두려워하지 않고 기다렸다.

상단의 평지 아래로 사람들의 그림자가 지나가더니 몸을 구부리고 덤불을 헤쳤다.

후작이 그녀를 불렀다.

「앙토닌……! 앙토닌……!」

몇 분이 흘렀다. 그녀는 가슴이 찢어질 듯했다. 이윽고 계곡에서 자동차 소리가 들리더니 경적 소리가 울렸다. 그 소리는 겹겹이 메아리치며 즐거운 노래가 되었다.

그녀는 우수가 서린 아름다운 미소를 띠고 눈에는 눈물이 가득 고인 채 중얼거렸다.

「안녕……! 잘 가요……!」

그로부터 20킬로미터 떨어진 여관방에서는 클라라가 목이 빠지게 기다리고 있었다. 그녀는 그를 보자 열에 들떠 와락 달려들었다.

「그 여자 만났어요?」

그가 웃으면서 말했다.

「우선 고르주레를 만났는지, 그 무서운 포위망을 어떻게 빠져 나올 수 있었는지부터 물어봐 줘. 힘들었어. 하지만 아주 훌륭하게 해냈지」

「그 여자는……? 그 여자에 대해서 얘기해 줘요……」

「목걸이를 찾았어…… 운석도……」

「그 여자는요……? 만났어요? 말해 봐요」

「누구……? 아! 앙토닌 고티에……? 아무렴, 만났지. 거기 있었어…… 우연히」

「당신이 그 여자에게 말했어요?」

「아니…… 아니야…… 그 여자가 내게 말했어」

「무슨 말?」

「오! 당신에 대해서. 오로지 당신에 대해서만 말하더군. 당신이 자기 자매라는 것을 짐작하고 있었어. 언젠가 당신을 보고 싶다고……」

「나하고 닮았어요?」

「응…… 아니…… 어쨌든 조금. 당신에게 차근차근 자세하게 얘기해 줄게, 내 사랑」

그날은 그녀가 아무 얘기도 못하게 했다. 그러나 에스파냐로 가는 자동차 안에서 가끔씩 물었다.

「그 여자 예뻐요? 나보다 더 예뻐요, 덜 예뻐요? 시골 여자의 아름다움 아니에요?」

라울은 최선을 다해, 그러나 가끔씩은 약간 건성으로 대답했다. 그는 속으로는 어떻게 고르주레에게서 빠져나왔는지를 이루 말할 수 없이 즐거운 마음으로 떠올리고 있었다. 사실대로 말하면 운명이 그의 편이었다. 고르주레의 수법을 몰랐기 때문에 그는 그 낭만적인 탈출을 〈실제로〉 준비하지 못했던 것이다. 그 허공을 통한 탈출은 얼마나 그럴듯한가! 상큼한 미소를 지닌 숫처녀의 입맞춤은 또 얼마나 달콤한 보상인가……!

〈앙토닌! 앙토닌!〉

그는 속으로 혼자 되뇌었다.

발텍스는 깜짝 놀랄 만한 비밀들을 폭로하겠다고 발표했다. 그러나 마음을 고쳐먹고 입을 꾹 다물어 버렸다. 뿐만 아니라 고르주레는 두 가지 범죄와 관련된 그의 명백한 혐의를 발견했는데, 발텍스, 일명 키다리 폴의 유죄가 밝혀지자 이 불한당은 거의 미칠 지경이 되었다. 어느 날 아침 그는 목을 맨 채 발견되었다.

한편 아랍 인은 밀고에 대한 대가를 전혀 받지 못했다. 그 두 범죄에 가담한 그는 강제 노역을 선고받았고 탈옥을 시도하다가 죽었다.

그리고 이런 이야기를 해도 사족은 아닐 것 같다. 3개월 후, 조조트 고르주레가 보름 동안 행방을 감추었다가 집으로 다시 돌아와서는 한마디 해명도 없이 고르주레에게 이렇게 말했다.

「받아들이든 말든 당신 마음이에요. 날 원해?」

가출했다가 돌아온 그때보다 그녀가 매력적이었던 적은 없었다. 그녀의 두 눈이 반짝이고 있었다. 그녀는 행복이 충만해 있었다. 고르주레는 그녀의 매력에 사로잡혀 용서를 구하며 두 팔을 벌렸다.

관심을 끌 만한 다른 이야기도 하나 해야겠다. 몇 달 뒤, 정확하게는 올가 왕비가 왕과 함께 파리를 떠난 지 여섯 달이 지난 후, 다뉴브 강가의 왕국 보로스티리아에서는 엄청난 일을 알리기 위해 종들이 요란하게 울렸다. 10년을 기다린 끝에, 그러니까 아무런 희망도 남아 있지 않던 때 올가 왕비가 왕세자를 출산한 것이다.

발코니에 나타난 왕이 열광하는 군중들에게 아기를 들어 보였다. 왕비 폐하의 얼굴은 기쁨과 대를 이은 자부심으로 환하게 빛나고 있었다. 종족의 미래는 밝을 것이었다…….

옮긴이 | 송덕호

1960년 전주 출생으로 전북대학교 불어불문학과 및 동 대학원 졸업했다. 프랑스 Nancy II 대학교에서 박사 학위 취득했고 숭실대학교, 추계예술대학교, 전북대학교, 순천대학교 강사 역임했다. 『꿀』, 『이슬람 처녀』, 『아제드의 밤』, 『니노』, 『어린왕자』, 『특별한 순간들』 등을 우리말로 옮겼고, 『대중 문학의 이해』, 『한국 문학 속의 세계 문학』, 『추리소설이란 무엇인가』, 『대중문학이란 무엇인가』 등 다수의 저서와 논문이 있다. 현재 전북대학교 인문학연구소 연구 교수로 재직중이다.

아르센 뤼팽 전집 19

두 미소의 여인

1판 1쇄 펴냄 2003년 9월 5일
1판 5쇄 펴냄 2014년 7월 31일

지은이 | 모리스 르블랑
옮긴이 | 송덕호
발행인 | 김세희
펴낸곳 | 황금가지

출판등록 | 2009. 10. 8 (제2009-000273호)
주소 | 135-887 서울 강남구 신사동 506 강남출판문화센터 5층
전화 | 영업부 515-2000 **편집부** 3446-8774 **팩시밀리** 515-2007
홈페이지 | www.goldenbough.co.kr

© 황금가지, 2003. Printed in Seoul, Korea

ISBN 978-89-8273-436-6 04860 (19권)
ISBN 978-89-8273-417-5 (set)

㈜민음인은 민음사 출판 그룹의 자회사입니다.
황금가지는 ㈜민음인의 픽션 전문 출간 브랜드입니다.